KB154101

"반란은 소란을 잠재우는 기계다."

— 레온 트로츠키(러시아 혁명가)

모스크바 룰

moscow rule

2

로버트 모스 지음 | 박성기 옮김

MOSCOW RULES
Copyright © 1985 by Robert Moss

철의 장막에서 국민 구해낸 젊은 장군의 숨 가쁜 반란

모스크바 룰 2권

발행 / 2018년 5월 23일
2 쇄 / 2018년 6월 12일

지은이 / 로버트 모스
옮긴이 / 박성기
펴낸이 / 박국용

편집 / 곽　창
교열 / 신인영

펴낸 곳 / 도서출판 금토
주소 / 경기도 용인시 수지구 태봉로 17, 205-302
전화 / 070-4202-6252
팩스 / 031-264-6252
e메일 / kumtokr@hanmail.net

1996년 3월 6일 출판등록 제 16-1273호

ISBN 978-89-86903-39-3　03840

* 값 / 12,000원

CONTENTS

'날리바이(nalivay)'는 라시아어로 '한잔 하자', '건배' 등의 뜻.

제**6**장

허위의 소굴

'나는 진실을 말했지만 아무도 나를 믿지 않았다. 그래서 나는 속임수를 택했다.'

— 미하일 레몬토프(러시아 시인·소설가)

1.

사샤가 참전하고 2년이 지나서야 마침내 암호명 '캐러밴'이라는 월경 작전의 공식 승인이 떨어졌다. 당 지도부는 파키스탄 영내의 피난민들로 가득 찬 캠프 공격에는 스페츠나츠 부대를 투입할 생각이 아직까지는 없었다. 이전과 같은 방식의 공격으로 이따금 빗나가게 때리는 공습과 외교적인 압력, 여러 형태의 정치적인 공세를 계속할 뿐이었다.

그런데 이란은 달랐다. 이란 지도자 아야툴라는 아프간 게릴라 중에서도 정통파 모슬렘 반도들에게 무기와 은신처를 제공하면서 어떤 방식으로도 소련과는 화해할 수 없다는 자세를 보이고 있었다. 미국에게 굴욕감을 안겨준 데에 만족하지 않고, 테헤란 주재 소련대사관에도 폭도들이 침입하도록 내버려두었다. 아야툴라는 교훈을 얻어야 마땅했고, 알라 이외에는 누구의 어깨도 붙잡고 울 수 없다는 것을 가르쳐 주어야 했다.

*

"이 지점이다."

사샤는 그의 작업용 테이블에 펼쳐진 입체모형 지도의 한 지점을 손가락으로 가리켰다. 자이체프가 허리를 굽혀 들여다보았다. 표시한 지점은 아프간 남서부의 반군 거점인 헬만드 호수 북쪽 사막에 있었다.

"이란 영내로 적어도 40마일은 되겠군."

사샤가 거리를 계산했다.

"그 이상이야, 50마일은 되겠는데." 자이체프가 그를 바라보았다. "자, 마침내 작전 승인도 떨어졌다. 이 빌어먹을 모슬렘 놈들이 누구에게 기도하는지 볼 때가 되었다. 정보 제공자는 믿을 만한가?"

"물론, 우리 지하요원이야."

사샤는 방금 모스크바로부터 받은 메시지를 요약해 설명했다. 그 메시지는 테헤란 주재 공관을 경유해 받은 보고서에 기초해 만들어진 것이었다.

아야툴라의 지원을 받는 두 라이벌 무자헤딘 그룹이 헤라트 공격의 전면전에 대비해 병력을 합치기로 했다는 것이다. 그들은 지금 이란 영내의 그 사막 지점에 집결하고 있었다. 그곳은 옛날 캐러밴들의 낙타 행렬이 지나다니던 길 위에서 그들의 숙소로 이용되던 곳이었다.

불모의 땅 위에 하얀 염분이 덮여있는 그곳에서는 거센 바람 속에 모래가 이리저리 쓸려 다니며 인간의 인내를 시험하고 있었다. 여름철에 그 대지는 금속반사기처럼 태양열을 사방으로 쏘아 보냈다. 그곳으로부터 꽤 먼 거리에는 아주 선명히 보이는 산들이 있는데, 마치 한달음에 닿을 수 있듯이 가까워 보였다.

"우리 임무는 그들이 해산하기 전에 쓸어버리는 것이다. 압둘 콰리를 생포하는 것이 바람직하지만 절대적인 명령은 아니다."

사샤는 전문의 내용을 상세히 설명했다. 압둘 콰리는 헤라트 공격을 책임지고 있는 반군 지도자였다. 자이체프가 다시 세밀하게 지도를 살폈다.

"이곳은 완전히 노출된 곳이라 기습공격은 전혀 할 수 없겠어."

"맞네, 그렇지만 우리가 공중으로 공격해 들어가면 놈들이 산속으로 숨어들기도 매우 어려운 곳이야." 사샤는 오른쪽 손가락을 왼손 바닥에 굴렸다. "공중 폭격을 한 다음 곧바로 헬기로 캐러밴 팀을 투입한다."

"이란군은 어떤가?"

자이체프의 질문에 사샤는 어깨를 으쓱했다.

"팔레비 축출 이후, 이란 공군은 녹이 슬고 있네. 그들의 전투기와 조종사들은 모두 이락과 싸우려고 대비하고 있는데, 그들이 할 수 있는 일이라곤 적에게 알라의 천벌을 내려

달라고 기도하는 것 말고는 아무것도 없어. 우리는 아마도 그들이 알아채기도 전에 치고 들어갔다가 빠져 나오게 될 것이다."

*

수코이 전투기들이 새벽 여명에 발진했다. 전투기의 엔진 소음은 수마일 떨어진 사막 저편까지 들렸고, 압둘 콰리의 집결지에 도착하자 게릴라들은 이미 사방으로 흩어져 도망치고 있었다. 말 위에 올라탄 놈들과 트럭을 타고 도망치는 놈들, 부서진 버스 속으로 숨어 들어가는 놈들도 있었다.

그들은 소련제 구형 탱크도 가지고 있었는데 국경분쟁 때 노획한 것으로 보였다. 그러나 그 탱크는 단지 전시용에 불과했다. 제트기 공격이 시작되자 놈들은 탱크를 포기했던 것이다. 전투기들이 급강하하면서 텐트에 기총 소사를 퍼붓자 터번과 하얀 두건들이 엎어져 쌓이는데, 트럭 바깥에도 엎어져 있고, 기어서 달아나는 자들도 있었다.

무자헤딘 몇이 RPG 로켓을 쏘면서 반격을 시도했으나 그들이 있던 장소는 즉시 소련 폭격기의 공격을 받아 완전한 죽음의 터가 되었다. 반군들은 이란 영토 안으로 멀리 떨어진 곳이라고 안전한 장소로 여겼음이 분명했다. 아프가니스탄에서는 이처럼 완전히 노출된 곳에서 자기들을 드러낸 적이 한 번도 없었다.

그때 대형 무장헬기가 나타나 말을 타고 도망치는 기마병 등 뒤에서 말벌처럼 윙윙거렸다. 사샤의 그룹이 게릴라 본거지 중앙에 바로 뛰어내렸다. 그곳에는 아직도 게릴라들 몇이 연기 나는 바위틈에 숨어 있었다. 에스토니안 하사는 겉으로 보기에는 파괴되지 않은 막사에서 막사로 뛰어다니며 요란스럽게 총을 갈겨댔다.

파괴된 막사 안에서 총을 장전하는 찰칵 소리가 들리더니 사샤의 옆에 있던 자가 숨을 헉 들이마시면서 곤두박질치는 것이었다.

"알라, 오 악크바르!"

사샤가 날카로운 울음소리를 듣고 막사 안으로 뛰어들면서 기관총이 불을 뿜었다. 페티야보다 나이가 조금 더 들어 보이는 소년을 발견했는데, 자기의 키보다 더 길어 보이는 영국제 구형 라이플 리엔필드를 재장전하려고 했다. 소년은 가냘픈 몸매가 계집아이 같았고, 예쁜 아몬드 모양의 눈을 가지고 있었다.

"밖으로 나가라!"

사샤가 총으로 입구를 가리키며 아이에게 고함을 질렀다. 바닥에는 아침식사를 하다 남은 것들이 있는데, 이스트를 넣지 않고 구운 평평한 빵조각과 요구르트가 접시에 담겨 있고, 그 위에 파리 떼가 까맣게 앉아 있었다.

"죽어라, 이 러시아 놈아!"

아이가 사샤에게 침을 뱉었다. 사샤는 아이를 거칠게 잡고 문 밖으로 집어던졌다. 그러면서 한 세대에서 다음 세대로 이어지면서 이 나라 국민들이 품어온 증오심 속에서 이 아이가 얼마나 많은 러시아인을 죽였을까 하는 생각이 들었다.

자이체프가 게릴라한테 빼앗은 말을 타고 달려왔다. 그는 압둘 콰리를 비롯해 포로 여러 명을 데리고 있었는데, 사샤는 압둘 콰리가 20대 중반의 새파랗게 젊은 녀석이라는 데에 놀랐다.

그와 함께 체포된 무자헤딘 한 사람은 공중을 배회하는 노란 가슴의 독수리처럼 날카로운 코를 가진, 아주 독해 보이는 자였는데 나이가 콰리의 할아버지쯤은 되는 듯 했다. 콰리와 포로들에게는 무서운 운명이었지만 그것이 알라의 뜻이라면 어떠한 고통이 따르더라도 죽음을 맞이할 준비가 되어 있었다.

태양이 잦아들면서 기슭이 자색으로 변하는 산을 넘어, 그들은 포로를 데리고 헤라트 외곽의 본진으로 돌아왔다.

아프간 비밀경찰의 마흐무드 소령이 그들을 기다리고 있었다. 그는 압둘 콰리의 신문 담당자로 목소리가 경전차의 굉음처럼 사람을 전율케 했다.

"그들 두 종족 간에는 피비린내 나는 원한이 있어요."

소령 계급장을 단 KGB 고문관이 사샤에게 속삭였다.

"신문을 저 아프간에게 맡기겠다는 말이오?"

"그럼요! 그들은 서로 무엇을 기대하고 있는지 잘 알고 있으니까요. 저 반군들이 헤라트에 있는 마흐무드의 사무실 직원 절반을 죽였답니다. 나머지는 무자헤딘에게 고자질하는 놈들이 죽이고." 그는 냉소적으로 덧붙였다. "그런 나라랍니다."

사샤는 허기와 피로로 힘들었다. 그는 자이체프를 찾아가 먹을 것을 청했다. 그들은 염소치즈와 초콜릿 바 몇 개를 들고 언덕 위로 올라가 계곡이 내려다보이는 개울가에 앉았다. 개울물은 눈이 녹아내린 것으로 깨끗하고 차가웠다. 사샤는 그 물을 흠뻑 마셨다. 그러나 그들이 앉은 곳에서 그 아래를 향해 흐르는 시냇물은 이상하게 푸른 빛깔로, 거의 채소와 같은 녹색을 띠고 있었다. 군이 그 지역에 화공약품을 투여했음이 틀림없었다. 아마도 먹을 물을 오염시키는 독극물을 사용했을 것이다.

시냇물 저편으로는 농부들의 타작하는 모습이 보이는데, 오랜 옛날부터 해오던 식으로 멍에를 씌운 황소를 빙빙 돌리고 있었다.

"이 전쟁이 가치가 있다고 생각하나?" 자이체프가 물었다. "나는 이 나라의 어느 것도 마음에 들지 않고 이 전쟁이 우리에게 주는 것들도 모두 싫다네. 사람들은 그것을 몰라. 그들은 군대를 파견하기 전에도 거짓말을 했지. 그렇지만 여기에서까지 거짓말로 살아갈 수는 없지 않은가. 사상자 수를 속이기 위해 전사자의 시체를 모두 다 고국으로 보내지는 않는다고 하던데 사실인가?"

"그렇다네." 사샤가 인정했다. "자기가 하고 있는 일에 신뢰를 가질 수 있다면, 사상자 숫자 정도야 참을 수도 있겠지."

"자네 말은, 이런 방식으로도 이 전쟁을 승리로 이끌 수 있겠느냐는 뜻인가?"

자이체프가 반문했다.

"이 전쟁을 끝내는 방법은 두 가지가 있다." 사샤가 계속했다. "이 나라를 통째로 집어삼켜 소련연방 아프간공화국으로 만들든가, 아니면 승리했다고 선언하고 고국으로 돌아가는 것이지. 문제는 중앙위원회에 있는 자들은 아직까지

이 전쟁을 보지 못했다는 것이다."

"그 자들이 여기 내려와 검둥이 놈들이 벌이는 부즈카시 게임을 보았어야 하는데 말이야."

자이체프가 말했다. 부즈카시란 말 위에서 하는 폴로 경기로, 머리가 없는 염소를 공으로 사용했다. 그러나 지금 적대감으로 가득 찬 이 민족들은 염소 대신 생포한 소련 군인을 공으로 사용한다는 것이다.

"사샤, 그들이 귀를 기울여 듣게 할 수는 없을까? 조토프 원수가 우리를 대신해 이야기할 수 있지 않을까?"

"그 분이라면 할 수도 있겠지." 사샤는 잠시 생각하더니 말했다. "그 분은 대부분의 다른 사람들보다 멀리 보신다네. 당보다 군을 더 신뢰하시고. 내가 늘 원수와 통화하고 있네, 여기서도 말일세."

"좋아, 군이 목소리를 낼 때가 되지 않았는가."

사샤는 잠시 생각하더니 자이체프의 어깨를 살짝 쳤다.

"내가 가서 마흐무드 소령이 하는 짓을 보며 생각하겠네."

자이체프의 눈이 좁아졌다.

"내가 그놈을 알아. 우리가 신단드 지역에서 감행한 소탕 작전에 그놈도 무리를 이끌고 참가했는데, 교전 중에 그 쥐 새끼 같은 놈이 도망쳐 버렸다네. 나는 그놈이 무리와 함께 반군들에게 넘어간 줄 알았는데 다시 기어들어온 거야. 내가 그놈을 쏘아죽이고 싶었는데, 그놈이 운이 좋았던지 때마침 소련최고회의 위원이 나타났네."

"그래, 이 건은 마흐무드가 잘 처리할 것으로 기대해 보자고."

사샤는 사령부 막사로 돌아오는 도중에 급히 멈추어 아프간 사람들처럼 나무 뒤에 웅크리고 앉아야 했다. 그가 복용한 알약이 두세 시간 이상 설사를 멈추게 하기에는 충분하지 않았다. 그것은 침략자에 대한 아프간의 또 다른 보복이었다.

언덕을 돌아오면서 그는 아프간 전쟁과 밀접한 냄새를 맡았다. 그것은 썩은 고기의 악취와 같은 것으로 하시시를 태우는 냄새였다. 오른쪽으로 내려가자 한쪽이 둥근 바위로 막힌 곳에서 에스토니안 하사가 동료 하나와 함께 있었다. 사샤는 그들을 방해하지 않았다. 그들은 그들 방식으로 휴식을 취하는 것이었다.

그러나 그 장면은 그에게 심각한 경보를 울려주었다. 소련군이 아주 빠르게 보드카 대용으로 하시시를 선택했다는 것이다. 병사들은 그 마약을 구하기 위해 손에 있는 것은 무엇이든, 휘발유와 디젤 오일, 약탈한 아프간 재물, 심지어

총과 수류탄까지 팔아버렸다. 아프간 주재 소련군에게 하시시는 베트남 전쟁에서 마리화나가 미군에게 끼친 영향과 똑같은 것이 되어가고 있었다. 조토프 원수의 원대한 계획이 얼마나 맞아 들어가고 있는지 의심스러웠다.

그가 사령부에 도착하자 마흐무드 소령이 막사 테이블에 버티고 앉아 있었고, KGB 고문관과 부하들이 그를 호위하고 있었다.

"압둘 콰리는 어디 있나?"

사샤가 물었다.

"그놈은 심장이 약했습니다." KGB 고문관이 낮은 소리로 대답했다. "신문 도중에 죽었습니다."

사샤가 낮은 소리로 욕을 하자 KGB 고문관이 담배를 권했다.

"다른 자에게서 중요한 정보를 얻었습니다. 헤라트에 있는 그들의 주모자를 알아냈습니다."

"다음!"

마흐무드 소령이 고함을 질렀고, 나이 든 무자헤딘을 데려오자 취조를 시작했다. 늙은 독수리는 결박당한 채 침묵을 지키면서 서 있었다. 음식과 물을 거부했다는 늙은이는 질문이 계속되자 대답은 않고 이빨도 없는 입에 침을 모으더니 소령의 얼굴에 뱉어 버렸다.

마흐무드가 책상에서 벌떡 일어서더니 권총을 잡고 그의 가슴을 쥐어박았다. 늙은이가 더러운 바닥을 구르다 앞머리를 땅에 박았는데 기도하려고 엎드린 모습 같았다. 그가 읊조렸다.

"아사하두 안나 라 일랄라 일랄랄하(오직 알라의 신만을 믿습니다)."

"일어섯!"

마흐무드가 소리쳤다. 그는 무자헤딘을 끌고 와 테이블에 세우게 하더니 대검을 꺼내 손을 묶은 포승줄을 잘라 버렸다.

사샤는 포승줄로 혈액 순환이 차단된 곳에 생긴 둥근 반점들을 보았다. 마흐무드는 그의 오른손을 잡더니 테이블 위에 쾅하고 내려놓았다. 대검의 날카로운 날을 포로의 손가락 관절 위에 대고 마흐무드는 신문을 시작했다. 그 회교 게릴라는 다시 흥얼거렸다.

"아사하두 안나 라, 오직 알라의 신만이."

마흐무드는 대검을 쳐들어 급히 내리쳤다. 늙은이가 손을 끌어당기자 피 묻은 네 개의 손가락이 테이블 위에 남았다. 그러나 그로부터는 어떤 비명도 나오지 않았고, 오히려 참을성 있게 한결 같은 소리로 읊조리는 것이었다.

"아사하두 안나 라, 모하메드만을 믿사오니……"

그는 피가 뿜어져 나오는 오른손 마디를 왼손으로 감싸면서 기도를 계속했다. 팔 밑으로 피가 흘러내리면서 자루 같은 바지에 줄무늬를 그렸다.

사샤가 박차고 일어서면서 마흐무드에게 욕을 했다. 그가 러시아 말로 소리를 질러서 그 아프간은 알아듣지 못했다. 사샤가 알기로는 소령은 타슈켄트에 있는 KGB 학교에 다녔다는데도 러시아어를 알아듣지 못하는 것이었다. KGB 고문관이 사샤의 팔을 잡고 진정시켰다.

"우리는 단지 참관인일 뿐입니다. 기억하시죠? 이곳은 그들 나라이고 이것은 그들 방식입니다. 저 게릴라들은 그들이 생포한 포로를 다르게 취급할 거라고 생각하십니까? 늑대와 같이 살아가려면 그들처럼 울어야 합니다."

"그럴 일은 없어."

사샤가 질색을 했다.

"저 놈을 보십시오."

KGB 고문관이 머리로 포로를 가리켰다.

"저 자가 설득될 수 있다고 생각하십니까?"

늙은 포로는 아직도 기도하고 있었다. 그는 돈 몇 푼을 구걸하는 거지처럼 목을 쭉 빼고 있었지만, 실상 그는 종교적인 순교의 환한 불꽃으로 타오르고 있었다.

마흐무드는 아무런 소란도 없었다는 듯 신문을 되풀이했다. 늙은이가 열정적인 목소리로 모하메드는 신의 사도라고 말하면서, 이것이 자기 대답이라고 하자 마흐무드는 늙은이의 뱃속으로 대검을 반 인치 이상 찔러 넣었다. 늙은 무자헤딘은 큰소리로 신음을 했지만 기도는 계속되었다. 마흐무드가 다시 찔렀지만 결과는 똑 같았다.

마침내 마흐무드는 지쳤는지 대검을 손잡이 앞까지 쑤셔 넣었다. 칼날을 늙은이의 두건으로 닦고, 부하 둘이 시체를 끌고 나갔다. 마흐무드가 능글맞게 웃는 것을 보고 사샤는 이 자도 사람 죽이는 것을 즐긴다는 것을 알았다.

'우리는 질이 아주 좋지 않은 놈들과 손을 잡았구나.'

그는 분노를 삭이려고 자신에게 타일렀다.

'저 늙은 게릴라 역시 그의 손에 러시아 병사들의 피를 적셨다는 사실을 잊지 말아야 한다.'

그는 마흐무드의 신문을 보는 것은 그것으로 충분하다고 생각했다. 그러나 막 떠나려 하는데 다음 포로가 끌려 들어오는 것을 보았다. 사막의 오두막에서 자기가 잡은 어린 소년이었다. 몇 살이나 되었을까? 많아야 열 살 정도?

"이 아이는 안 돼!"

사샤는 의견이라고 할 수 없는 단호한 어조로 KGB 고문관에게 소리쳤다. 고문관은 마흐무드와 아프간 말로 급히 이야기를 하더니 말을 끝냈다.

"시간은 충분하다."

"잘 들어." 사샤가 고문관에게 말했다. "내가 지금 헤라트에 가는데, 내일 아침 돌아왔을 때, 이 아이를 볼 수 있어야 한다. 살아 있는 모습으로!"

"걱정 마십시오."

고문관은 쉽게 받아들였다. 그는 소변이 마려운 것을 참고, 그 소년이 감방으로 돌아가는 것을 확인할 때까지 기다렸다.

전쟁은, 이 나라와 똑같이, 참혹한 것이었다. 그는 카불 서쪽 힌두쿠시 산맥의 톱날 같은 봉우리에 처음으로 시선이 닿았을 때 자신이 보인 반응을 기억했다. 그것은 인간의 나약함을 용납하는 땅이 아니었다. 그는 처음부터 그것을 받아들였다. 그는 11세기 회교암살단으로 돌아가, 하시시 담뱃대와 인체의 일부를 도려내 가져온 그때의 에스토니아 사람에게조차 혐오감만 느꼈을 뿐, 그 이상의 화는 내지 못했다. 그랬던 그가 왜 지금은 이토록 괴로워하고 화를 내고 있단 말인가?

그는 감정을 진정시키려고 노력하면서 자신에게 중얼거렸다.

'이 전쟁은 진행되는 꼬락서니로 보아 무자헤딘의 해결을 더욱 어렵게 만들고, 그들이 민중 속으로 지지기반을 더욱 넓히도록 큰 도움만 줄 뿐이다.'

그때 그는 아버지가 전선에서 보낸 편지의 한 구절이 생각났다.

'우리는 우리 자신의 적이 되어가고 있다.'

그렇다, 위험한 것은 바로 그것이다. 바로 우리 군 내부에서 발생하고 있는 것들이다. 처음부터 마흐무드 같은 병적인 잔혹성을 가진 자는 제외시켰어야 했다. 이것은 아버지를 범죄자로 몰고 간 '부르주아적 휴머니즘'을 위해서가 아니라 군의 명예와 기율을 위해 그렇게 했어야만 한다는 것이다. 폭력이란 자제될 때만이 효력을 발휘하기 때문이다.

자신이 월경 작전을 세우고, 상당히 성공적인 전과도 올렸지만 이 작전의 전리품인 압둘 콰리가 생존해 있다면 훨씬 더 많은 전과를 기대할 수 있었을 것이다.

이런 사항들이 그가 보고서에 포함시키려는 요소들이었다. 캐러밴 작전에 대한 자신의 평가와 함께 그 보고서를 헤라트에 있는 사령부에서 모스크바로 발송하려는 것이었다. 이란이 어떤 반응을 보이는지 지켜보는 것도 좋을 것이고, 헤라트에는 맛있는 음식과 와인도 있었다.

사샤가 출발하려고 할 때는 어둠이 깔리기 시작했다. 헤라트까지 달리는데 40분이 걸리는데 혼자 떠나기에는 늦은 시각이었다. 낮에도 러시아인들은 안전한 호위를 받을 때에만 이동이 가능했고, 어떤 경우에는 장갑차와 지뢰탐지반이 선도해야 했다. 밤의 시골은 게릴라들이 장악했다. 제법 큰 시내에서도 시장 문은 일찍 닫혔고, 해가 지면서 큰 전투가 예상되면 한낮에도 문을 닫았다.

막사에는 참모용 차량 한 대가 있었다. 검정색 볼가였다. 사샤가 그 차에 올라 시동을 거는데 자이체프가 달려왔다.

"어딜 가려고? 식당에 저녁 차려 놓았는데."

"헤라트에서 먹을 걸세."

"이런 젠장, 자네 혼자 가려는 거야? 어이, 너희!"

자이체프가 막사로 걸어가는 병사들을 불렀다.

"지프와 다쉬카 중기관총을 준비하라. 너희가 프레오브라젠스키 대령을 헤라트까지 호위한다."

사샤가 에스토니아인 하사와 그의 친구를 알아보고는 자이체프에게 말했다.

"자네가 아주 좋은 호위병을 뽑았군. 그들은 지금 천국으로 선녀를 만나러 가는 중이었는데 말이야."

그 에스토니안 하사는 정말로 그랬다. 그가 지프를 가지고 다시 나타났을 때는 약간 멍한 표정이었다.

"저 애들이 선두를 달린다." 자이체프가 단호하게 말했다. "자네보다는 저 놈들이 지뢰밭을 더 잘 달리니까."

게릴라들은 도처에 폭발물을 묻어두었고, 그중에는 아주 성능이 좋은 지뢰도 있었다. 게릴라들은 이탈리아제 플라스틱 지뢰를 사용하는데 매우 치명적이었다.

"좋아, 좋아," 사샤가 자이체프의 팔을 가볍게 쳤다. "헤라트에서 뭐 가지고 올 것 없나?"

"없어! 아침에 보세."

*

어둠이 언덕을 따라 꼬불꼬불한 길 위에 검은 셔츠처럼 깔렸다. 차는 사샤의 발밑에서 울퉁불퉁한 노면에 벅벅 부딪치며 달렸고, 지프를 타고 달리는 에스토니안 하사가 훨씬 낫겠다 싶었다. 엉덩이가 얼얼했지만, 적어도 졸다가 운전대에서 떨어지는 것보다는 나았다. 그렇지 않았다면 앞에서 달리는 지프의 미등을 보고 그냥 수동적으로 따라가기만 했을 것이다.

앞에 가는 지프가 도로 가장자리로 벗어나려하자 경적으로 일깨워 주었다. 그때 그들을 향해 달려오는 소련제 대형 트럭을 보았다. 첫 번째 나갔던 호위차량이 아닌가 싶었다. 그는 부드럽게 브레이크 페달을 밟으면서 지프 뒤에 멈추어 섰다. 초승달의 어둠 속에서 트럭 뒤를 따르는 희미한 형체들을 볼 수 있었다. 그는 트럭기사가 서로 인사하듯이 경적을 울리는 소리를 들었는데, 바로 뒤를 이어 트럭 뒷부분의 천막이 걷히면서 터번을 쓴 일단의 무리가 지프를 향해 사격을 퍼붓는 것이었다.

사샤는 하시시에 취해 행동이 느려진 에스토니안이 중기관총 뒤로 몸을 던지는 것을 보았지만 무자헤딘이 발사한 총알이 에스토니안의 두뇌나 심장을 관통했는지는 알 수 없었다. 지프는 길에서 벗어나 옆으로 기울어졌고, 사샤는 홀로 트럭의 게릴라들과 마주하게 되었다.

그는 머리를 너무 빠르지 않게 운전대 앞으로 숙였다. 가슴에 타는 듯한 고통을 느끼면서 그의 손은 운전대를 놓쳤고, 차는 길에서 벗어나 구르기 시작했다. 차는 절벽 가까이까지 구르다 가까스로 멈추었고, 밑으로 계곡이 희미하게 내려다 보였다.

무자헤딘은 그가 죽었는지 살았는지 확인하지 않았다. 길을 벗어나 뒤따라온 트럭이 검정색 볼가에 부딪치자 절벽 위에서 차가 흔들리기 시작했다. 사샤는 찌그러진 공처럼 납작해진 차 안에 갇힌 채 경사를 따라 데굴데굴 굴러 계곡의 개울 가장자리에 떨어졌다.

깊어지는 어둠속으로 고통이 스며들었다. 그가 의식을 되찾았을 때는 차가 그의 등 뒤에 딱정벌레처럼 붙어 있었다. 그는 그 와중에도 질 나쁜 소련제 휘발유에 감사해야 한다는 것을 알았다. 그렇지 않았으면 차는 이미 불덩어리에 휩싸였을 것이 분명했기 때문이다.

어쨌든 문을 비틀어 열고 밖으로 기어 나온다기보다는 떨어져 나왔다. 움직일 때마다 시뻘겋게 달군 쇠꼬챙이로 쑤시는 듯이 극심한 통증을 느꼈다. 얼마나 시간이 흘렀을까? 그는 등을 지면에 대고 누워 힘들게 호흡하면서 이름도 알 수 없는 별들을 바라보았다.

'무전기!'

차로 기어가 보았지만 무전기는 죽어 있었다. 그곳에 더 누워있고 싶은 욕망보다 더 강렬한 본능이 그에게 말했다. 그곳에 머물러 있어서는 안 된다고. 게릴라들이 돌아올 것이다. 그는 계곡을 따라 기어가기 시작했고, 차가운 도랑물에 피를 씻어내기 위해 멈추기도 했다. 전방 어디에선가 불빛이 나타났다. 그것이 그의 등대가 되었다. 그 불빛을 향해 손 위에 손을 얹으면서 헤엄치듯이 기어갔다. 개울 위 언덕 가장자리에 벌통처럼 세워진 집의 문 앞에서 사샤는 쓰러졌다. 암흑이 소용돌이치면서 다시 한 번 그를 에워쌌다.

의식이 돌아오자 사샤는 어떤 사람이 자기를 지켜보고 있는 것을 느꼈다. 그 사람은 머리에서 발끝까지 검은 천으로 감고 있는 것이 마치 저승사자 같았고, 검정색 천보다 더 새까만 눈동자가 자기를 응시하고 있었다.

까마귀처럼 깍깍대는 소리가 들리는데, 아프가니스탄 말이라 제대로 알아들을 수가 없었다.

"도와주어야…… 의사를…….."

그 사람이 사라지자 집안의 가까운 곳에서 목소리가 높게 흘러나오는데 날카로운 게 아마도 여자의 목소리였다.

"그는 소련 놈이니까 개새끼처럼 죽여 버려요."

남자의 목소리가 조용하고 차분한 어조로 흘러나왔다.

"그는 구원을 청하고 있어. 거절할 수 없는 일이야. 율법을 따라야지."

"그러나 마수드, 그의 군인들이 당신 아들을 죽였잖아요? 그 자는 신을 믿지 않는 놈이에요!"

"그 사람은 우리 율법에 기도하고 있어. 우리에게 피해가

오더라도 그 사람을 보호해야 해. 율법에 그렇게 쓰여 있어.

2.

사샤가 뉴욕을 떠나고 수개월이 지나는 동안, 엘레인은 밧줄 풀린 보트가 조타장치 없이 떠도는 것과 같았다.

엑스테크의 인사부장이 그녀에게 해고의 말을 전하려고 완곡한 비유를 찾느라 애를 썼다.

"좋아요." 그녀가 그를 도와주었다. "어쨌든 나는 사직서를 제출하려던 참이었어요."

그녀는 어떤 일이 있었는지 의심하지 않았다. FBI가 찰리 맥도노프에게 사샤와 그녀의 관계를 설명했던 것이다. 인사부장은 곤란한 표정이었지만 안쓰러워하는 모습이었다.

"한 달 치 월급은 나갈 것입니다."

인사부장이 연금 수령에 대해 설명하는 도중에 그녀는 사무실을 나왔다. 그리고 며칠을 자기 방에 처박혀 있었다. 친구들이 밖으로 불러낼 때도 똑 같은 대답만 했다.

"좀 멀리 떠나려고 해."

무섭고도 생생한 꿈에서 깨어나면 새벽 4시쯤이었다. 꿈에서 그녀는 거대한 탑 위에 올라가 있었다. 탑은 고대 바빌로니아의 부서진 피라미드와 같은 모양의 신전이었다. 사샤가 그 위에 있어서 붙잡았더니 시체 안치소의 널빤지 위에 누워 있는 것처럼 차갑고 딱딱하게 굳어 있었다. 그녀의 손에 하얀 재 같은 것이 묻었다. 꿈에서 깨어난 그녀는 고독한 밤의 적막 속으로 빠져들었다.

무릎 위에 담요를 덮고 책상 앞에 앉아, 곧 시작될 출근차량들의 소음을 기다리며 엉터리 같은 낙서를 적어갔다.

'나는 말라버린 껍질이고……, 들판의 그루터기 같은 것…….'

그 사람이 옆에 없는데도 그를 잡으려고 하는 것이 수족절단 수술을 받은 사람이 무엇을 잡으려고 손을 뻗치는 것과 같았다. 그녀는 두 달 치나 방세가 밀렸는데, 그때 플로리다에서 아버지가 오셨다.

"네가 걱정되어 왔다. 전화도 받지 않아서."

아버지가 부드럽게 나무랐다.

"미안해요, 아빠. 글을 쓰려는 중이거든요."

아버지는 아주 현실적인 분이어서 냉장고를 열어 보셨다. 요구르트와 상추, 포도 한 송이가 남아있었다.

"무엇보다 네 점심부터 먹여야 하겠구나." 아버지가 말했다. "커피와 토끼가 먹는 푸성귀로만 살아갈 수는 없지 않으냐."

아버지는 그녀가 예상했던 것보다 훨씬 멀리까지 생각하

셨다.

"망각이라는 것이 생존의 수단이 되기도 한다. 백미러를 들여다보듯이 뒤만 바라보면서 살아갈 수는 없지. 인생은 늘 새로운 출발을 하는 것이니까."

그녀는 고개를 끄덕이며 황새치를 뜯었다.

"그 사람에 대해 이야기해 주겠니?"

아버지가 물었다.

"아니에요, 정말로." 너무 퉁명스럽게 들리는 것 같아서 그녀는 덧붙였다. "두 분은 서로 좋아할 것 같아요."

"그럼 끝난 게 아니라는 얘기구나"

"그래요."

사샤는 그녀에게 너무도 많은 것을 두고 떠났다.

'이 허전함, 내가 온전하지 못하다는 아픈 느낌.'

아버지는 많은 질문을 했지만 그녀는 가능한 한 부드럽게 피했다.

"꼭 해야 할 일들이 있는데 아빠, 아직 말씀드릴 준비가 되지 않았어요. 그래도 감사해요."

"방세는 지불했다." 아버지는 현실적인 문제를 좀 더 진전시켜야 하겠다고 생각했다. "당분간 이 도시를 떠나는 게 좋을 것 같다. 어떠냐? 나와 함께 이스라엘에 가지 않겠니?"

　그리하여 그녀는 예루살렘의 킹 데이비드 호텔에서 아버지와 일주일을 보내게 되었고, 유서 깊은 거리를 산책하다 아르메니안 지역에서 그녀 주위를 맴도는 아몬이라는 아주 쾌활한 젊은이를 만났다. 그는 이스라엘 특공대의 연차훈련을 막 마쳤다고 했다. 그는 빈틈이 없고 매력적이었다. 엘레인은 그와 함께 저녁식사 약속을 하면서 스스로를 테스트하고 있음을 느꼈다.

　"소련 사람들도 우리를 겁내고 있지요." 아몬이 불쑥 말했다. "우리는 그들을 너무 잘 알아요. 키예프에 사촌이 살고 있거든요."

　"그들과 연락이 되나요?"

　"그들은 이민을 가려고 합니다. 물론 신청을 하면 직업을 잃게 되지만요. 때때로 전화 통화가 가능합니다. 히브리어로 통화하면 도청하는 KGB에서는 미칠 지경이겠죠. 나도 그곳에 가보고 싶은데, 이스라엘인에게는 쉬운 일이 아닙니다. 더구나 나는 군인 신분이기 때문에 금지입니다. 당신은 미국인이니까 문제가 없겠죠. 그러나 당신이 유태인이라는 것을 알면 그들이 주시할 거예요. 그 사람들은 유태인을 위험인물로 보니까요."

이런 말에 그녀는 놀라지 않았다. 그녀는 사샤를 따라 모스크바로 가는 것을 여러 번 생각했다. 그렇게 하는 것은 그에게는 두려운 일이 될 것이고, 그를 만나려 하는 것은 그를 위험에 빠뜨릴 수도 있기 때문에 자신을 붙잡고 있었다. 더 큰 두려움은 모스크바에 갔는데도 만나지 못하면 그 사람을 잃을 수밖에 없다는 것을 사실로 인정해야 하는 것이었다.

와인을 마시면서 대화는 가벼운 주제로 넘어갔다. 그러나 아몬이 손을 잡았을 때 급하게 손을 빼려다 와인 잔을 뒤집어엎었다.

"미안해요."

그 사람의 셔츠에 묻은 와인을 닦아내면서 그녀가 사과했다.

"아직 결혼하지 않았죠?"

아몬이 약간 조롱 섞인 미소를 지으며 물었다. 그녀는 고개를 흔들었다.

"그렇다면 누군가 있군요."

"있어요."

그가 짚어서 말하자 그녀는 시인했다.

"그 사람이 부럽습니다."

흔쾌히 단념하는 그에게 감사하면서 사람들이 담담하게

헤어질 때 하는 식으로 편지하겠다고 약속했다.

그 후 그녀는 아몬으로부터 아무 소식도 듣지 못했다. 그러나 이스라엘의 휴가와 함께 아몬과 나눈 대화는 엘레인이 마음속의 계획을 구체화하는데 도움이 되었다. 그것은 사샤가 없는 허전함과 그리움을 극복하는 데에 필요한 절제와 목적을 부여해 주었고, 적어도 정신적으로는 그를 다시 만나는 것이었다.

그녀는 소설의 내용을 대충 정리해 보았다. 그것은 몇 세대에 걸친 러시아계 유태인 가족의 이야기를 쓰는 것이었다. 그녀는 자존심을 누르고, 아버지로부터 빌리는 것이라고 주장하면서 재정적인 지원을 받기로 하고, 색 항구 노약 쪽 바닷가의 허름한 오두막을 빌렸다.

그녀는 3월의 쌀쌀한 날씨에 도착해, 매일 8시간씩 작업 계획을 지켜나가기로 결심했다. 사샤라는 남자는 그녀가 글을 써나가는 모든 페이지에 숨어있는 존재였다. 이런 글쓰기 작업이 아직도 그녀에게 남아있는 공허감을 없애주지는 못했지만 이 규칙적인 작업으로 인해 그녀는 그곳 바닷가에서 지낼 수 있게 되었다.

그녀는 새로운 사람들을 사귀게 되었는데, 좋은 잡지사에 두둑한 보수로 기사를 소개해 주겠다는 편집자도 있고, 그녀를 데리고 가서 농어를 잡아주는 어부도 있었다. 몇 개월이 지나자 무엇부터 시작해야 하는지 깨닫게 되었다. 그것은 바로 사샤의 나라에 가보는 것이었다.

여름철에 사람들이 햄턴으로 모여들고 있을 때, 그녀는 시내로 돌아와 뉴 스쿨의 러시아어교실 가을학기에 등록했다. 이번에는 제1교시부터 출석해 듣기로 했다.

*

두 번째 수요일 저녁, 새로운 수강생이 러시아어 교실에 출석했다. 그는 다른 학생들보다 나이가 들어 보이고 순모 양복을 입었는데, 어렴풋이 교수와 비슷한 모습으로 파이프를 물고 있었다. 불은 붙이지 않은 채 수업시간 내내 물고 있는 것이었다. 선생님은 그를 루크라는 이름으로 학생들에게 소개했다. 그 이름에 걸맞게 그는 느긋하고 듣기 좋은 남부지방 억양이었다. 그 억양은 그가 발음하기 어려워하는 러시아어에 버번위스키와 같은 맛을 주었다.

"러시아에서 할아버지들을 위한 상품을 개발한다면 광고에 나오셔도 되겠네요."

엘리베이터를 기다리면서 어떤 학생이 그에게 말을 건넸다. 그들이 다른 길로 헤어질 때 그가 엘레인에게 몇 마디 익살을 건넸지만 그녀는 그에 대해 별다른 생각을 하지 않았다.

그런데 다음 주 수업이 끝나자 커피를 같이 마시자고 청하는 것이었다. 그래서 그녀는 그를 좀 더 면밀하게 관찰할 수 있었다. 은색 머리와 희끗희끗한 수염이 기품이 있어 보였다. 나이는 50쯤 되어 보이는데 건강은 좋은 것 같았다. 매력적인 손이 화가처럼 섬세하고 가늘었다.

"나를 낚아 보겠다는 뜻은 아니겠죠? 남자라면 포기한 사람이니까요."

그녀가 말했다.

"새해 아침 결심처럼 들리는군요."

그가 웃을 때 생기는 보조개도 좋아보였고, 믿음직한 구석이 있는 사람이었다. 그들은 한 구역을 걸어 내려가서 비프스테이크 찰리에 들어가 인사를 건넸다.

"루크 글래든입니다."

"남부 출신이구요."

"그래요, 그곳은 아주 커다란 부동산 덩어리죠." 그는 우스꽝스러운 투로 말했다. "루이지애나 주에서 왔고, 어머니 편으로는 프랑스 출신입니다."

그녀는 그와 너무 쉽게 대화하는 자신을 발견했는데, 아마도 그 사람이 대화의 주제를 아주 매끄럽게 이끌기 때문인 것 같았다. 그는 그녀를 파고들어 소설을 쓰고 있다는 사실을 알아냈지만, 그녀에게 금기로 되어 있는 주제들에 대해서는 묻지 않았다. 대신에 그는 원고지에 단어들을 어떻게 메우는가에 대해 물었다.

"사람들이 일반적으로 하는 말을 들어서 아시겠지만." 그녀가 말했다. "쓰는 것은 쉬운 일입니다. 자리에 앉아 마음을 열기만 하면 되니까요."

"들은 적이 있습니다." 그가 웃었다. "그렇다고 믿겠습니다만 어떤가요, 빠르게 쓰십니까, 아니면 천천히 쓰시는 편인가요?"

"매우 빠르게 씁니다. 마음만 먹으면 실제로 그렇게 됩니다. 자신의 일에 대한 불신을 미루기는 쉬운데, 원고지의 빈칸을 보지 않는 것은 쉽지 않습니다."

"나도 같은 경험이 있어요. 미시시피 하류에서 보트를 타던 시절, 아주 특별한 경기를 했습니다. 보트 선장은 난로에 불을 지피기 위해 배의 갑판을 찢어냅니다. 창작의 불꽃이 타오를 때, 이따금 그런 느낌이 들지 않던가요? 자신의 몸을 땔감으로 연소시키고 있다는 느낌말입니다."

"선생님도 작가십니까?"

엘레인이 물었다. 그녀가 놀라는 것은 루이지애나에서 온 남자가 어떻게 자기의 감정을 그리도 정확하게 짚어내는가 하는 것이었다.

"다만 관찰하는 사람일 뿐입니다."

그가 이렇게 대답할 때, 갑자기 소름이 돋는 오싹함을 느꼈다. 그 감정을 떨쳐 버리면서 그녀가 물었다.

"제가 왜 러시아어를 공부하는지 묻지 않으시는군요."

은빛 머리칼에 정중한 매너의 남부 출신, 선명한 무늬가 새겨진 반지를 낀 섬세한 손을 가진 이 남자는 대답하지 않았다. 그 사람이 말해 주기를 바란 마지막 말은 이것이었다.

"당신이 왜 러시아어를 배우는지 나는 압니다."

3.

들것을 운동장에 털썩 집어던질 때, 사샤는 이 사람들이 자기 등을 부러뜨리려고 한다는 생각이 들 정도로 고통스러웠다. 까마귀 같이 요란하고 반복적인 소리가 사방에서 들려왔다.

그는 넓은 공터의 먼지 속에 뉘어져 있었다. 눈부시고 뜨거운 햇살이 눈으로 파고들었다. 그는 몇 시간이나 의식을 잃었던 것이 분명했다. 무엇이라 말을 하려고 했으나 바싹 말라버린 혀가 움직이지 않았다. 베일을 쓴 여인이 그를 들여다보는데 마치 그가 말하고 싶은 것을 확인하려는 듯 했다.

그런데 그게 아니었다. 여자는 쓰고 있던 베일을 한쪽으로 걷더니 사샤의 얼굴에 침을 뱉는 것이었다. 사샤는 전날 밤, 자기를 옹호해주던 노인이 사용하던 말에 매달렸다.

'니나와티.'

아프간 경전에 나오는 단어로 도움을 청하는 사람에게는 반드시 호의를 베풀라고 규정한 말이었다. 사샤는 오로지 그 말만 되뇌었다. 백발이 성성한 노인이 가까이 다가와 측은한 얼굴로 내려다보았다.

사샤는 그가 자기를 옹호해 주던 사람인가 생각했다. 만일 그렇다면 그 사람의 노력은 실패했음이 분명했다. 터번과 탄띠를 두른 젊은이들이 다가와 들것에 누워있는 그를 잡고 들판 가운데로 질질 끌고 갔기 때문이다. 그곳은 운동장이라고, 희미한 의식 속에서 짐작했다. 지면을 다진 땅에 막대기가 꽂혀 있는데 이동식 골대 같았다.

다시 까마귀들의 울음소리가 들려왔고, 씨근덕거리며 쿵쿵거리는 새로운 소리가 가까워졌다. 갑자기 말을 탄 사람이 태양을 가리면서 힘없이 자빠져있는 그의 위로 나타나는데, 힌두쿠시산맥처럼 거대해 보였다. 그는 입이 째질 것 같은 웃음을 지으면서 이상한 무기를 휘두르고 있었다. 아니,

그것은 무기가 아니라 하키용 스틱이었다. 말을 탄 사람이 돌아섰고, 사샤는 말이 내뿜는 뜨거운 호흡을 느꼈다. 운동장 저편으로 다른 사람들 여럿이 오고가는 움직임이 흐릿하게 바라보였다. 함성이 일어나면서 빠르게 달리는 말발굽의 요란한 소리도 잇달았다.

사샤는 자기가 직접 목격하기를 바라지 않았던 장면이 전개되고 있음을 알았다. 이 아프간들은 지금 부즈카시 경기를 하려고 하는 것이었다. 폴로라는 것으로 말을 타고 하는 공치기 경기이고, 자신은 지금 그 공이 되어 있었다.

'아직은 안 된다.' 그가 속으로 외쳤다. *'여기서는 아니다. 나는 아직 싸움을 시작도 하지 않았는데.'*

까마귀들이 날카로운 소리로 깍깍대자 사샤는 무의식적으로 몸을 굴렸다. 무엇인가 벗겨지는 듯 했고, 타는 것 같기도 했다. 자기를 향해 달려오는 말발굽을 피해 온 힘을 짜내 가능한 한 멀리 몸을 굴렸다. 두 번째 돌격을 준비하면서 달려오는 기수가 시야에 어른거렸다.

그때 탁탁 하는 소리와 부지직 하는 소리가 들리는 것 같았는데, 불꽃놀이에서 지글대는 소리 같기도 했다. 그러자 부즈카시 경기를 하던 자들이 사방으로 달아나는데, 유독 그에게로 달려오는 놈만은 예외였다. 그 놈은 스틱을 기병의 검처럼 커다랗게 휘두르며 사샤에게 달려들었다. 사샤는 몸을 움츠리며 반대쪽으로 굴렀다. 이런 동작의 통증이 너무나 극심해서 목 아랫부분의 피부와 살점이 말발굽에 밟혀 찢겨 나갔지만 아무것도 느끼지 못했다. 그 자가 말에서 굴러 떨어졌으나 곧바로 다시 올라타고는 하키용 스틱보다 짧지만 더 치명적인 무기를 손에 들고 그에게로 돌진해 왔다.

바로 그 때, 사샤의 머리 뒤쪽에서 검정 마스크를 쓴 사람이 십자포화 속을 뚫고 몸을 굽히면서 지그재그로 달려왔다. 그는 멈추지도 않고 칼라시니코프 자동소총 10여 발을 달려드는 아프간의 가슴에 퍼부었다. 그리고는 사샤의 몸 위로 낮게 엎드렸다. 그의 등 뒤로는 부상당해 도망치는 아프간 반군 저격병의 저항이 계속되고 있었다.

자이체프는 사샤의 맥박을 찾아내고는 마스크를 벗어던지고 부하들에게 들것을 가져오라고 소리쳤다.

"사샤, 자네는 살아야 해." 그가 중얼거렸다. "살아서 모스크바에 있는 사람들에게 말해 주게. 이곳에서 무슨 경기를 했는지 말이야."

*

일주일인지 한 달인지 그로서는 알 수 없는 오랜 시간이 지난 후, 사샤는 혼수상태에서 깨어났는데, 파도에 휩쓸려

반쯤 익사한 사람이 헤엄쳐 나온 것과 흡사했다. 그의 눈꺼풀은 풀로 붙인 듯 떨어지지 않았다. 의료진이 눈꺼풀을 떼어내자 그의 첫 반응은 손등으로 다시 눈을 덮는 것이었다. 불빛이 하얀색 벽에 반사되었고, 침대의 철제 프레임은 바늘처럼 그의 눈을 찔렀다. 침대 옆에는 노란색과 빨강색 꽃이 꽂혀 있었다.

그는 자기를 내려다보는 여자의 모습을 느꼈고, 하마터면 그녀의 이름을 '엘레인'이라 부를 뻔했다. 그를 구해 준 것은 페티야였다.

"아빠! 아빠!"

소년이 엄마의 품에서 빠져나와 사샤의 손에 키스를 했다. 사샤는 말을 할 수 없었지만 눈에 눈물이 가득했다. 그는 모스크바의 병원에 누워 있었다.

그날 저녁에 조토프 원수가 방문했다. 간호사들은 일곱 줄의 리본과 견장에 큰 별을 달고 나타난 노장군을 보고 당황해했다.

"어떤가?"

그가 사샤에게 인사를 했다.

"진다 바샴."

사샤가 쉰 목소리로 대답했다. 아직 살아 있다는 뜻으로 아프간 사람들이 같은 질문에 답하는 말이었다.

"러시아 말로 하라. 그놈들이 자네를 아프간 사람으로 돌려놓기라도 했단 말인가?"

원수는 선물을 들고 왔는데 아르메니아 브랜디였다. 그가 술병을 테이블에 내려놓자 간호사가 눈살을 찌푸렸지만 감히 무어라 말은 하지 못했다.

"빨리 회복되어 일어나게." 원수가 사샤에게 말했다. "지금 큰 일이 벌어지고 있고, 내 옆에는 자네가 꼭 있어야 하네. 내가 생각하고 있는 계획도 있고."

원수는 방을 나가려다 덧붙였다.

"어쨌든 자네는 대령으로서 정년이 다 찼다. 곧 무공훈장이 수여될 것이다. 적성 무공훈장 말이다."

사샤는 신음만 할 뿐이었다. 잠시 의식이 희미해지면서 그는 다시 그 장면으로 빠져들었다. 먼지가 가득한 땅바닥에 누워있고, 자신을 향해 들판을 가로질러 달려오는 요란한 말발굽 소리를 들었다.

다음 날 원수가 다시 방문했을 때 사샤는 조금 더 기력을 회복했다.

"아주 운이 좋았더구나." 조토프가 엄지와 집게손가락을 1인치 정도 벌렸다. "탄알이 자네 심장 가까이에서 나왔다."

사샤는 부즈카시 경기는 말하지 않고 '야만인들'이라는 말만 중얼거렸다. 사샤가 기력을 회복하는 것을 보면서 원수는 아프가니스탄에 대한 구상을 설명하는데, 그것은 파키스탄 영토 내의 공습을 포함하고 있었다. 인도가 완전히 무장하고 있어서 파키스탄이 국경을 봉쇄하지 않으면 인도가 침략하도록 부추길 것이다. 어쨌든 소련은 최대의 군사력으로 대응할 필요가 있었다.

"안넨코프 장군 이야기를 읽어보았는가?"

조토프는 그 사본을 가져왔는데, 이는 사샤의 기억을 새롭게 하기 위해서였다.

"그래, 여기다." 그는 책을 펴고 만족스러운 듯이 읽었다. "한 번 권위의 신비가 깨지고, 군기가 엄정하던 군대가 느슨해지는 것에 인민들이 익숙해지면, 이런 권위와 존엄을 회복하기 위해서는 아주 강력한 힘을 투입한 노력이 불가피하게 된다."

원수는 책을 탁 치면서 덮더니 말했다.

"이 말은 요점을 정확히 찔렀다. 우리는 괴테페와 같은 요새가 필요하다."

그곳은 투르크메니스탄의 아슈하바트 인근으로, 아할 테케 부족이 러시아군에게 참혹한 참패를 안겨준 격전의 요새였다. 1879년, 러시아의 스코벨레프 장군이 마침내 이 요새를 점령했을 때는 요새 안에 있던 사람들을 전부 죽여 버렸다.

"그래, 자네 무어라고 했나?"

조토프가 물었다.

"죽음을 천국으로 가는 문이라고 믿는 자들에게 그것이 먹혀들지 모르겠다고 했습니다."

사샤는 마흐무드 소령이 손가락 네 개를 단번에 자른 후에도 죽을 때까지 기도만 하면서 가버린 그 흰 수염의 게릴라를 생각했다.

조토프는 역사에서 가져온 자신의 강의가 잘 받아들여지지 않자 당황한 표정이었다.

"죽은 후에도 기회가 있다고 확신하는 자라 해도 죽음과 맞서는 사람은 없다."

"이 사람들은 다릅니다."

원수가 침대 가장자리로 옮겨 앉자, 사샤는 달려오는 말발굽 아래 땅덩어리가 흔들리는 진동을 느꼈고, 조롱하는 여자들의 비웃음소리와 자신의 살이 썩어가는 냄새를 맡았으며, 자신의 항문이 열려 축축한 변이 나오는 황당함을 맛보았다. 병실 여기저기에 걸려있는 암모니아의 싸한 냄새도 그것들을 지우지는 못했다.

4.

꿈속에서 니콜스키는 얕은 호수에서 가냘프게 생긴 소녀와 수영을 했다. 소녀는 폐 대신 아가미를 가지고 있었는데, 물속에서 그녀를 쫓아갔지만 언제나 피해 달아나는 것이었다. 그런데 가까이에서 얼굴이 푸석푸석하고 진흙 색을 띤 자가, 아마 토프치였던 것 같은데, 한가로운 표정으로 그를 관찰하는 것이었다.

"너는 지금 수배자다."

갑자기 그들은 그를 커다란 방으로 끌고 갔다. 그곳에는 얼굴과 옷에 기분 나쁘게 푸르스름한 광택이 있는 사람들이 모여 있었다. 드리노프가 능글맞게 웃으면서 제일 좋은 자리에 앉아 있는 것이 보였다.

제일 앞줄에서 통통하게 살찐 자가 벌떡 일어서더니 세탁물 목록처럼 길고 구겨진 종잇조각을 내밀었다. 그에 대한 혐의가 적힌 서류라는 것이었다.

"내 이름은 크룹첸코다."

그 뚱보 녀석이 말했다. 그는 그들이 자기 어깨를 잡았다는 생각이 들자 고함을 질렀다.

"아직은 안 돼!"

*

그가 깨어나자 올가가 얼굴을 들여다보았다.

"어디 아픈 거예요? 평소의 잠꼬대와는 많이 다른데."

"내가 뭐라고 했소?"

그는 갑자기 정신이 번쩍 들었다.

"알아들을 수는 없었어요."

"더 자구려."

그는 아내에게 키스를 하고 부엌으로 가서 커피를 만들어 브랜디를 약간 타서 마셨다. 한센 건의 대실패에 대한 공식 조사가 아직도 진행 중이고, 드리노프가 자기의 그것을 잘라 버리겠다고 벼르고 있다는 것을 아내에게 말해 줄 수는 없었다.

뉴욕에서 그의 보스였던 노신사 코로비에프는 아직도 자기를 옹호해 주었다. 모든 것들이 순조롭게 마무리된다면 그가 외국에 파견될 기회가 한 번은 더 있을 것이었다. 런던에 빈자리가 생긴다는 것을 그는 알고 있었다. 그들이 그 자리를 제안한다면 얼른 받으려고 생각했다. 그 자리에 부임하면 다시는 돌아오지 않으리라.

브랜디를 탄 커피 탓인지, 아니면 이런 생각들 때문인지 그의 몸이 떨려서 브랜디를 조금 더 잔에 부었다.

＊

"펠릭스, 오늘 저녁 늦을 건가요?"

아침에 집을 나서는데 올가가 물었다. 그녀는 아직도 곱슬머리를 하고 있고, 지난번 임신한 이후로 몸이 얼마나 불어났는지 숨기지 않고, 충충한 황갈색 프란넬 잠옷을 입고 있는 모습이 약간은 천박스럽게 보이기도 했다.

"사샤가 진급했다오. 오늘 저녁 우리가 축하해 주기로 했소."

5.

펠릭스를 만나러 가면서 모스크바 시내에서 차를 운전한다는 것은 좋은 생각이 아니었다. 사샤가 타는 승용차의 특수번호는 내무성 교통경찰에게 아주 매력적인 효력을 나타내는데, 뉴욕에서 그의 DPL 번호판이 경찰에게 특별한 대우를 받았던 것과 같았다.

사샤가 건강을 회복하자 사건들이 빠르게 전개되었다. 그가 참모대학에 보내졌다가 마치고 나오니 소련은 새로운 지도자를 맞이했고, 그의 장인 조토프 원수는 군을 지휘하는 최고 위치에 이르렀다.

펠릭스의 말이 옳았다는 것이 입증되었다. 안드로포프는

KGB 파일을 이용해 반대파를 침묵시킨 후, 많은 라이벌들을 제치고 서기장 후계 자리를 훔치는 데에 성공했다. 그의 앞에 남은 마지막 장애물은 국방장관과 밀약을 맺음으로써 깨끗이 처리되었다. 군은 이미 킹메이커로 인정받기 시작했다는 것을 사샤는 놓치지 않았다.

그런데 죽어가는 늙은 브레즈네프의 모습을 TV 카메라 앞에 노출시키며 몇 년 동안이나 시끄러웠던 이 나라에 다시 새로운 소문이 돌기 시작했다. 브레즈네프를 승계한 신임 서기장이 겨우 1년이 지나자 심각한 병에 걸려 꽉 닫힌 문 뒤에서 죽어가고 있다는 것이었다. 서독에서 신장투석기가 도착하고, 스웨덴에서 전문의가 왔다는 말이 들려왔다.

그 일이 어떻게 끝날지는 누구도 알 수 없었다. 아스키에로프가 안드로포프 곁에 바짝 붙어 앉아 감언이설로 지지자들을 유혹하고 그들과 공모해 충성을 이끌어내고 있었던 것이다. 두 사람이 조종하는 KGB는 전에는 그처럼 막강한 영향력을 행사한 적이 없었다. 내무성 장관조차 KGB에 넘어갔다. 그렇지만 군부의 영향력 또한 커지고 있었다.

"우리는 유리 블라디미로비치(안드로포프)를 그 자리에 두기로 했다." 사샤가 참모대학을 졸업하자 원수가 전해준 말이었다. "그도 그것을 잘 기억할 것이다. 그는 물론 우리 쪽 사람이 전혀 아니지만 그래도 그쪽 패거리 중에서는 가장 스마트하다."

조토프는 브레즈네프 일당을 경멸했다. 〈모스크바 가십〉도 그들을 '갱단'으로 표현했다. 원수는 특히 체르넨코를 하찮게 보았는데, 그는 브레즈네프 그늘에서 살아온 예스맨으로 선동 문구나 만드는 사람일 뿐이라는 것이었다.

브레즈네프와 체르넨코는 어릴 때 몰다비아에서 같이 자랐고, 우크라이나 국경지역에 많은 부동산을 소유하고 있었다. 그곳은 종전 후 스탈린이 루마니아로부터 강탈한 땅이었다. 체르넨코는 군 수뇌부가 KGB의 전례를 따르기로 결정하고 전직 KGB 의장에게로 지지를 돌리기 전까지는 안드로포프의 라이벌이었다.

모종의 거래가 국방장관과 참모총장, 조토프 원수 사이에 이루어졌다. 바람이 어느 쪽에서 불어오는지를 보고 그 바람과 함께 간다는 것이었다. 그러나 개인적으로 보면 원수의 생각은 그가 사샤에게 말한 것과 같았다.

"안드로포프는 성공할 가망 없이 죽어갈 사람이야. 바람 한 번 휙 불면!"

그는 풀무처럼 바람을 휙 불어냈다.

사샤가 자작나무 숲의 별장에서 요양하고 있는데 리디아

가 찾아와 자상한 유모처럼 말했다.

"당신, 알아요? 누워있을 때만 나를 필요로 한다는 걸."

그녀는 모스크바의 최근 화젯거리를 이야기하고, 페티야가 점점 말썽꾸러기가 되어 학교 친구들과 싸움을 한다든가, 믿을 만한 가정부 구하기가 어렵다는 등의 푸념을 했다. 그녀는 사샤의 무용담을 자랑하면서 친구들을 데리고 와서 남편을 전시품처럼 보여주기도 했다.

그녀의 애국심은 있는 그대로의 꾸밈없는 모습이었다. 그녀가 로맨틱한 언어로 남편의 아프간 전투 이야기를 페티야와 방문객들에게 반복하는 것이 듣기 거북했지만 조용하게 누워 조리를 했고, 마침내 자작나무 숲을 따라 오랫동안 산책할 만큼 건강을 회복했다.

'잃은 것보다는 얻은 것이 더 많다.'

사샤는 자신에게 확신시키듯 중얼거렸다.

어리석은 이유로 인해 바보 같은 방법으로 싸우고 있는 아프가니스탄에서, 그 전쟁의 헛된 낭비와 수치심으로 분노하는 많은 전우들을 발견했던 것이다. 그 분노를 잘 엮기만 하면 러시아를 개혁하는 일에 큰 도움이 될 것이다. 그는 이전보다는 덜 외로웠다.

참모대학을 졸업하고 사샤는 전쟁에서 느낀 문제들을 조

토프에게 하나하나 설명했다. 격노를 예상했으나 원수는 깊은 관심을 가지고 참을성 있게 경청했다.

"잘 들었다. 나 자신이 최전선에 있다, 그것을 잊지 마라."

원수의 대답이었다.

다음날 조토프가 제안을 하는데, 제안도 그답게 명령하는 식으로 전달하는 것이었다.

"자네는 총참모부에서 나를 돕게 될 것이다. 내 개인적인 보좌관으로."

둘 사이의 가족관계를 고려하면 정치적으로 오해 받을 소지가 있다고 사샤가 말했다. 조토프를 질투하거나 그의 권력에 예민한 자들이, 브레즈네프의 라이벌들이 브레즈네프 일당을 악명 높게 만든 것과 같은 방식으로, 조토프가 가족을 등용한다며 불평을 하지 않는다고 어떻게 장담할 수 있겠는가?

"무슨 돼먹지 못한 소리야!" 원수는 그의 말을 잘랐다. "놈들이 정실 인사라고 욕한다면 좋을 대로 생각하라고 해. 그리고 아스키에로프가 좋다면 유리 안드로포프에게 기어 들어가게 내버려 둬, 그게 더 좋아. 그러면 그들 일당은 안심하게 될 거야. 내 옆에는 내가 완전히 신임할 수 있는 사람이 필요하다. 사샤, 자네에게 모든 걸 다 말하지는 않았다, 아직 때가 되지 않았으니까. 그런데 자네는 아주 좋은 후각을 가지고 있어. 나는 아직도 리바디아에서 나눈 대화를 기억한다. 자네는 그때 이미 안드로포프와 아스키에로프에 대해 냄새를 맡고 있었다. 형체를 나타내기도 전에 다른 사람들이 보지 못하는 흐름을 볼 수 있는 직관을 가지고 있단 말이다. 그리고 아프가니스탄에서 검둥이들과 싸우면서 화약 냄새를 맡은 이후, 우리가 일을 도모하는 데에 필요한 인재의 자질을 갖추었다. 나는 자네에게 기대해도 좋다는 것을 알고 있단 말이다."

평소의 방식대로 원수는 의문의 여지를 남기지 않았다. 그가 덧붙였다.

"당연히 자네 계급에 대해서도 조치가 있을 것이다. 소련군 원수이자 제1참모차장의 보좌관이 대령이어서는 곤란하다."

그렇게 하여 사샤는 준장으로 진급했고, 그의 검정색 승용차 번호판은 'MO'라는 문자로 바뀌었다. 총참모부의 고위급 장성들이 붙이는 문자였다.

*

그렇지만 그는 오늘밤 차를 몰고 나오지 않았다. 고골 대로를 따라 늘어선 방대한 총참모부 건물의 황갈색 그리스

식 정문에서 니콜스키와 만나기로 한 맥주 바 '쥐굴리'까지는 걸어서도 쉽게 갈 수 있는 거리였다.

그러나 사샤는 먼저 집으로 가서 새로운 계급장이 달린 위엄 있는 육군 제복을 사복으로 갈아입고 지하철을 타서 아르바트스카야 역에서 내렸다. 역에서 이어지는 칼리닌 거리는 견고하게 세워진 흰색의 고층 건물이 유리와 알루미늄으로 멋지게 장식되어 있었다. 이 거리를 걸을 때면 그는 언제나 아련한 상실감을 느꼈다. 그가 할머니의 손을 잡고 시내를 돌아다니던 소년 시절, 이 동네 싸구려 건물들이 철거업자들의 손에 넘어간 것이다.

쥐굴리는 러시아에서 역사 깊은 토종 맥주의 이름으로, 이 바는 그 맥주회사에서 운영하는 것이었다. 언제나 그렇듯이 쥐굴리 앞에는 긴 줄이 서 있었다. 대부분이 외지에서 온 여행자들로 시린 발을 동동 구르고 있었다. 그들의 호흡이 얼굴 앞에서 하얀 수증기로 피어올랐다. 그 사람들은 사샤의 외제 오버코트를 불쾌한 표정으로 쳐다보았다.

택시가 멈추더니 니콜스키가 튀어나왔다.

"안녕하십니까, 장군!" 그가 유쾌하게 불렀다. "이제 알겠지? 내가 자네 호칭을 벌써 오래 전부터 바르게 불러왔다는 것을."

펠릭스가 그의 손을 꽉 잡자 사샤는 진정으로 반가웠다. 그러나 니콜스키의 변한 모습에 속으로 놀랐다. 얼굴이 부석부석했는데 눈 밑의 처진 살은 물고기 배와 같은 색깔이고 다른 곳은 비정상으로 불그스름했다.

그는 옛날 같이 말쑥하게 차려 입고 나왔지만 배 앞에 주름이 잡힌 것으로 보아 몸이 옷에 맞지 않는 것 같았다

'곤경에 처해 있구나.'

니콜스키가 사샤를 호위해 바의 유리문으로 다가가자 줄을 서서 기다리던 사람들이 불평을 했고, 문을 밀치고 들어가자 욕을 했다.

"죄송합니다. 안에서 친구들이 기다리고 있어서요."

니콜스키가 중얼거렸다.

도어맨이 옛 친구를 만난 것처럼 반갑게 인사를 하고 그들을 안으로 안내했다. 니콜스키가 그와 악수하면서 1루블을 쥐어주었다.

얇은 판자 칸막이가 손님들의 자리를 바깥쪽 사람들과 차단시켜 주었다. 그곳은 뿌연 오렌지색 불빛으로 어둠침침한데, 손님들은 몇 명씩 무리를 지어 사각형 참나무 테이블을 가운데에 두고 둘러앉아 있었다. 그런데 테이블 서너 개는 바의 특별한 친구들을 위해 비어 있었다. 이 특별한 친구란

러시아 외식업소에서 웨이터가 신보다 높은 사람이 된 이후로 웨이터들의 친구를 의미하는 것이었다.

그들 앞에 온 웨이터는 얼굴이 불그레하고 배도 나왔지만, 등뼈를 똑바로 세우더니 연병장에서 분열하는 사관생도처럼 발을 딱 붙이고 서는 것이었다.

"이 사람은 볼로디아라고 하네."

니콜스키가 그를 사샤에게 소개했다.

"우리는 파우크 거미라 부르지. 파우크는 중앙위원회 위원만큼이나 영향력이 큰 사람이야. 자네도 그와 함께 있을 때는 조심하게, 허허."

파우크는 그들을 가장 좋은 테이블로 안내해 주었다. 왼쪽으로는 벽이 있고, 앞쪽의 바와 뒤쪽의 주방 중간에 있는 자리였다. 펠릭스가 웨이터에게 윙크를 하며 말했다.

"마실 것 좀 주지."

파우크는 거품이 일어나는 맥주 두 잔과 종이봉지에 싼 보드카 한 병을 가지고 왔다. 쥐굴리에서는 공식적으로 맥주만 팔도록 되어 있었다. 맥주는 양조장에서 통으로 배달되었고, 그 통은 바로 고리에 걸려 손님들에게 제공되었다. 물을 타지 않아 맛이 아주 좋다는 것이 쥐굴리가 인기 있는 이유였다.

물을 타지 않은 맥주 한 잔에 47코펙이었다. 100코펙이 1 루블이었다. 펠릭스와 같은 특별한 손님은 보드카나 브랜디를 주문할 수 있었지만 술병을 테이블 위에 올려놓고 특권을 자랑하는 사람은 없었다.

사샤와 니콜스키의 자리에서 반대쪽으로 좀 떨어진 곳에는 바의 마스코트가 앉아있는데, 그는 평복 차림의 내무성 경찰로 늘 혼자 조용히 마시고 있었다. 줄을 서서 안주도 없이 맥주 두어 잔을 마시는 사람들에게 얼굴이 알려지는 것을 피하기 위해서였다.

"파우크는 나하고 학교를 같이 다녔어." 니콜스키가 종이 봉투를 발밑에 두고 병뚜껑을 따면서 말했다. "아주 난폭한 친구였지. 선생님들도 큰 소리로 야단을 치지 못했다네. 나는 그가 조직깡패나 자네처럼 군화 신은 사람이 되리라고 생각했어."

그 웨이터가 소금을 친 마른안주와 맛있는 민물 게를 담은 커다란 접시를 들고 다시 나타나자 니콜스키가 말했다.

"자네는 정말로 귀하신 몸이 되었지, 파우크? 지금은 누구한테도 콧대를 높일 수 있잖아."

"저 친구는 어떻게 웨이터가 되었나?"

주방 저쪽 편에 조그마한 소란이 발생해 파우크가 급히

돌아가자 사샤가 물었다. 그곳에서는 술 취한 손님이 동료의 멱살을 잡고 있었다.

저쪽에 앉아있는 내무성 경찰은 소란에 아무 관심도 보이지 않았다. 파우크와 웨이터들이 취객의 팔을 잡고 끌어내는 중에도 혼자 마시기만 했다. 이런 소동은 쥐굴리에서는 별일이 아니었다. 비싼 계산서에 불평하는 손님이 있으면 웨이터들은 바깥 화장실로 데려가서 발길질로 설명해 주었다.

"그래, 파우크도 물론 군 복무를 했지. 믿든 말든 그는 장군의 아들이야. 무대장치 같이 만든 실험장에서 경비병으로 근무했어. 자네도 그 실험장 알지?"

사샤는 고개를 끄덕였다. 그도 원수와 함께 핵 실험장을 방문한 적이 있었다. 그곳은 미국의 조그만 마을처럼 건설되었는데, 사람들 대신 동물들을 키우면서 폭발력과 방사선 낙진을 점검하고 있었다.

"파우크는 제대하고 한동안 건달로 돌아다니다가 택시운전을 했고, 다음에는 고르키 거리의 중앙전화국에 수리공으로 취직했지."

이 말이 사샤의 관심을 끌었다. 중앙전화국은 모스크바에서 가장 중요한 통신시설이었다. 그 내부 시스템을 잘 아는 사람이라면 장차 아주 유용하게 쓰일 것이다.

"그런데 파우크는 일상적인 근무를 할 사람이 아니야. 그는 관광객들의 청바지를 산다고 법석을 떨었지. 그러다가 나쁜 길로 빠질 뻔했는데, 아르카디라는 다른 동창 건달 녀석이 귀띔을 해 주었던 거야. 이런 바에서 일하면 팁과 계산서 장난으로 하룻저녁에 200~300루블은 쉽게 벌 수 있다고 말이야. 어이, 파우크!"

그는 자기 말을 확인이라도 하려는 듯 친구를 불렀다.

"여기 얼마야?"

파우크는 알아보기도 힘들게 휘갈겨 쓴 종이쪽지를 슬쩍 보더니 씩 웃었다.

"얼마 안 돼."

"오늘 밤, 다른 계획 없나?"

니콜스키가 묻자 웨이터는 시계를 보았다.

"일찍 퇴근하고 이스마일로프스키 공원에나 갈까 하는데, 자네는 어떤가?"

"우리도 같이 가자."

니콜스키가 사샤를 돌아보았다.

"어때, 자네?"

"좋을 대로 해."

사샤가 어깨를 으쓱하며 말했다.

시내 북쪽에 있는 이스마일로프스키 공원은 야간 데이트 상대를 구하는 사람들이 즐겨 찾는 곳으로, 그곳의 바는 독신자들에게 인기 있는 곳으로 평판이 높았다.

"리디아에게 늦겠다고 전화 좀 할께."

쥐굴리에서 밤 10시까지 마시자 파우크가 웨이터 팀장에게 양해를 구했다. 10루블만 내면 두어 시간 일찍 퇴근하는 것은 언제나 아무 문제가 없었다.

그때까지 사샤와 니콜스키는 뉴욕에서 자유롭게 이야기하던 주제들과는 거리가 먼 대화를 나누었다. 뉴욕에서 가졌던 화제란 소련 지도층의 변화와 군과 KGB의 내부 상황, 부패한 관리들의 블랙리스트 같은 것이었다. 그들은 아프가니스탄에 대한 이야기도 하지 않았다. 펠릭스가 변함없이 농담을 이어갔지만 그날 밤 그의 유머는 억지가 있어 보였다.

이스마일로프스키 공원까지는 택시로 40분이 걸렸다. 식당 레스노이는 참나무와 느릅나무가 뒤섞인 숲속에 외로이 서 있었고, 흰색 메르세데스를 포함해 고급 승용차들이 주차해 있었다. 밖에서 보면 단층 건물에 너무 많은 유리가 있어서 브루셀이나 쾰른의 현대식 카페 비슷해 보였으나 안으로 들어가면 사냥꾼 숙소였다.

로비에 들어서자 니콜스키는 박제된 커다란 회색 곰에게 꾸벅 절을 하고 그 곰의 머리에 털모자를 던졌다. 모자는 귀를 미끄러져 주둥이까지 내려오다 코에 걸렸다. 곰의 뒤쪽으로 이미 많은 코트들이 걸려 있었고, 사샤도 코트를 벗어서 걸었다.

실내로 들어가자 내무성 경찰이 홀의 손님들을 밖으로 내보내고 있었다. 공식적으로는 10시 30분이면 문을 닫았던 것이다.

"빨리 마시고 나가쇼."

건장한 경찰이 한 그룹의 손님을 재촉했다. 그들이 일어서서 나가자 경찰은 테이블에 남아있던, 술이 가득 찬 잔을 들더니 한 입에 다 비우는 것이었다.

그러나 칸막이 방에 앉은 손님들에게는 소동을 부리지 않았다. 법은 탄성이 있기 때문에 상대가 누구인가에 따라 규정대로 하거나 축소, 제외시키기도 하는 것이었다.

칸막이 방 안에는 다양한 사람들이 있었다. 그들 중에는 조지아 사람들이 많았는데, 이들은 현금 부족을 모르는 사람들이었다. 몇 명의 이탈리아 사람들도 있었다. 레스노이의 밴드는 이탈리아 팝 뮤직 연주로 유명했고, 모스크바에서 열광적인 인기를 얻은 가수 '아드리안나 칠린타나'와 견줄만한 가수도 있었다.

이곳에서 고급 외국인 관광객은 언제나 환영을 받았다. 그들은 멋진 구두나 트랜지스터라디오 같이 러시아에서 비싸게 팔 물건들을 가지고 있었던 것이다. 칸막이 방에 빼곡히 들어앉은 아가씨들은 여러 곳에서 데려왔다.

"뉴욕 1번가는 아니지만 모스크바에서는 가장 비슷한 곳이야."

니콜스키가 설명했다. 내무성 경찰 한 명이 그들을 유심히 쳐다보았으나 웨이터들은 환영했다. 파우크가 이곳 팀장과 좋은 관계를 맺고 있었던 것이다. 그들은 칸막이 방 하나로 들어갔는데, 조지아 암거래 상인들과 아가씨들도 있어서 아주 비좁았다. 조지아 사람들은 다정하게 마시고 있었다. 그들의 술주정이 이미 지나갔는지, 아직 오지 않았는지는 두고 보아야 할 일이었다.

경찰이 별로 환영 받지 못하는 손님들을 내보내고 홀이 정리되자 유흥이 시작되었다. 밴드에게 5루블만 쥐어주면 원하는 노래를 얼마든지 연주해 주었다. 조지아 사람들은 계속 돈을 뿌리고, 보드카와 브랜디 술병은 계속 테이블을 오르내렸다.

니콜스키가 밴드로 다가가 아드리안나 칠린타나의 노래 '일하지 않으면, 사랑도 안되요'를 신청했다. 옆에 앉아 있던 아가씨가 손뼉을 쳤다. 검은색 곱슬머리와 커다란 눈에 약간의 들창코를 가진 예쁜 아가씨였다.

펠릭스는 밴드에 줄 돈을 거두러 돌아다녔다. 그가 여행자수표를 들고 오자 밴드 마스터는 신경이 쓰이는 표정이었다. 아직 바에서 내무성 경찰 몇이 마시고 있었기 때문이다.

"걱정하지 마세요, 제가 바꾸어 드릴게요." 옆에 있던 아가씨가 말했다. "내가 선물가게에 근무하잖아요."

눈 깜짝할 사이에 그녀는 니콜스키의 수표를 주머니에 집어넣더니, 액면가인 10루블만 내주는 것이었다. 그 수표는 서방 국가의 물품을 살 수 있는 면세점에서도 사용할 수 있기 때문에 몇 배 이상의 가치가 있었다.

"환율에 잘못된 점이 있다고 생각하지 않나?"

펠릭스가 점잖게 물었다.

"화 내지 마세요." 그녀가 펠릭스의 귀를 자근자근 깨물며 속삭였다. "후에 정산하기로 해요."

"이름이 뭐야?"

"옐레나."

"좋아, 옐레나. 너에게 뭐가 있나 보자."

펠릭스가 그녀를 댄스 플로어로 끌고 가면서 사샤가 그녀의 친구를 데리고 따라오는지 보았다. 옐레나의 친구는 약간의 금발로 이미 취했는지 킥킥거리며 잘 웃었다. 사람들이 돌면서 아래위로 흔들었고, 파트너도 바꾸면서 밴드를 따라 지붕이 내려앉을 만큼 큰 소리로 노래를 불렀다.

니콜스키는 사샤를 팔꿈치로 찔렀다.

"자네가 잡은 여자와 한 번 하게. 그것이 이곳 규칙이야."

사샤는 옐레나와 춤을 마쳤다. 금발은 펠릭스 위에 올라가 있었다. 그녀는 펠릭스의 셔츠 단추를 열고 아래위로 바쁘게 가슴을 쓰다듬었다.

드디어 조지아 사람들의 술주정이 나오기 시작했다. 한 사람이 술잔을 테이블에 부딪쳐 깨트리더니 위협적으로 들고 일어서는 것이었다.

"나에게 맡겨 두게."

파우크가 가로막았다. 곧바로 바에 있던 경찰 두 명이 들어와 조지아 사람을 밖으로 끌어냈다. 사샤와 펠릭스가 아가씨들을 데리고 나오는데 멀리 흰색 메르세데스를 타고 달리는 조지아 사람들의 모습이 보였다. 그들은 자작나무 숲 속으로 직진해 가는 듯이 하더니 마지막 순간에 타이어 고무비명이 들리면서 방향을 바꾸는 것이었다.

레스노이 밖에는 택시들이 줄지어 대기하고 있었다.

"자, 어디로 가지?"

사샤가 니콜스키에게 물었을 때는 그들은 이미 한 덩어리가 되어있었다.

"다 준비되어 있지." 펠릭스가 안심시키고 택시기사에게 소리쳤다. "체르타노보!"

기사는 뒷문을 열어 놓은 채 돌아보았다.

"걸어가슈, 제기랄! 체르타노보는 못 가."

그곳은 시내 반대쪽에 있는 평범한 콘크리트 아파트 지역으로 니키타가 세워서 그를 기념해 흐루세피라고도 불렀다. 이 말은 이전의 소련 지도자 이름과 함께 소련의 하층민을 지칭하는 단어가 되었다. 택시기사의 거절은 이해할 만한 것이었다. 체르타노보는 이스마일로프스키 공원에서 두 시간은 달려야 하는 거리였던 것이다. 사샤는 어느 쪽 제안도 마음에 들지 않았다.

"너무 늦었잖아."

사샤가 상기시켰지만 니콜스키는 굽히지 않았다.

"두 배!"

그러자 기사의 태도가 돌변했다. 차가 달리는 동안 금발 아가씨는 크게 코를 골다가 그녀의 옷 속에서 펠릭스의 손이 부지런히 탐험할 때만 소리를 멈추었다. 옐레나는 거리가 너무 멀다고 불평을 했는데, 사실은 이렇게 멋진 옷을 입은 남자들이 그 외딴곳으로 데리고 간다는 데에 실망한 것이 분명했다.

펠릭스는 이름을 알 수 없는 미로를 여러 차례 통과하며 택시기사를 안내해, 마침내 목적지에 도착했다. 건물들이 모두 비슷비슷하고 도로에서 상당히 떨어져 있어서 벽에 붙은 도로 표지판으로는 식별이 쉽지 않았다.

"자네가 기대한 게 뭐지?" 니콜스키가 조용히 선언했다. "여기가 바로 방글라데시다."

아파트가 비좁기는 했지만 장식은 꽤 잘되어 있었다. 현관에는 아프리카 사람의 마스크가 걸려 있었고, 환상적인 벽지와 주름 잡힌 커튼은 면세점에서 구입한 것들이 틀림없었다. 거실에는 고출력의 스칸디나비아 제 하이파이 오디오가 있었다.

펠릭스는 거실을 본부라고 불렀다. 반드시 거실을 통해야만 갈 수 있는 침실에는 침대 위에 금테 액자를 두른 커다란 거울이 걸려있었다. 펠릭스는 아가씨들을 주방으로 보내 마실 것과 간단한 스낵을 준비하게 하고, 곳곳에 흩어진 잡동사니들을 치웠다. 침실 바닥에 쌓인 더러워진 시트들은 벽장 속으로 집어넣었다.

"시트가 여섯 세트나 되는데 세탁소에 보낼 시간이 없었네."

"이게 누구 아파트야?"

사샤가 물었다.

"내 친구 것인데 그는 지금 근무 중이지. 그게 무슨 상관인가? 도청장치 찾는 거야? 걱정 말게. KGB 요원의 아파트에 도청 마이크를 달려면 의장 이상의 승인이 있어야 하니까. 자네는 지금 모스크바에서 가장 안전한 장소에 있다는 걸 알아두게. 아, 고마워, 고양이 아가씨들."

그는 금발에게서 마실 것을 받아들고 그녀의 엉덩이를 철썩 때렸다.

"내 단짝 친구가 외국으로 파견 근무를 나가면서 이곳을 잠가두려고 했지. 그래서 내가 한 달에 25루블로 빌렸다네. 비용을 누구와 분담했으면 하는데 자네 생각은 어떤가?"

니콜스키는 대답을 기다리지도 않고 그의 잔을 비웠다.

"이리 오게, 전부 구경시켜 줄게."

그가 사샤를 데리고 주방으로 들어가니 벽에 포스터가 하나 걸려 있는데, 넝마 같은 천에 *'술을 마시지 않는 사람은 믿지 말라'*는 글이 적혀 있었다. 사샤는 단번에 이 집의 잠재성을 알아볼 수 있었다. 이 집은 모스크바의 훌륭한 '**안가(安家)**' 였다.

니콜스키는 어느 때보다도 빠르게 잔을 비우고, 기분 변화가 매우 심했다. 잠깐 동안 거실로 돌아가 금발 아가씨를 무릎에 앉혔다가 다음에는 여자 둘을 주방으로 데려가 새로운 안주를 준비하게 했다.

"자네 기분이 언짢은 거야?"

사샤가 물었다.

"자, 장군, 마셔, 나는 내버려두고. 아무것도 아냐, 우라질! 모든 게 다 그래." 니콜스키는 낮게 떠들었다. "그래도 어떻게 해야 하는지는 알고 있어."

여자들이 주방에서 돌아오자 그는 말을 돌렸다.

"장군한테 선심을 쓰지. 오늘 밤은 자네가 침실을 쓴다. 나는 이 애하고 저쪽으로 갈게." 그는 금발을 거칠게 다루었다. "서 있을 수만 있으면 거실에 서서 할 테니까."

몇 시간 후, 시체가 맨발로 걸어 다니는 듯한 기분으로 깨어나 보니, 옐레나는 이불을 뒤집어쓰고 자고 있었다. 화장실을 가려면 거실을 지나야 하는데, 이것이 방글라데시의 불편한 점이었다. 희미한 조명 속에서 금발 아가씨가 소파에 웅크리고 코를 골며 자고 있었다.

바깥바람이 들어오는 쪽을 보니 발코니로 나가는 문이 열려있고, 펠릭스가 난간에 기대어 담배를 물고 모스크바의 불빛을 응시하고 있었다. 사샤는 벽장에서 시트 하나를 꺼내 허리에 둘렀다가 토가처럼 어깨 위로 끌어올리고 펠릭스에게로 갔다.

"요녀 칼립소가 오디세우스에게 무엇이라고 했는지 아나?"

니콜스키가 낮고 그윽한 소리로, 마치 무슨 낭송이나 하듯이 말했다.

"그가 고국을 포기하면 영생을 주겠다고 했네. 그런데도 오디세우스는 기어이 고국으로 돌아가고 말았지."

그가 사샤를 돌아보았다.

"자네는 내가 지금 무슨 이야기를 하는지 모를 거야. 그게 자네에게는 좋아. 자네는 티타늄처럼 절대 꺾이지 않을 거니까."

그는 매우 침통했다.

"나한테 말해 주겠나."

사샤가 조용히 청하자 펠릭스가 휙 돌아서면서 설명했다. 뉴욕에서의 소환과 한센 건이 어떻게 스캔들이 되었는지, 드리노프가 아직도 어떻게 자기 피를 말리고 있는지 다 털어놓았다. 또한 KGB 제1국에서의 업무와 모스크바 전체 분위기가 얼마나 좌절감을 느끼게 하는지도.

그의 이야기에는 일관성이 없었다. 금방 옆으로 빗나가 그가 열광적으로 좋아하는 발라드 가수 비소츠키의 장례식에 관한 이야기도 했다. 비소츠키는 소련 작가연맹의 인정은 받지 못했지만 그가 죽자 모스크바 시민의 반이 그를 애도하기 위해 거리로 나왔다는 것이다. 펠릭스도 물론 참여했는데 조화가 바다를 이루고, 내무성 경찰들도 말에서 내려 군중과 함께 했다고.

그는 비소츠키의 노래를 읊조리기 시작했다.

'*높게 비상하는 새를 멈추게 하는 것은 새 자신이지 총알은 아니잖아.*'

사샤는 이런 이야기들이 칼립소와 어떤 연관을 가지는지 의아스럽게 생각하는데 니콜스키가 말했다.

"그들이 나를 런던으로 보낼 때가 있을 거야. 그러면 나는 오디세우스처럼 행동하지는 않을 것이다."

사샤는 깜짝 놀랐다. 펠릭스와 친구가 되고부터 지금까지 솔직하게 마음을 열고 모든 이야기를 나누어 왔는데, 그는 소련 체제에서 가장 무섭게 다루는 범죄 계획을 털어놓는 것이었다. 서방국가로의 망명!

니콜스키는 심호흡을 하더니 손으로 가슴을 쥐어 잡았다.

"물 좀 갖다 주겠어? 심장 부정맥이야!"

사샤가 물을 가져오자 그가 말했다.

"심장 박동이 턱 없이 빨라. 미국이라면 여자들이 식욕 부진을 치료하듯이 신경안정제 바리움으로 간단하게 처리되는데."

"의사에게 가보았나?"

"무슨 원인을 찾겠다고? 문제는 여기 있는데."

니콜스키는 손가락으로 자신의 머리를 짚었다.

"올가에게는 말하지 않았겠지, 칼립소 생각 말이야?"

"물론, 안 했지. 자네도 그녀를 잘 알고 있지 않나. 대단히 완고하다는 것 말이야."

"자네가 해 주었으면 하는 바를 말하겠다."

사샤가 말했다. 상당한 권한을 가진 대부분의 사람들이 어떤 지시를 내릴 때 하듯이 그의 목소리에 착 내려가는 느낌이 있었다.

"가서 잠을 자게. 하나 뿐인 자네의 간장이 휴식을 취하게 말이야. 아침에 이야기하지."

사샤가 다시 일어났을 때는 토요일 아침 늦은 시각이었고, 곱슬머리 아가씨는 떠난 지 오래인 듯 했다. 그녀의 이름과 전화번호가 적힌 종이쪽지가 베개 위에 있는 것을 보았다.

"그 애들은 버스를 타고 갔네." 사샤가 거실로 나오자 펠릭스가 말했다. "선물가게에 출근해야 하니까."

니콜스키는 조금은 좋아 보였다. 아마도 팔꿈치에 끼고 있는 술병 때문인지는 모르지만.

"해장 술 어때?"

사샤는 고개를 저었다. 이번에도 펠릭스를 말리지 않았다.

"지난밤, 미안했네."

적당히 안정이 되자 니콜스키가 말했다.

"무엇이 미안하단 말인가? 자네는 좋아 보이는데."

"내가 이야기한 것 말이야. 좀 지나쳤던 것 같아."

"나는 정말로 기억 못하겠는데."

펠릭스는 사샤를 한참 바라보다 입을 열었다.

"내 자신의 문제에 사로잡혀 몇 달째 벌러온 이야기를 깜빡할 뻔 했잖아."

"뭔데?"

"뉴욕에서 했던 말 기억나나? KGB에 있는 어떤 사람을 알아봐 달라고 하지 않았나?"

"토프치!"

"맞아, 내가 그 사람을 만났지. 그리고 아주 친해졌네."

사샤의 얼굴에서 핏기가 싹 사라졌다.

"아마도 내가 대단한 건을 건진 것 같다. 경마장에 갔었지."

니콜스키는 모스크바 경마장 히포드롬에서 토프치를 만나게 된 경위와 그 이후로 여러 번 만나 베가식당의 바나 인근 호텔에서 헤어진 이야기를 자세히 설명했다. 토프치는 자기를 열렬한 경마애호가로 알고 있고, 제1국에서 있었던 이야깃거리를 들려주는 정보출처로 생각하고 있다고 했다.

"토프치는 지금 제3국의 실력자야. 부국장이고 좋은 배경도 있다. 그는 아스키에로프와 직접 선을 대고 있지. 그들은 바쿠에서 같이 근무했다네. 토프치는 지금까지 누가 어디에 묻혔는지도 다 알고 있다. 몇 번 같이 술을 마시고는 털어놓더군. 자기는 정상으로 올라가는 사람이라는데, 그 다음에 한 말은 믿기 어려울 거야. 그가 무어라고 했는지 아나? 자기 참모에 나 같은 사람이 있으면 좋겠다는 거야. 내가 지금 일에 진저리가 난다면 나를 루비얀카로 데려가 함께 일을 하겠다는 거였네. 그러면 경마장에 함께 갈 시간도 많을 텐데 자네가 좋아하겠나? 실제로 나한데 제1국을 그만두고 시궁창에 와서 같이 뒹굴자고 했다네."

사샤는 오랫동안 아무 말도 하지 않았다. 그는 격렬한 감정의 폭풍을 겪고 있었다. 이제야 아버지를 살해한 범인의 위치를 알게 되자 복수에 대한 뜨거운 욕망이 솟구쳤다. 그러나 깊숙한 곳에서 냉정한 사냥꾼의 본능이 자신을 제지했다.

'몰래 추적하라. 그리고 사정권 안에 분명히 들어올 때까지 기다려라.'

지난 밤 있었던 친구의 고백에 대한 사샤의 반응이 나타났다. 그것은 장인의 보좌관으로 고골 대로에 부임한 이래 그가 기획하고 있는 구상을 완벽하게 끼워 맞출 수 있는 것이었다. 그가 펠릭스에게 물었다.

"토프치 대령은 자네에게 호의를 베풀고 있다. 그런데 왜 그와 함께 하는 것을 주저하나?"

"사샤, 자네는 코미디언이 아닌데."

"그렇다네, 나는 지금 아주 진지하게 말하고 있어. 이제야 자네가 지난밤에 했던 말이 기억나는군. 자네는 아름다운 칼립소도 가질 수 있고, 고국 땅에서 살 수도 있다고 생각해 보게."

6.

황갈색의 거대한 소련군 총참모부 건물들이 고골 대로를 따라 늘어서 있고, 그 맞은편으로는 자작나무와 단풍나무가 줄지어 서있는 길 사이에 작가의 기념비와 한적한 공간이 있어서, 연금으로 살아가는 사람들이 일광욕도 하고 체스를 즐기기도 했다. 강을 마주한 다른 쪽에는 무수한 안테나와 위성용 접시들이 달린 통신용 건물이 있었다.

작가 레흐 톨스토이의 아버지 일리치 톨스토이 백작이 연회와 무도회를 열던 몇 채의 대저택들이 그 가로수 길을 따라 남아 있는데, 그 중에는 장교들의 숙소로 쓰이는 것도 있었다. 아르바트 지역의 옛 건물들은 흐루쇼프 시대에 철거 업자들의 손에 넘어갔다.

당시의 도시설계자는 자가용 승용차를 가진 사람이 아무도 없다는 듯이 모스크바를 설계해, 사샤가 창문을 통해 바라보는 넓고 혼잡한 칼리닌 거리에는 주차장이 단 한 곳도 없었다. 사샤의 새로운 신분에 따르는 특혜 중에는 참모용 승용차 번호와 특별 주차권이 있어서 참모부 빌딩의 강변 주차장을 언제나 사용할 수 있다는 것이었다.

사샤가 프룬제 거리로 출입하는 그리스 식 정문으로 급히 들어오자 특수경비대의 붉은 완장을 찬 초병들이 활기차게 거수경례를 했다. 그는 평소보다 조금 일찍 출근해 자기 사무실에 잠시 들러 들어온 메시지들을 확인하고, 수족관으로부터 올라온 일일정보 보고서를 훑어보았다. 조토프 원수가 국방위원회 회의에 참석하러 떠나기 전에 보고하려는 것이었다.

원수 집무실의 육중한 오크나무 문은 검정 가죽으로 테두리를 감쌌는데, 스탈린 시대에 세워진 건물들에 설치된 재래식 도청 방지장치였다. 이런 방음 테두리가 있음에도 불구하고 사샤는 문을 열기 전에 장인의 으르렁거리는 목소리를 들을 수 있었다. 원수의 말은 유머가 아니었다.

"밤에는 어디 있었나? 누구하고 외입이라도 했나?"

조토프의 인사였다.

"여기는 24시간 근무하는 곳이다. 계집애들 치맛자락이나 잡으러 모스크바를 돌아다니라고 자네를 여기 데려온 게 아니란 말이다."

사샤가 변명을 하려하자 조토프는 그의 말을 막았다.

"지금 그런 소리 들을 시간이 없다. 이 숫자들이 정확한가?"

사샤는 카불 군사령부에서 올린 보고서를 읽었다. 보고서는 지난 일주일 동안에 장군 한 명을 포함해 400명 이상의 소련군이 전사했다고 되어 있었다.

"정확합니다." 사샤가 숫자를 확인하고 말했다. "그 전투에서 최악은 살랑 터널 근처의 복병이었습니다."

조토프가 보고서를 넘겨받아 파괴된 트럭과 탱크, 헬기와 전투기의 숫자를 읽었다.

"이런 빌어먹을 아프간 정부군이 반군들에게 무기를 넘겨주었다는 것이다. 그 초안은 다 되었나?"

사샤가 보고서 초안을 넘겨주었다. 그는 원수가 구상하고 있는 비상대책을 마무리 지으라는 명령을 받았다. 파키스탄에 있는 반군 거점에 대한 대대적인 공습과 아프간 주둔 소련군을 두 배로 증강시키는 내용을 포함한 것이었다.

"오늘 이 안을 제출하실 겁니까?"

사샤가 물었다.

"총장이 아직 승인하지 않았다. 그 분도 다른 사람들과 마찬가지로 갈피를 못 잡고 있어."

그는 총장을 존중하고는 있지만 너무 정치적인 면이 있다고 생각했다. 조토프 역시 총장 자리를 바라고 있었다. 나이 많은 국방장관이 퇴임하면 총장이 그 자리로 가고, 조토프에게도 길이 훤하게 트일 것이다.

이밖에도 많은 안건들이 걸려 있는데, 서기장의 건강에 관한 무수한 소문들이 온 시내에 자자했다. 조토프가 연설을 시작했다.

"조타석에 앉아 키를 잡을 사람이 없다. 우리는 이제 원하던 무기체계를 다 갖추었으나 그 무기들을 사용하는 것이 허락되지 않는다. 우리가 놓쳐버린 기회들을 보라. 중동만 해도 그렇지, 우리가 그 해협을 장악한다면 석유 꼭지를 손 안에 넣을 수 있다. 파키스탄 놈들이 우리한테서 점점 멀어 지고 있는 것을 보라. 미국 놈들이 크루즈와 퍼싱 미사일을 배치하려는 것도 보라. 그런 것들은 단지 정치적으로 해결 할 문제라고 하지만, 심리전만으로도 그런 사태를 막을 수 있다. 그런데도 우리는 이 히피 놈들이 록 콘서트를 하는 것 을 보고만 있다. 우리는 어디로 가고 있단 말이냐? 미사일 은 몇 주만 지나면 도착한다. 우리는 유럽 놈들이 똥을 쌀만 큼 겁나게 해줄 필요가 있단 말이다."

원수는 열변을 중단하고 서류들을 챙기기 시작했다. 사샤 가 조토프의 보좌관으로 부임하고 군부대 시찰에 수행하면 서 늘 들은 바와 같이 그는 불평의 연속이었다. 하지만 다른 많은 사람들의 말을 들어보아도 역시 소련은 조타석에서 키 를 잡는 사람이 없어 표류하는 느낌이라고 했다.

"그 분은 얼마나 더 오래 갈 것 같습니까?"

사샤가 조심스럽게 물었다. 서기장은 이 순간에도 신장투 석기를 달고 병원에 누워 있었다.

"그리 오래 갈 것 같지 않다."

원수가 냉담한 어조로 말했다.

"아스키에로프가 모종의 준비를 하고 있다고 들었습니다."

원수가 얼마나 더 밀어붙일 것인지 알아볼 수 있는 기회라 생각하고 사샤가 말을 꺼냈다.

"아, 그래?"

"그는 나이 많은 지도층을 방패로 삼아, 브레즈네프 일가에 대한 부정부패 조사는 수치스러운 일이므로 즉시 중단되어야 한다고 떠든다고 합니다. 그는 또 안드로포프의 후계자를 뽑았다고도 하는데 믿을 수 있습니까?"

"체르넨코를 말하는 것인가?"

"아스키에로프는 이미 계산을 마쳤습니다. 체르넨코보다 젊은 사람이 후계 자리를 맡는 것은 시기상조라고 생각하고 있습니다. 그는 노년층 인사들이 체르넨코를 선호한다는 것을 알고 있습니다. 체르넨코라면 큰 변화 없이 간다는 것을 의미하기 때문입니다. 아스키에로프는 무사히 궁지를 벗어나고 있습니다. 이 점을 잘 아셔야 합니다. 게다가 그는 아프간 전쟁에서도 잘 해먹고 있다고 합니다."

"무슨 말이냐?"

"그의 친구 하나가 군화와 군복을 수입하는 아프간 업자들로부터 뇌물을 긁어모으고 있다고 들었습니다. 업자들은 달러로 뇌물을 바치고, 아스키에로프 일당은 그것으로 서방 국가의 물품을 러시아로 밀수입해 3배의 이익을 취한다고 합니다."

조토프가 사샤를 날카롭게 쳐다보더니 물었다.

"그것을 입증할 수 있나?"

"아직은 안 됩니다."

원수는 욕설을 퍼부었다.

"우리 아이들이 죽어가고 있는데 이 바퀴벌레 놈들이 살을 찌우고 있구먼. 언제인가 내가 이 개새끼들을 쓸어버릴 것이다."

그는 다시 사샤를 응시하더니 덧붙였다.

"지도층 내부에서 일어나고 있는 일들에 대해 나보다 자네에게 더 소상한 정보가 제공된다는 것이 내 신경을 건드린다. 자네는 어디서 이런 정보를 얻는가?"

"매우 정통한 정보원이 있습니다, 알렉세이 이바노비치. 후일 그에 대해 말씀 드리겠습니다. 요즈음 그는 우리에게 큰 도움이 되고 있습니다."

그는 후에 곰곰이 생각했는데, 원수를 움직이는 것은 거대한 바위를 이동시키는 것과 같았다. 조심스럽게 시작해서 그것이 올바른 방향으로 굴러가고 있는가를 항상 주의 깊게 확인해야 하는 것이었다. 일단 움직이기 시작하면 정지시킬 수 없기 때문이다.

*

일주일 후, 사샤가 방글라데시에서 두 번째 밤을 보낼 때, 아가씨들은 없었고 펠릭스는 술병에서 위안을 찾았다. 그가 털어 놓은 고백은 지난번 대화중에 있었던 것만큼이나 놀라운 것이었다. 그는 어린 아기인 아들을 교회에 데리고 가서 그리스정교의 세례를 받았다고 했다.

"자네가 알다시피 나는 신자가 아니다."

펠릭스가 하는 말을 듣고 사샤는 뉴욕에서의 그날 밤을 떠올렸다. 그때 니콜스키는 독신자 바를 나와 교회로 가서 촛불을 밝힌 적이 있었다.

"그렇지만 조그마한 보험에 들어놓는 것이 해롭지는 않겠지."

펠릭스는 반은 사과하듯 덧붙였다. 사샤는 아무 말도 하지 않았다. 니콜스키의 이런 행위들이 발각되면 그것이 무엇을 의미하는지 두 사람은 알고 있었다.

그것은 뉴욕에서도 충분히 위험했는데, 여기는 모스크바다. 위험은 백배나 더 높은 것이었다. 펠릭스가 다시 술병을 집어 들었다. 그때 사샤가 다가가 술병을 잡아채자 그는 너무 놀라 저항도 하지 못했다.

"이런 말이 있다는 걸 알겠지? 처음에는 사람이 술을 마시고 다음에는 술이 사람을 마신다는 말! 칼립소에 대해 이야기하고 싶다. 내 말을 받아들일 수 있겠나?"

펠릭스는 무안함을 나타내지 않으려고 담배에 불을 붙였다.

"자네의 런던 전속은 확정된 것인가?"

사샤가 물었다.

"거의 확정적일세."

"그것을 거절했으면 하는데."

"자네가 나를 원한다고?"

펠릭스가 식식거렸다.

"그날 밤 자네한테 들은 거야. 자네는 돌아오지 않겠다고 말한 것 같은데. 펠릭스, 출구는 없어, 자네와 나 같은 사람들한테는 말이야. 우리는 이곳에 속해 있네. 자네가 다른 어떤 곳으로 이민을 간다면 그것은 인공심장을 달고 살겠다는 것과 같은 것이다. 나라고 그런 생각을 하지 않았겠나."

잠시 동안 그는 자신이 엘레인의 침대에 누워 있는 모습을 그려보았다. 그녀가 그의 몸위에 걸쳐 누워 아랫입술을 자근자근 깨물고, 그녀의 머리가 부드러운 커튼처럼 얼굴을 스쳤다.

"내 심장은 모스크바에 묻어 달라고 보낼 것을 약속하지." 니콜스키가 말했다. "사샤, 솔직히 말해서 자네는 나에게 무슨 일을 하라고 원하는 것인가?"

"이미 자네에게 말하지 않았나. 토프치에게 가서 도와주라고 말이야. 잘 듣게." 그는 펠릭스가 끼어들 여유를 주지 않고 계속했다. "그 건에 대해 전부 다를 이야기해줄 수는 없네. 아직은 아니야. 그러나 머지않아 모스크바에서 대변혁이 있을 걸세."

"무슨 종류의 변혁이란 말인가?"

"우리가 이 나라를 되돌려 놓으려고 하네."

"우리라고 했나?" 펠릭스가 조롱하듯이 반문했다. "누구누구를 말하는 것인가?"

"어떤 사람이 아주 중대한 일로, 자네가 제3국에 가기를 바란다면 받아들이겠는가?"

그의 질문에 대답하는 대신 사샤가 물었다.

"아하!" 니콜스키가 극적인 어조로 외쳤다. "이제야 보이기 시작한다. 그래, 원수가 아직도 어떤 야망을 가지시겠다, 그건가? 좋아, 속을 드러내지 않고 하는 게 좋겠지. 사람들은 베리야를 누가 총살시켰는지 잊지 않았다. 자네와 그 존경하는 원수께서는 나더러 스파이가 되어 달라는 것이지? 당신들이 어떤 음모를 꾸미고 있는데, 고골 대로에서 어떤 녀석이 토프치에게 정보를 제공해 주는지 알고 싶다는 거지?"

"무슨 소리를 하는 거야?"

"염병할, 자네가 직접 하지 그래. 내가 군화 냄새를 못 견딘다는 걸 알지 않나. 어찌되었든 가까운 시일 내에 모든 게 드러날 거야."

"나는 그렇게 생각하지 않네. 이 문제를 오래 전부터 계획해 왔거든."

"뉴욕에서도?"

"아니, 그 이전이야."

"사샤, 나는 자네를 잘 안다고 생각했는데, 그렇지 않구면."

그래서 사샤는 자초지종을 모두 이야기했다. 토프치와 아버지의 죽음, 레빈에게 배운 러시아의 역사까지. 그리고 설득했다. 이 나라는 개혁이 있어야 하고, 개혁은 위로부터 와야 하며, 순식간에 무자비하고 전혀 예상하지 못한 방법으로 이루어져야 한다고 강조했다.

니콜스키는 한동안 침묵에 빠졌다. 사샤가 이 문제를 다른 사람들과는 나누지 않았다는 사실을 잘 이해했다. 그리고는 마침내 입을 열었다.

"자네가 술에 취했더라면 나더러 토프치에게 가서 도와주라고 하지 않았을 거야. 자네는 술에 취하면 정신이 더 또렷해지는 사람이니까. 아니지, 그 이야기는 더 이상 하지 말자. 그런데 사샤, 이것 하나만 물어보자. 내가 당신들 게임에 참가한다고 가정하자. 내가 런던 행을 포기하고, 제3국으로 가서 토프치 놈들과 같이 근무한다? 이걸 누가 믿어주겠나?"

"자네가 생각하는 게 있을 것 아닌가?"

"사샤, 나는 당신들의 그 전사한 병사들 중 하나가 아니다. 또한 순교자로 목이 잘려도 되는 사람이 아니야. 신이 알고 있을 것이다, 내가 얼마나 고초를 당할지."

그가 브랜디 술병을 뚫어지게 응시하자 사샤는 매우 측은한 마음이 들었다.

*

그 다음 날인 목요일, 니콜스키는 자기의 런던 전속은 아직도 검토 중이고, 오랜 숙적 드리노프는 승진해 제1국의 제2부국장이 되었다는 소식을 들었다.

펠릭스는 일찍 퇴근해 쥐굴리에 앉아 파우크가 끌고 나올 때까지 마셨다. 다음 날 저녁에도 그곳에 다시 나타났는데,

도어맨이 얼른 알아보지 못했다. 넥타이는 뒤틀리고 앞자락은 젖었으며 모자는 귀까지 내려와, 다리 아래 개천의 구정물에 빠졌다 나온 부랑자 같은 모습이었다. 펠릭스가 평소에 주던 팁을 주지 않자 도어맨은 욕지거리를 했다. 파우크도 아는 체 하지 않았다.

펠릭스는 첫 잔을 벌컥벌컥 마시고 나서 웨이터에게 고함을 질렀다.

"맥주, 이거 반은 물이다! 이 구정물을 마시고 돈을 내라고? 이 개똥같은 안주는 뭐냐!"

그는 손가락으로 새우가 담긴 접시를 찔렀다.

"닥쳐, 펠릭스! 너 취했구나. 빨리 계산하고 나가!"

파우크가 소리치자 니콜스키는 접시를 들어 파우크를 향해 던졌다. 음식물이 옆에 앉은 사람들에게 튀었다. 파우크가 접시를 바닥에 내려놓고 냅킨으로 어깨에 떨어진 것을 털어내고는 주먹을 움켜쥐고 펠릭스에게 다가섰다.

펠릭스는 보드카 병을 방망이처럼 휘둘렀다. 병을 내리치자 파우크의 머리가 아슬아슬하게 비켜갔다. 마침내 저편에 앉아 있던 내무성 경찰이 일어섰다.

"당신도 이 사람을 조심하는 게 좋을 거요."

파우크가 경찰에게 말했다. 경찰이 거만한 자세로 뽐내며 걸어와 신분증을 슬쩍 보여 주었다.

"자, 진정하세요, 손님," 그가 정중하게 말했다. "오늘 밤은 너무 많이 드신 것 같네요."

"꺼져, 이 새끼야!" 니콜스키가 그를 밀쳤다. "이 내무성 비밀경찰 새끼들, 네놈이 지금 누구에게 지껄이는 줄 알고나 있나? 네놈은 나를 건드리지 못해! 나는 국가보안위원회 중령이다."

그 순간 흥분된 웅성거림이 방안에 퍼지는데, 축구경기에서 페널티 킥을 얻었을 때 일어나는 관중들의 환호와 같았다. KGB 요원이 내무성 경찰과 한판 붙으려고 사각의 링 위에 오른 것이었다. 절대로 일어나지 않아야 하는 사태가 벌어지고 있었다. 그것은 두 기관이 서로 앙숙처럼 여기는 것 때문이 아니라, 니콜스키가 소속된 기관의 요원이 평생 지켜야 할 제1원칙은 공적인 임무가 아니면 자신의 신분을 밝히지 말아야 한다는 것 때문이었다.

내무성 경찰도 한 동안 멍하니 서있었다. 그가 망설이는 것은 부분적으로는 안드로포프가 단짝 친구를 내무성 장관으로 지명한 이후, 음주운전 같은 경범죄로 KGB 요원을 처벌하는 것은 그리 내키지 않는다는 것과 같은 원인이었다. 작달막한 경찰의 머릿속에서 톱니바퀴 돌아가는 소리가 들리는 듯 했다.

"내가 네놈을 알지." 펠릭스가 그를 자극했다. "저기 네 자리로 돌아가 엉덩이 대고 앉아서 여물통에 코를 박고 돼지처럼 마시기나 하라고! 네놈이 마신 것은 이곳을 운영하는 다른 돼지들이 내주겠지. 그놈들이 너를 고용하고 있으니 말이야."

"닥치고 꺼지지 않으면 체포하겠다."

경찰이 경고했다. 그곳에는 청중이 있었다. 아무리 KGB 중령이라 해도 그가 지껄이는 말을 그냥 묵살할 수는 없었다.

"나를 체포한다고?"

니콜스키가 고함을 질렀다.

"어디 해봐, 이 새끼야! 네놈이 배에 살을 찌울 때, 나는 조국을 위해 해외에서 위험을 무릅쓰고 살아왔다, 이놈아."

내무성 경찰이 그에게 다가갔다. 그러나 니콜스키는 취한 자로서는 놀랍도록 교묘하게 테이블 주위로 피해 다니며 경찰에게 춤을 추게 하더니 예상 못한 순간에 뛰어나와 그의 사타구니를 걷어찼다. 경찰은 바닥에 나가 떨어졌다. 파우크와 다른 웨이터들이 펠릭스를 잡고 그의 팔을 뒤로 비틀었다.

"자네가 이렇게 하라고 시킨 것이니 잊지 말게." 파우크가 니콜스키에게 속삭이며 내무성 죄수호송차가 도착하기를 기다렸다. "자네가 무슨 짓을 하는지 알고나 있기를 바라네."

그들이 펠릭스를 호송차 안으로 거칠게 처넣었지만 그 정도가 심해 보이지는 않았다. 단지 쥐굴리에서 경찰에게 행한 행패에 상응할 정도였다.

그들은 펠릭스를 두어 시간 동안 내무성 비밀경찰 본부에 잡아놓고 증인들의 진술에 따라 보고서를 작성했다.

"다 되었습니다, 중령 동지." 당직 장교가 만족한 듯이 말했다. "이 보고서가 당신 상관에게 접수되는 즉시 모든 것이 깨끗이 해결될 것입니다."

사실상 경찰은 사건보고서를 니콜스키에게 유리하게 작성했다. 쥐굴리의 담당 경찰은 니콜스키가 자기를 죽이려 했다고 주장했지만 보고서에는 폭력에 대한 내용은 없었다. 제1국에서는 아무도 공개적으로 이 사건에 대해 염려하지 않았고, 내무성에서도 니콜스키를 처벌해야 한다고 주장하지 않았다.

니콜스키의 상사 입장에서 볼 때, 문제 되는 혐의는 공공장소에서 술에 취해 신분을 노출시켰다는 것이었다. 펠릭스는 이를 부인하지 않았다. 그는 조사위원회에도 출두하지 않았다. 대신 지역병원에 근무하는 간호사를 만나, 아주 전염성이 강한 세균에 감염되어 탈진해 있다는 진단서를 받았다. 니콜스키는 전략적으로 시내 곳곳에 여자 친구를 만들어 두었다.

그가 없어도 수레바퀴는 돌아갔고, 곧 이어 그는 제1국에서 업무정지 처분을 받았다. 그리고 얼마 지나지 않아 경마장에서 토프치를 만났다. 제3국의 부국장은 그날 기분이 아주 좋았다. 연속해서 두 경기를 이겼기 때문이다. 그런데도 그들이 마신 술값을 니콜스키가 지불하자 말리지 않았다.

"요즈음 영 죽을 맛입니다." 펠릭스가 그에게 엄살을 떨었다. "내 기록을 인사국으로 보냈습니다. 아마도 나를 카자흐스탄으로 좌천시킬 모양입니다."

"제1국의 멍청한 친구들은 사람을 보면서 그 진가를 알아보지 못한다니까." 토프치가 그를 측은하게 여겼다. "나에게 맡겨 두게. 인사국에 친구들이 많으니까."

상황은 토프치의 말대로 진행되었다. 제1국장은 니콜스키를 제3국으로 전속시켜 달라는 승인 요청을 받자 감사할 따름이었다. 제1국의 어떤 직원이 말했다.

"앓던 이가 빠졌군."

"이렇게 되었다네." 펠릭스가 사샤에게 처음부터 자세히 설명해 주었다. "나 자신으로 말하자면 완전히 타락한 신세가 된 걸세. 내가 스스로 수렁으로 들어간 사실을 원수께서 잊지 않으시리라 믿네. 또한 사진 속의 상상과 실제 토프치 부서 요원 사이에 존재하는 차이점을 자네는 알고 있을 걸세."

사샤가 고개를 끄덕였다.

"사진 속의 상상이 지금 현실로 현상되고 있다네."

7.

"정보, 인텔리전스라는 단어의 어원을 아시나요?"

루크 글래든이 물었다. 그들은 엘레인이 전에는 들어보지 못한 파크 애비뉴에 있는 어떤 클럽의 나무판자가 깔린 실내에 앉아 있었고, 난로의 불은 필요 이상으로 더웠다.

"그 말은 라틴어에서 따온 것인데." 글래든은 참을성 있는 교장선생님 같았다. "그 단어의 동사 인텔리거는 *'여럿 가운데에서 선택하다'*는 의미입니다. 그럴 듯하다고 생각되지 않나요? 내가 깨달은 것은 오직 관심이 있는 사람만이 식별해낼 수 있다는 사실이고, 그런 사람만이 나쁜 것과 더 나쁜 것의 차이를 가려낼 수 있다는 것입니다. 내 말 듣고 있나요, 레이디?"

"음, 미안합니다."

그녀는 불꽃을 응시함으로써 찾아오는 망연한 현혹에서 깨어났다. 어린 시절부터 그런 경우가 종종 있었다. 학교에서 어떤 로맨틱한 장면이 머리에 들어오면 잘 간직하고 있다가 집에 와서 불꽃을 보면 세세한 것들이 환히 보였던 것이다.

"엘레인, 당신이 선택해야 합니다."

뉴 스쿨에서 처음 만난 이후 가진 여러 번의 만남에서 마침내 글래든이 그녀를 재촉하기에 이르렀다.

그는 엘레인에게 자기는 워싱턴에서 왔으며 FBI와는 관련이 없지만 다른 기관과는 확실히 연관이 있다고 설명했다. 그녀는 그것이 무슨 의미인지 알고 있었다. 톰 리간을 따돌린 방식으로 그를 회피하지는 않았다. 이는 부분적으로는 글래든이 신사적이기 때문이기도 했지만 그 보다는 사샤에 대해 무엇이든지 알고 싶다는 절박함이 더 컸기 때문이다.

"그는 지금 모스크바에 있소." 글래든이 그녀에게 말했다. "총참모부 소속의 아주 중요한 인물이오."

"나에게 접근하는데 왜 그리 오랜 시간이 걸렸죠?"

그녀가 물었다. 몇 달이 몇 년으로 바뀌면서 그녀는 FBI나 사샤 어느 쪽으로부터도 아무 소식을 듣지 못해 그들이 모두 자기를 잊었다고 생각했다.

"당신이 준비되기를 기다리고 있었던 거죠."

글래든이 대답했다. 그것은 반은 사실이었다. 그녀의 러시아어 공부가 다시 재개되고, 모스크바 방문을 세우기까지 엘레인은 아주 상처받기 쉬운 여자라는 게 드러나기도 했지만 모스크바 쪽에도 문제가 있었다. 그들은 사샤가 아프간으로 전속 가는 것을 계산하지 못했고, 야전에서 그렇게 오랫동안 있으리라고는 예상하지 못했다.

글래든이 그녀를 관찰해본 결과 러시아에 대한 그녀의 열망은 시간이 지난다고 무디어지지 않는 것이었다. 그렇다면 프레오브라젠스키의 진심은 무엇일까? 좋다, 쓸 수 있는 손부터 시작해보는 것이다. 무엇보다 먼저 그녀를 확인하는 것이다. 때가 되었다는 말이다.

"되도록 단순하게 생각하는 게 좋아요." CIA 요원이 말했다. "당신은 그 사람을 다시 만나고 싶다, 우리 두 사람이 그것을 인정하죠. 그런데 우리 도움이 없으면 그를 볼 수 있는 길이 없다는 것입니다. 그러니까 그를 망치지 않고는 만날 수 없다는 말입니다. 우리는 지금 뉴욕이 아니라 러시아에서의 만남을 이야기하는 것입니다. 모스크바에서는 모스크바 룰을 따라야 합니다. 참을성도 있어야 하고, 자제할 줄도 알아야 하죠. 여기에 당신이 알아야할 것들이 있습니다."

엘레인이 그로부터 벗어나려 하자 그녀를 놓칠까봐 놀란 글래든이 말했다.

"오해하지 말아요. 우리를 위해 일해 달라고 요청하는 것이 아닙니다. 당신은 누구의 에이전트도 아니고 오직 자기 자신을 위한 일이니까요. 우리는 단지 당신이 그 사람을 만나는 것을 도와줄 뿐입니다. 그게 전부입니다. 내가 바라는 것은 그가 생각하고 있는 것이 무엇인지, 그것만 이야기해 달라는 것입니다. 당신은 대사관 근처나 그곳에 주재하는 우리 요원들 근처에는 얼씬도 하지 않을 겁니다. 내가 모스크바에 오래된 친구가 있는데, 신문기자입니다. 성직을 박탈당한 주교처럼 말하는 뉴질랜드 출신이죠. 당신도 그 사람을 좋아하게 될 것입니다."

"노!"

그녀가 소리 내어 말하기 전에 입술이 먼저 그 말을 만들었다.

"안 된다는 말이 무슨 뜻입니까? 당신은 그 사람을 만나고 싶어 하잖아요."

글래든의 목소리는 부드러웠지만 그녀는 솜옷 속에 들어 있는 면도날을 느꼈다. 그녀는 쉽게 화를 냈고 그래서 루크는 그녀의 감정을 잘 읽고 있었다.

그것으로도 충분히 괴로웠다. 미국 버지니아 주 랭글리에 청사가 있는 CIA 본부 심장부의 컴퓨터에 입력되어 감시를 받지 않고는 접근조차 할 수 없는 남자에 대한 갈망으로 목말라 하면서 3년이나 보냈다. 그동안 청혼을 비롯한 솔깃한 제안들을 수없이 거절해왔다. 지난날을 돌이켜 보면 수녀와 같은 생활이었다. 그렇다고 글래든 기관의 사람들이 사샤를 잡는 덫을 놓는 데에 자신을 이용하도록 허용해 줄 수는 없는 일이었다.

"당신이 요구하는 일을 할 수 없다는 말입니다. 당신들은 그 사람을 함정에 빠뜨리기 위해 나를 미끼로 쓰려고 하는 것이죠."

"전혀 그렇지 않아요."

글래든이 항변했다.

"조금 전 그 사람이 생각하고 있는 게 무엇인지 알아봐 달라고 했잖아요. 그게 바로 배신하라는 말이 아니면 무엇이에요."

"만일 그가 도움이 필요하지 않다면 그렇겠죠. 그가 지금 모스크바에서 행복할 거라고 생각하십니까?"

"나는 잘 모르죠. 그렇지만 그 사람에게 가장 절실한 것이 자신의 행복이라고는 생각하지 않아요"

"그러면 무엇이란 말이오?"

"그 사람은……,"

엘레인은 말을 끊었다. 의도했던 것 이상으로 CIA 요원에게 많은 말을 한 것이 신경을 건드렸다.

"쉽지 않은 일입니다. 여자에게는 그렇다는 의미죠."

"그 사람에게도 쉬운 일은 아니에요."

"보세요, 조건은 없습니다. 우리는 다만 당신들 두 사람이 함께하는 것을 도우고 싶을 뿐입니다. 후에 당신이 그에 대해서 이야기하고 싶지 않다면 그렇게 해도 좋아요. 무엇이 문제가 되겠어요?"

엘레인이 그를 바라보았다. 아직도 의심스러웠다.

"그 사람을 포섭하는데 나를 이용하려는 것이죠. 그게 바로 당신들이 원하는 것 아니에요? 우리가 함께 있는 장면을 찍을 수도 있고."

"우리가 의도하는 것은 그게 아닙니다." 글래든이 좀 더 까칠한 어조로 털어놓았다. "만일 우리가 그런 식으로 하려고 했다면, 이것은 말하면 안 되는 것이지만, 우리가 필요로 하는 사진은 다 가지고 있어요. FBI 친구들은 그 사람이 뉴욕을 떠나기 전에 그 사진을 이용하려 했지만 내가 못하게 말렸소."

사샤와 함께한 가장 은밀한 순간들을 스파이 카메라가 지켜보고 있었다는 사실에 엘레인은 무의식중에 몸이 떨렸다.

"미안하오, 이런 말을 해서."

글래든이 사과했다.

"미안해할 필요 없어요. 내가 자초한 것이니까."

엘레인은 이 남자에게서 새롭게 신뢰를 느꼈다. 그에게 미덥지 못한 구석은 없었다. 그녀가 질문을 하면 그는 그녀의 눈을 들여다보았고 대답하기 전에 손으로 입을 가리지도 않았다.

그 클럽에서 키우는 커다란 고양이가 난로 쪽으로 가다가 부르지도 않았는데 글래든의 무릎 위에 뛰어올랐다. 그가 까만 양복에 붉은 털이 묻는 것도 개의치 않고 귓밥을 긁어주자 고양이는 기분이 좋다는 듯 목을 가르랑거리면서 아주 세련된 표정으로 감사를 표했다. 후에 엘레인은 그 고양이와 사진 문제에 대해 더 많은 질문을 했는지 생각이 나지 않았다.

어느 길로 가든 그녀가 가야할 방향을 정하게 한 것은 이성이라기보다는 본능이었다.

"조건은 없다고 했지요?"

그녀가 재차 물었다.

"아무 조건도 없소."

그가 다시 확인했다.

"그러면 다음으로 무엇을 해야 하나요?"

"러시아어 교실로 돌아가 계속 공부를 하면서 관광 비자를 신청해요. 아무런 문제없이 발급될 것입니다."

그가 엘레인의 손을 가볍게 두드렸다. 어려운 길을 가게 되는 그녀에게 안심하라는 듯이 보였다.

"때가 되면 알려주겠소."

8.

안드로포프의 유해는 노동자연합 회관에 3일 동안 안치되었다. 유해의 발끝에는 공단 위에 훈장이 놓여 있었다. 마지막 날, 유해는 당 최고위 간부들과 의장대의 호위를 받았고, 모스크바를 비롯한 전국에 조의를 표하는 붉은 기와 검정색 기가 반기로 게양되었다.

공장에서는 사이렌이 울렸고, 강에 정박해 있는 기선에서는 기적이 울렸으며, 타만 경비사단과 칸테미로프 탱크사단의 조포 소리가 그의 마지막 가는 길을 애도해 주었다. 스탈린 사후에는 통곡하던 사람들이 많았지만 이번에는 공공연히 슬퍼하는 사람은 아무도 없었다.

고골 대로에서 사샤는 각 군구에서 엄수할 추도식을 준비하느라 분주했다. 모스크바 신문이 점령군이라고 표현하는 아프간 주둔 소련군의 각 파견대에서도 추도식을 엄수하도록 지시를 내렸다.

사샤와 조토프 원수는 붉은 광장에서 거행되는 영결식에 참석해 육군 귀빈석에 도열해 있었다. 모든 사람들이 포차 위에 실린 관을 보면서 연단 위에서 조사를 읽는 체르넨코를 주목하고 있었다. 그는 추념사를 통해 고인의 유지를 계속 이어갈 것을 다짐했다.

"유리 블라디미로비치는 마르크스−레닌 주의자로서 파란 많고 역동적인 삶을 살았고…… 공산주의 이념에 충실하였으며 굽힐 줄 모르는 의지와 겸손하면서도 뛰어난 업무 능력…… 노동자에 대한 관심이 지극하였고……."

연단에 도열해 있는 사람들은 모자와 두꺼운 외투를 입고 있었는데, 원수의 제복을 입은 드미트리 우스티노프를 제외하고는 모두 늙은이들이었다. 이들의 모습은 사샤에게 언제인가 보았던 이스트 아일랜드의 동상들 사진이 생각나게 했다. 그 동상들은 풍상에 깎이고 침식되다가 서서히 무너져 내리는 모습이었다. 체르넨코가 숨을 헐떡이며 마지막 말을 마치자 여러 대에 걸쳐 살아남은 그로미코를 내세워, 안드로포프가 무산계급에 대해 얼마나 큰 관심을 가슴에 새겨왔던가를 증언하게 했다.

그 다음에는 국방장관이 마이크에 다가서서 소련군 전 장병은 서기장의 서거에 깊은 애도를 표한다고 보고했다. 아무도 알아차릴 수 없을 만큼 조용하게 사샤가 한 걸음 옮겨 서자 조토프의 옆모습이 보이는데, 화강암에서 베어낸 조각상처럼 무표정했다.

정확하게 12시 45분, 예포가 울렸다.

"그들이 모두 독점해 버렸다. 네가 말했던 대로야."

체르넨코가 새로운 서기장에 선출된 후 원수가 사샤에게 한 말이었다.

*

그로부터 몇 개월이 지난 어느 날, 사샤가 비소트니 돔의 집에 돌아오니 원수가 뒷방에서 유명한 철도 모형 제조사인 독일의 메르클린에서 만든 정교한 철도를 굽어보고 있었다. 그 장난감은 페티야를 위해 설치한 것인데, 아주 실감나는 영점 사격 무장 기차와 함께 동독 정부에서 선물한 것이었다. 그 장면은 사샤에게 생각나게 하는 것이 있었으니, 레닌이 쿠데타를 일으키기 위해 취리히에서 타고 온 열차가 그와 비슷하지 않았을까 하는 것이었다.

"사샤, 이리 와보게." 조토프가 그를 불렀다. "내가 마실 것을 가져올 동안 이 기차를 작동시켜 보게. 이야기할 게 있네."

사샤는 그 무장 전동차를 한쪽으로 전진하도록 방향을 돌려놓았다.

"좋아, 됐어." 원수가 사샤에게 브랜디 잔을 내밀었다. "우리는 학생이 아니야. 새로운 참모총장을 위해 건배하세."

사샤가 그를 바라보자 원수가 웃음을 터트렸다.

"모르고 있었단 말이냐?"

조토프가 통쾌하게 웃었다.

"물론 소문은 있었습니다만."

"그렇다, 오늘밤 현재로 그 소문은 사실이 되었다. 이번 주말에 취임한다."

"축하합니다, 원수 각하!"

사샤가 외쳤다. 그도 따라 웃었다.

"그러면 어떻게 해나가려고 하십니까?"

"각료회의 의장에 아스키에로프 동무가 예정 되었다." 조토프가 대답했다. "우리 모두 그놈에게 신세를 져야 한다. 그놈의 힘이 무한대란 말이다!"

브랜디를 마시면서 원수는 자기가 고골 대로의 참모총장이 되기까지 있었던 자리 빼앗기게임을 설명했다.

"그들은 죽은 나무를 잘라내는 것을 미루고, 그것이 자체의 무게로 무너져 내리기를 기다리고 있다." 그가 자세히 설명했다. "신임 서기장은 지금 연속으로 한 시간 이상은 집무를 하지 못하신다. 내가 직접 지켜보았다. 또한 존경하는 국방장관은 다마스쿠스 여행을 마지막으로 자리에서 일어나지 못하신다. 모하메드의 저주가 아닌가 싶다. 그래서 마침내 그 분까지도……."

원수는 아직도 서기장을 실명으로 비판하는 것을 조심스럽게 피하고 있었다.

"어느 한 편의 지지 없이도 버틸 수 있는 사람이 필요하다는 것을 알게 되었다. 그가 지명한 양쪽 지렛대를 보자. 총리로 아스키에로프, 국방장관으로는 누구인지 짐작이 되지, 사샤?"

그 자신의 채널을 통해 사샤는 이미 알고 있었지만 원수가 자신의 물음에 스스로 답을 할 때까지 기다렸다.

"세르디우크!" 조토프는 콧방귀를 뀌었다. "그 역시 체키스트이고, 빌어먹을 우크라이나 출신이다. 그들이 이 자를 소련군 원수로 만들려 하고 있다. 그가 이제까지 했던 업무라고는 체키스트 감방 근무 같은 허드렛일뿐이었다!"

"언제 그 소식을 들으셨습니까?"

사샤가 조용히 물었다.

"두 시간 전이다." 조토프가 시계를 보면서 말했다. "국방위원회 긴급회의가 소집되었다. 총장에게 새 국방장관 임명을 통보할 때 그 표정을 보았어야 하는 건데. 나는 그가 주먹을 쥐고 아스키에로프에게 달려갈 것이라고 생각했다."

전임 참모총장은 자신이 국방의 최고위직에 오를 것이라고 기대해 왔다. 그는 직업군인 출신이 국방장관을 맡아야 한다는 견해를 공공연히 피력해 왔던 것이다.

"사샤, 그들은 일찍부터 준비하고 있었다. 그들은 총장의 건강 때문에 사임이 불가피하다고 통보했던 것이다. 그러나 군이 이를 달가워하지 않는다는 사실을 알고 있다. 사샤, 그들은 군을 두려워하고 있거든. 그들이 왜 우리의 무기체계에 동의해 주었다고 생각하나?"

사샤가 생각하기에도 그것은 사실이었다. 민간인 출신들인 당 지도부가 비틀거리는 동안 군의 영향력은 점점 커져 왔다. 대한항공 여객기를 격추시킨 것과 같은 터무니없는 실책과 아프간전쟁에서 어떠한 형태의 승리도 기대하지 못하게 된 실패에도 불구하고, 그런 흐름을 바꾸지는 못했다.

군을 제외한 소련의 모든 분야에서 난무하는 허위와 가식이 군부의 그런 흐름을 빠르게 하는 데에 더욱 큰 도움을 주었다. 지도층과 해묵은 선동 문구가 존경을 받지 못하자 당은 대중의 지지를 얻기 위해 외부의 공포를 더 크게 과장시켰고, 이는 다시 군부의 힘을 키우는 결과를 불러왔다.

사샤가 넌지시 말했다.

"우리 인민들이 각하를 존경하기 때문에 참모총장에 임명했군요. 그 사람들 생각으로는 자신들이 힘을 비축하는 동안 군부가 아스키에로프 총리, 세르디우크 국방장관을 받아들일 것이라고 믿고 있는 것입니다." 그는 잠시 멈추었다 계속했다. "그들은 각하를 조종할 수 있다고 생각하는 것입니다."

"내가 장님이라고 생각하나?" 브랜디를 더 따르면서 원수가 으르렁거렸다. "놈들은 나를 가죽 끈으로 묶어 놓았다가 내가 쓸모가 없어지면 그 끈으로 목을 조르려 한다는 것을 잘 알고 있지. 그렇지만 사샤, 나는 그들의 게임에 동참한다. 그들은 자신들이 벌이는 게임을 모르고 있거든. 이 나라의 모든 전투력이 내 손아귀에 들어있다. 생각해 보라, 우리가 이룩할 수 있는 게 무엇인지 생각해 보란 말이다. 이 나라는 이렇게 되어야한다."

원수는 큰 주먹을 불끈 쥐고 높이 쳐들었다.

"나라는 이 주먹처럼 되어야지, 이것처럼 되어서는 안 돼."

원수는 손을 폈는데 마치 자선을 구걸하는 거지같은 동작이었다.

사샤는 실내를 천천히 걷고 있는 그를 바라보았다. 털이 깊이 박힌 양탄자도 그의 발걸음 소리를 다 흡수하지 못했다.

'*시작되고 있구나.*'

사샤는 생각했다.

"각하께서는 러시아의 역사를 바꿀 수 있습니다." 자극하는 아첨의 말을 섞어 장인의 등 뒤에서 말했다. "군이 뒤에서 받쳐드릴 것입니다. 인민들이 아직도 신뢰하는 것은 군부가 유일한 집단입니다."

원수가 걸음을 돌리더니 그를 바라보았다.

"이런 대화를 사람들이 무엇이라 하는지 아는가? 나폴레옹 3세의 정치체제를 모방한 보나파르티즘이라고 한다. 부르주아와 프롤레타리아의 계급적 균형 위에 들어선 기만적인 과도기적 정치권력이라는 것이다."

"병영에서는 그렇지 않습니다."

사샤는 부드럽게 대꾸했다.

원수는 장난감 모형 기차에 몰입되어 있는 듯 했다. 그는 전동차를 움직이게 하더니 수평교차로에서 정지시켰다.

"우리는 서로를 잘 이해하고 있다고 생각한다." 그가 사샤를 돌아보았다. "내가 굳이 자네에게 무엇을 설명할 필요가 없고, 자네 또한 그렇다. 일선 현장에 귀를 기울여야 한다. 14군구에 근무한 적이 있지?"

"15군구입니다."

사샤가 정정해 주었다. 소련에는 16개 군구가 있었다.

"명단을 작성해라. 우리가 원하는 리더십을 이해하고 찬성하는 사령관들의 명단과 우리를 반대하는 자들의 명단이 필요하다. 내 이야기 듣고 있나?"

"전부 듣고 있습니다."

사샤가 자신 있게 말했다.

"거사를 시작하면 누구도 믿어서는 안 된다. 절대로 안 된다. 국방성의 세르디우크를 비롯해 체키스트들이 온통 우리 주위를 기어 다니고 있다."

"우리 역시 그들을 지켜보고 있습니다." 사샤의 말에 원수가 의아한 표정을 보이자 설명을 덧붙였다. "저에게 정보원이 있습니다. 제3국에 친구가 있는데 그가 도울 것입니다."

"자네 미쳤구먼!" 조토프가 소리쳤다. "옛날 레닌그라드를 친 슬라브 파의, 그 이름은 잘 기억나지 않지만, 그 장교

놈이 했던 식으로 자네를 함정에 빠뜨리려는 유괴자다."

레닌그라드에서 어떤 대위가 열렬한 러시아주의 장교들의 모임을 만들어, '세계주의의 영향'을 비난하는 지하출판물을 돌리고 군부통치를 주장하며 그리스정교회를 복귀시켜야 한다고 호소했다. 초기 몇 달 동안은 모임이 잘 이루어졌는데, 그 모임을 도와주던 KGB가 그 단체를 보나파르티스트로 몰아 함정에 넣기로 결정하고 그들 전체를 체포해 버렸던 것이다.

"이 사람은 믿을 수 있습니다."

사샤가 주장했다. 그는 니콜스키와의 관계를 충분히 설명하면서 늙은이의 표정이 걱정스러운 불신에서 감탄하는 확신의 얼굴로 변하는 것을 지켜보았다.

"사샤, 나는 자네에 대해 실망하지 않는다."

원수는 이렇게 말하고 모스크바 군구의 고위 장교들 성분에 대해 토론을 시작했다. 그들 중에는 수도권 진입이 쉬운 곳에 포진해 있어서 '궁정사단'이라 불리는 칸테미로프와 타만 경비사단의 사령관들도 포함되어 있었다. 그의 이야기를 들으면서 사샤는 생각했다.

'이런 방법으로는 성사될 수 없다. 궁정사단들은 철저히 감시당하고 있고, 그 사령관들은 정치적인 기회주의자들이다. 왜 장군들은 항

상 최후의 결전을 택하려 하는가?'

"알렉세이 이바노비치," 사샤가 장인의 이름을 불렀다. "저보다 많은 경험을 하셨으니 혹시 제가 외람된 말씀을 드리더라도 용서하시기 바랍니다. 제 관점으로 보면 각하의 작전은 재앙으로 끝날 것이 분명하며 제3국 내부의 우리 정보원까지 노출시킬 것입니다. 당과 KGB는 항상 모스크바 경비대를 위험의 진원지로 보고 있습니다. 상식을 벗어난 다른 방법을 동원해 그들을 순식간에 급습해야 합니다."

"더 좋은 안이 있다는 말이냐?"

"그들이 상상하지도 못하는 무력을 사용할 수 있습니다." 사샤가 조심스럽게 입을 열었다.

"예를 들면?"

"스페츠나츠입니다."

조토프는 한참 동안 이해되지 않는 듯한 표정으로 사샤를 응시하더니 커다란 얼굴이 웃음으로 장식되었다.

사샤가 고골 대로에 전속된 후 원수에게 올린 첫 번째 요청이 카프로프 주둔 특전여단 사령관에 그의 전우인 표도르 자이체프를 임명해 달라는 건이었던 것이 기억났다.

"아주 기발한 착상이다. 자네 친구 자이체프는 요즈음 어떻게 지내고 있나?"

9.

엘레인은 모스크바 도착 후, 첫 며칠은 일반 여행객처럼 시내 관광으로 보냈다. 그들은 엘레인을 호텔 메트로폴에 투숙시켰고, 첫 날 저녁에는 엄청나게 먹고 마시는 일단의 취한들과 테이블을 같이하게 되었다.

"미안하지만 나는 러시아 말을 잘 못합니다."

그녀를 낚아보려고 대드는 사람을 그녀는 한 마디로 물리쳤다. 당황스럽게도 그 사람은 글래스고우에서 온 스코틀랜드 엔지니어라는 것이었다.

그녀는 붉은 광장을 거닐기도 하고, 레닌의 방부 처리된 유해를 보기 위해 줄을 서서 기다리기도 했다. 미술관과 박물관에서도 시간을 보냈다. 방향 감각을 얻기 위해 도시철도와 무궤도 전차를 타고 돌아다니기도 했다. 예상대로 도시는 황량해 보였고 무쇠 같은 하늘 아래 사람들은 모두 무거운 표정이었다.

자신이 감시당하고 있는지 확신이 가지는 않았지만 가는 곳마다 시선이 따르는 것을 느낄 수 있었다. 뉴욕에서 루크 글래든이 소개한 특파원 가이 해리슨에게 전화를 할 때도 그 사람의 전화가 도청당하고 있다는 느낌에 자기 이름을 밝히지 않았다. 그 사람도 자신을 전혀 드러내 보이지 않았다. 그는 성직자와 같은 어조로 말하면서 자기 아파트의 파티에 그녀를 초청하겠다고 말했다.

"어린 양에게 하나님의 축복을 기도합니다."

그런 말로 통화를 마쳤다.

"아시다시피 저는 실패한 성직자죠." 그 파티의 손님들이 모두 떠난 후 그가 설명해 주었다. "러시아는 원래 좋은 종교적 배경을 가지고 있었어요. 스탈린이 예수회 신학교에 다녔다는 것을 아시나요? 결코 기독교 신자들을 무시하지 않았습니다."

해리슨의 손님들은 각계각층의 사람들이었다. 미국인 미술품 거래자, 유럽 각국의 대사관에서 온 외교관들, 그리고 극장 로맹의 아름다운 배우도 있었는데 그녀는 집시 노래를 몇 곡 불렀다. 철저하게 감시당하고 있는 그의 아파트를 드나들면서도 위험이나 불안의 기색을 전혀 보이지 않는 몇 사람의 말쑥한 러시아인들도 있었다.

가이 해리슨은 그녀에게 영국 배우 로버트 몰리를 생각나게 하는 사람이었다. 그는 벌거벗은 여자보다는 구운 감자를 보는 것 같은 태도와 믿음직한 남자의 우렁찬 목소리로 성도의 축복을 기도하면서 손을 들어 올리는 것과 같은 당황스러운 습관도 있었다.

그는 런던과 토론토 그리고 홍콩에서도 근무한 적이 있다고 했다. 엘레인은 그가 누구를 위해 일하는지 궁금했다. 미국 CIA? 아니면 영국? 그런데 러시아인들이 왜 그와 어울리고 있을까? 가이 해리슨이 명확하게 설명하려 하지 않는 수수께끼들이 있었다.

"내일은 환한 빛을 보여주겠소. 행운을 기원하는 의미에서."

해리슨이 말했다. 이튿날 그는 호텔 앞에서 그녀를 차에 태워 우즈베키스탄 식당에서 점심을 먹고 시내를 한 바퀴 돌았다. 그의 승용차는 그 도시 풍경에서 그와 어울리는 유일한 것으로, 회색의 러시아 소형 승용차 라다였다. 국방성 건물을 보여 주는데, 그리스 식 현관에 거대한 황갈색 석조 빌딩으로 항공사 에어로 플로트 사무실이 가까운 언덕 위에 있었다.

"지금 군 고위급 참모들이 모두 회의에 참석하고 있지요. 아프가니스탄과 파키스탄에 대한 문제 때문입니다."

해리슨이 말했다. 그들은 콤소몰스키 거리를 달려, 모스크바의 중심가인 가든 링 로드를 횡단했다. 해리슨은 링 로드로 올라가기 위해 좁은 입체교차로의 아랫길을 한 바퀴 돌아야 했다. 그가 오래된 지하철역을 가리켰는데 그 건물은 단층에 목조 문을 달고 있었고, 지붕 끝이 빨강색이었다. 파크 쿨투리, 엘레인은 역 이름을 외워 두었다. 그곳은 이 도시에서 오래되어 낙후된 곳 중의 하나였다. 길을 따라 들어서 있는 집들은 3~4층이었고, 아랫부분이 셔터처럼 열리는 창문을 달고 있었다.

그런 다음 그들은 모스크바에서 가장 아름다운 다리인 크림스키 다리를 횡단해 링 로드로 올라섰다. 동쪽으로 달리면서 해리슨은 강 위에 떠있는 식당을 가리켰고, 저 멀리 고르키 공원의 커다란 롤러코스트도 알려 주었다. 그곳을 모스크바 사람들은 '아메리칸 힐'이라 부른다고 했다.

그들이 이면도로를 달려 두 번째 다리로 모스크바 강을 다시 건너자 갑자기 비소트니 돔을 통과하게 되었다.

"저곳이 그가 살고 있는 집이오. 그는 대체로 직접 운전해서 귀가합니다."

해리슨이 조용히 일러주었다.

"성공을 장담 못하는 도박이라는 것을 인정합니다."

해리슨이 자기 계획을 설명한 후 덧붙였다.

"그렇지만 마땅히 더 좋은 생각이 나오지 않네요."

사샤는 국방성에서 집으로 귀가할 때 그들이 이제까지 달린 길을 따라 퇴근하는 것으로 관측되었다. 그 도로는 전구 간이 넓고 빠르지만 예외적으로 노보크렌스키 프로예츠를 따라 우회하기 위해 구 도시철도역을 통과하는 구간은 일방통행을 해야 할 정도의 폭이어서 달팽이의 속도로 달리는 곳이었다.

오래된 파크 쿨투리 역은 조용했지만 사람 몇이 보이는데 대부분이 근처에 있는 기술학교 학생들이었고 입구 주위에 몰려 서 있었다.

"어떻게 하면 되는 거죠?"

그녀가 의심스럽다는 듯이 물었다.

"택시처럼 손을 들어 그의 차를 세울까요?"

"그 사람이 당신을 알아볼 거라고 생각되지 않습니까? 간선도로에서는 안 되죠."

"그는 몇 시에 귀가합니까?"

"국방성을 6시경에 떠납니다."

"그러면 어두워지겠네요."

"그렇습니다. 가로등 아래에 서 있으면 어떻겠습니까?"

해리슨이 제안했다.

"매춘부처럼 말이에요?"

"저런! 그런 게 아니고요! 이곳에는 그런 여자들은 있지도 않아요."

해리슨은 찔끔했다.

"내가 알아서 하죠. 만일 그를 찾아내기만 한다면 말이에요."

그녀가 말했다. 결국은 이것이 그녀가 이곳에서 해야 할 일이었다. 실질적인 어려움에 매달리는 것이 현재 그녀에게 일어나고 있는 사소한 의구심을 극복하는 데에 도움이 될 것이기 때문이었다. 자기를 만나면 그 사람이 반가워할까? 그는 부인이나 다른 여자와 행복을 찾은 것이 아닐까? 그는 자기가 글래든 같은 사람들에게 이용당하는 것을 의심하고 쫓아 버리지는 않을까? 오만 가지 의구심이 그녀를 괴롭히고 있었다.

그를 만날 때 어떤 옷을 입어야 할까에 마음을 집중하기로 했다. 그 사람이 기억할만한 옷이 있을 텐데……, 그렇다, 뉴욕에서 그가 선물한 스카프가 있지, 초록과 노란색으로 산뜻하게 디자인된 페이즐리 스카프!

"그는 자신이 직접 운전하고 다닙니다."

해리슨이 계속했다.

"저기 앞쪽을 봐요, 두 번째 차. 저게 볼가인데 그의 차와 같은 것이고 검정색입니다. 그의 차는 왼쪽에 MO라는 문자가 붙은 특수번호판을 달고 있어요. 차량 번호가 'MO 79-13'이죠. 꼭 MO라는 문자를 찾아야 해요. 그 문자는 국방성 고위 군인들에게만 부여된 것입니다."

그녀가 고개를 끄덕였다.

"지금 만일 다른 생각을 하고 있다면, 나에게 말해야 합니다. 좀 더 쉬운 방법이 있을 수도 있으니까요. 한 가지만 있다는 것이 아닙니다. 어쨌든 비소트니 돔을 방문해 문을 두드려서는 안 된다는 것입니다."

"해보겠어요."

엘레인이 단정적으로 말했다.

"좋아요, 그가 참석하는 회의는 내일 끝납니다. 3시 30분경에 준비하고 기다릴 수 있겠죠?"

호텔로 돌아와 각 층 담당 종업원을 지나쳐 방문을 열면서 그녀가 아쉬웠던 것은 오늘 랑데부를 시도하지 못했다는 점이었다. 해묵은 두려움이 새로운 두려움을 잉태할 수도 있으므로 호젓한 저녁 시간을 갖지 않는 것이 더 좋을 수도 있기 때문이었다.

*

하늘은 잔뜩 찌푸렸고, 약하지만 줄기차게 내리는 가랑비는 녹아내리는 얼음처럼 차가웠다. 엘레인이 검정색 겨울

외투 아래 두터운 스웨터를 입고 호텔 메트로폴을 걸어 나오자 차가운 바람이 볼을 때리고 지나갔다.

옷깃에 겹쳐 목에 두른 것은 사샤가 선물한 녹황색 스카프였다. 허둥거리는 것을 내보이지 않으려고 일반 여행객처럼 돌아다녔다. 국영백화점 굼에 들렀다가 붉은 광장으로 나왔다. 레닌 영묘에서도 꽤 오래 머물다 성 바실리 성당에도 들어갔다. 다시 강을 따라 로시야 호텔까지 산책을 하고 그곳에 있는 극장 주위를 어슬렁거리다 반대편 출구로 나오자 그녀를 기다리고 있는 가이 해리슨을 보았다.

그들은 근처에 있는 주차장에서 해리슨의 승용차 라다를 타고 빨랫줄처럼 비비 꼬는 운행을 시작했는데, 제방을 따라 달리다가 외무성과 미국 대사관 뒤쪽을 한 바퀴 돌고, 마침내 레닌 스타디움 인근의 조용한 곳으로 나왔다.

이 단계에서 엘레인은 완전히 방향 감각을 상실했다.

"우리가 지금 어디에 와 있는 거예요?"

"어제 왔던 곳에서 그리 멀지 않습니다. 우리한테 관심을 가진 사람이 있는지 확인하기 딱 좋은 곳이죠."

해리슨이 설명하면서 다른 차량들의 움직임을 쳐다보고 뒤쪽을 다시 확인하는 것이었다. 미행자가 없다는 것이 분명해지자 그는 강을 따라 달리다가 철교 근처에 차를 세웠다. 그 다리는 녹이 슨 엉성한 교량이었다.

"안드레예프스키 다리," 해리슨이 말했다. "차량으로는 이 철교까지입니다."

그녀가 의심스럽게 쳐다보자 그가 덧붙였다.

"그래요, 저기 보도가 보이죠. 걸어서 건너가면 레닌가 저쪽 편에 있는 지하철역이 보일 거요. 지하철은 딱 한 번만 바꾸어 타야합니다. 여기 이것이 필요할 겁니다."

그는 5코펙을 넘겨주었다.

"뒤에서 지켜보고 있을게요." 해리슨이 말했다. "만일 내가 어떤 것을 보게 되면, 파크 쿨투리에서 만나 이야기해 줄 겁니다. 장소는 말하지 않고 시간만 알려줄 거요. 소련의 정보기관은 우리가 무엇인가 시도하고 있다는 것은 알고 있을 겁니다. 그렇지만 그것이 무엇인지는 결코 알아내지 못할 겁니다. 이런 일을 하는 날이 다시는 없기를 바라겠소."

하늘을 바라보니 이미 어두워지고 있었다. 서쪽 하늘에서 검은 구름이 바람을 타고 빠르게 지나갔다.

"신의 가호가 함께 하기를!" 그는 축도하듯이 말하고 그녀의 어깨를 가볍게 쳤다. "행운을 빌겠소."

엘레인은 그의 볼에 가볍게 키스하고 스카프를 머리 위로 끌어올렸다. 회색빛 제방을 건너 나선식으로 올라가는 화강

암 계단을 따라 철교 위로 올라갔다. 철교 위 한쪽으로 좁은 보행자 통로가 있는데, 폭이 약 1미터 정도에 철제 난간이 있었다. 다리 위에 서자 그녀는 오직 혼자였다. 새 한 마리도 보이지 않았다.

'새들도 모두 모스크바를 떠났구나.'

강은 암회색으로 유유히 흐르고 있는데 철교만큼이나 황량해 보였다. 보트 한 척 없고, 강변에서 한 노인이 낚싯줄을 드리운 채 웅크리고 앉아 있었다.

그녀의 왼쪽 멀리 부채꼴 모양의 크림스키 다리가 보였다. 그곳이 그 사람을 만나게 되는 장소였고, 해리슨이 왜 그 낡은 철교를 건너게 했는지 이해가 되었다. 만일 어떤 사람이 자동차로 미행한다면 자동차 전용 교량을 되돌아 찾아오는 데에 시간이 많이 걸리게 될 것이며, 그 시간이면 엘레인이 강 저편으로 숨기에 충분했던 것이다.

바람이 채찍처럼 날카롭게 옷 속으로 파고들었다. 그녀는 난간과 일정한 간격을 두고 차분히 걸었다. 해리슨이 아직도 차안에서 자기를 기다리고 있을까? 약간 애매하기는 하지만 그 사람은 신뢰가 가는 사람이었다.

그녀가 다시 뒤를 돌아보니 철교 위에는 자기 혼자가 아니었다. 파카를 입은 땅딸막한 사내가 그녀 뒤를 따라 터벅 터벅 걸어오고 있었다. 서둘러 걷는 것 같지는 않았지만 그의 보폭은 엘레인의 두 배나 되는 듯해 점점 그녀에게 가까워졌다.

'*아무것도 아냐.*' 그녀가 생각했다. '*문제가 생기면 해리슨이 처리해 주겠지. 그가 지켜보고 있을 테니까.*'

다시 어깨 너머로 돌아보니 그 남자는 형체를 뚜렷이 알아볼 수 있을 만큼 가까워졌다. 그 사람이 웃음을 짓는 듯했는데 엘레인은 그 모습이 싫었다. 그녀가 달리지는 않았지만 가능한 한 빠른 걸음으로 걷자 장화의 뒤꿈치가 바닥을 때리며 다각다각 소리를 냈다.

그녀는 강을 건너와 털털거리며 나선식 계단을 내려가는데, 계단 하나가 심하게 떨어져나가 거의 떨어질 뻔했다. 그런 다음 불빛이 환한 거리로 나왔다. 퇴근해서 집으로 돌아가는 사람들에 휩싸여 박물관 기둥 사이를 통과해 레닌가 지하철역을 향해 지그재그로 걸었다. 지하철 승강장에 서있는 사람들 중에 철교에서 따라오던 사람은 보이지 않았다.

링 역을 가는데 기차를 한 번만 바꾸어 탔다. 파크 쿨투리가 그 호선의 첫 번째 정차 역이었다. 그녀는 가든 링 로드 건너편에 있는 비교적 오래 되지 않은 건물의 큰 출입문 대신 작은 출입문을 떠나면서 매우 조심했다.

엘레인이 밖으로 나오자 이미 어두워졌고, 그래서 당황스러웠다. 밤은 황혼도 없이 내려와 있었다. 사샤가 온다 해도 자기를 볼 수 있을까? 자신은 그의 차를 식별해낼 수 있을까? 철도역 외등은 포장도로를 따라 창백한 노란 불빛을 던지고 있었지만 모든 것들이 형체가 뚜렷하지 않았고, 분명해 보이지 않았다. 젊은이 한 쌍이 어둑한 곳에서 포옹하고 있었다.

그녀의 뒤에 있는 문을 열고 어떤 남자가 나왔다. 철교에서 보았던 사람은 아니었고, 핸섬한 얼굴에 비싼 가죽 코트를 입었으며 키도 크고 건장해 보였는데, 그녀를 뚫어지게 쳐다보는 것이었다. 엘레인은 여봐란 듯이 자기 시계를 들여다보았다. 그 남자가 다가와 러시아 말로 무어라 지껄였다. 그녀가 어깨를 으쓱하자 그가 영어로 다시 물었다.

"미국인? 아니면 프랑스인?"

그녀는 어느 쪽도 아니라고 머리를 흔들고 돌아섰다. 그러나 그 남자는 그녀를 혼자 있게 내버려 두지 않았다. 난감해진 엘레인은 지하철역으로 되돌아와 지갑을 뒤져 5코펙을 넣고 회전문을 통과해 들어왔다. 그녀는 승강장으로 내려와 있다가 그 남자가 없는 것을 확인하고 다시 같은 출구로 나왔다.

이미 6시 5분이었다. 덫에 걸린 새처럼 가슴이 팔딱팔딱 뛰었다. 만일 사샤를 놓치고 지하철역으로 되돌아오게 된다면 어떻게 될 것인가? 자기가 미행당하고 있는데, 해리슨이 경고해 주지 못하는 것은 아닌가? 초조해하는 것을 보이지 않으려고 외등 불빛이 비치지 않는 곳으로 들어갔다. 도로 저쪽은 막힌 벽이었고, 고가도로를 받치고 있는 기둥들 사이는 텅 빈 동굴 같았다.

그때 검정색 볼가 한 대가 도로를 따라 소음을 내며 다가와 엘레인은 다시 가로등 불빛으로 나왔다. 그 차량은 특수 번호판을 달고 있었지만 문자가 틀렸다. 흰색 바탕의 번호판 오른쪽에 검정색으로 MOC라는 글자가 보였다. 그 차는 당이나 정부 관리의 차량임이 틀림없었다.

올리브색 세단이 지나가고 그 다음에는 목재를 실은 트럭이 지나가는데 그 폭이 너무 넓었다. 차량 흐름이 잠시 끊겼다. 그때 다른 검정색 차량이 모퉁이를 돌아오는데, 번호판을 보지 않아도 운전대 뒤에 앉아 있는 모습이, 크레이프 종이를 가위로 잘라 만든 그림자보다는 덜 명료했지만, 그 사람이라는 것을 단박에 알았다. 높은 모자, 긴 목덜미, 넓은 가슴과 어깨의 윤곽을 보았던 것이다.

그녀는 생각도 하지 않고, 이런 식으로 해도 되는 것인지 결정도 하지 않고, 도로로 뛰어나가 차 앞을 막아섰다. 그가 급브레이크를 밟고 창문을 내렸다. 창밖으로 몸을 내밀고 욕을 하려다 숨을 들이쉬고는 거칠게 나가려던 말을 거두어 들였다.

엘레인은 일부러 그랬으면서도 놀랐다는 듯이 그를 쳐다 보았다. 그는 무어라고 중얼거렸는데, 아마도 '아니, 당신이!' 라고 하는 듯 했다. 그런 다음 사샤는 망설이지 않았다. 차 에서 내려 그녀의 팔을 잡고 거의 집어던지듯이 뒷좌석으로 밀어 넣었다.

소형차 자파로제츠가 그들 뒤에 삐익 하고 급정거했지만 도로를 막고 있는 사람이 군복을 입은 현역 장성임을 알고 는 경적을 울리지 않았다. 사샤는 그 운전자에게 미안하다 는 듯이 손을 흔들고 운전석으로 돌아가 차를 조용히 전진 시키면서 크림스키 다리 위로 올라갔다. 그는 의식적으로 딱 한 번 엘레인을 쳐다보고는 말없이 운전만 했고, 백미러 를 살피면서 강을 건넜다.

"사샤."

그녀가 입을 열었다.

"여기서 무엇을 하고 있었소?"

사샤는 성난 목소리였다.

"꼭 와야 했어요." 그녀가 낮은 소리로 **'당신'** 이라고 하려다 **'당신이 사는 도시'**로 바꾸었다. "내 눈으로 보아야 했어요."

그의 몸에서 나오는 열기를 느낄 수 있었다. 그는 속이 타는 것 같았다.

"연락을 하고 싶었지만," 그녀는 더듬거리며 계속했다. "어떻게 해야 하는지 몰랐어요."

이 말도 아무 반응을 이끌어내지 못했다. 그는 다만 그곳에 앉아 있을 뿐이었다, 핸들을 잡은 육중한 화산처럼. 그가 다시 입을 열었다.

"그곳에서 무엇을 하고 있었소? 지하철역에서 말이오?"

"그냥 서성거리고 있었을 뿐이에요." 자기가 듣기에도 공허하고 터무니없는 빈말이라는 것을 알고 급히 덧붙였다. "미술관 트레티아코브에 가던 중이었어요."

미술관 이름을 대면 자기의 변명이 좀 더 설득력이 있지 않을까 싶었다. 그 미술관은 이사크 일리치 레비탄을 비롯한 전통적인 러시아 화가들의 소장품으로 유명한 곳인데, 그들이 만난 다리 건너편에 있었다.

사샤는 간선도로에서 빠져나와 길을 잃은 듯이 우회해 꾸불꾸불한 길을 달렸다. 그제야 엘레인은 이 사람도 해리슨처럼 미행당하지 않는지 확인하면서 운전하고 있다는 것을 알아차렸다.

"이야기 좀 해야겠소."

그가 선언하듯이 말했다.

"시간이 있소? 누구를 만나려던 거요?"

"아니에요, 무슨 말이든지 해요."

"좋아, 내가 적당한 장소를 알고 있거든."

그는 가든 링 로드를 다시 돌아 남쪽으로 향했다. 사샤는 정체불명의 아파트구역 근처에 차를 세우고 차 안에서 잠시 기다리라고 하면서 모자를 벗어 앞자리에 두었다. 잠시 후 돌아와 짧게 말했다.

"됐어요."

그들은 들창코 여자와 엘리베이터를 함께 탔는데, 그녀는 엘레인의 옷을 부러운 듯이 쳐다보았다. 사샤가 방으로 들어와 문을 잠그고 나서 말했다.

"방글라데시에 온 것을 환영하오."

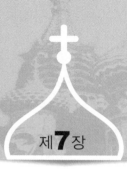

제7장

안전가옥
방글라데시

군부대를 배치하는 가장 중요한 원리는
형체를 알아볼 수 없게 포진하는 것이다. 그러면 대부분의 침투 간첩들이
엿보지 못하며, 따라서 적이 좋은 공격 작전을 세우지 못하게 된다.

―손무(孫武)의 《손자병법》에서

1.

"이곳은 당신 집이 아니잖아요."

엘레인이 말했다. 거실에는 재떨이에서 나오는 듯한 냄새가 났고, 싸구려 향수를 뿌린 흔적도 있었다.

"친구 집이고, 아주 안전한 곳이오."

그녀는 외투를 벗고 접시며 유리잔들을 치웠다.

"내버려 둬요."

사샤가 말렸다. 그녀가 돌아서자 그가 팔을 벌려 안았다. 그녀의 몸이 닿자 물어야 할 질문들은 모두 뒤로 넘어갔다.

'*적어도 미행은 당하지 않았다.*'

문을 열기 전에 그는 이렇게 중얼거렸다.

그는 그녀를 베개보다 가볍게 안아들고 침실로 들어갔다.

"당신이 그리웠소."

그녀의 지퍼를 내리면서 귀 언저리에 숨을 몰아쉬었다. 그녀는 그에게 키스를 하고는 살짝 빠져나갔다.

"잠시만, 시트 없는 침대에는 누워본 적이 없어요."

그녀가 침대를 정돈하는 동안 사샤는 군복을 벗었다. 그녀도 방 저편에서 옷을 벗어던지고 노란색 테가 둘러진 커다란 거울 속에서 서로를 쳐다보았다.

"욕조 같은 게 있나요?"

그녀가 물었다.

"물론 있지. 우리가 지금 어디에 있다고 생각하오?" 그가 웃으면서 말했다. "같이 목욕합시다."

뉴욕에서 함께하는 동안 그들은 같이하지 못한 것들이 많았다. 공원을 같이 걷지도 못했고, 영화를 같이 보지도 못했으며, 심지어 목욕도 같이하지 못했다.

욕조가 차자 물이 뜨거웠지만 뛰어 들어가자 요란한 물보라를 일으키며 물이 바닥으로 넘쳤다. 그녀는 그의 가슴에 생긴 흉터를 보고 손가락으로 만지면서 자신이 그를 다치게 했다는 듯이 놀랐다.

"아프가니스탄에서 그랬나요?"

그녀가 묻자 사샤는 어떻게 아느냐고 물으려다 그만두고 이렇게만 대답했다.

"말할 가치도 없는 일이오."

그가 그녀에게 비누칠을 해준 적은 그리 많지 않았다.

"내 몸이 너무 깨끗해졌어요."

엘레인이 그를 보고 웃었다.

몸이 채 마르기도 전에 그녀의 등을 밀고 침실로 갔다. 그리고 한 시간 남짓 두 사람은 한 덩어리가 되었고, 그들이 모스크바에 있다는 사실도, 규칙을 어기고 있다는 사실도 잊어버렸다. 그의 입과 손이 그녀의 몸을 연주하면서 그녀의 이름을 반복해 불렀고, 마침내 그녀의 몸이 노래를 불렀다.

일이 끝나고 그가 러시아 시를 읊조리자 그녀가 번역해 달라고 했다. 그는 조약돌을 줍듯 한 마디 한 마디 이어갔다.

나는 복종하기를 거부했네
나는 깃발 멀리로 지나갔네
생명의 갈증은 무엇보다 강했으니
기쁘다, 뒤에서 사람들 놀라는 소리

그가 중단하고 말했다.

"사냥꾼을 피해 달아난 이리가 읊은 노래로, 내 심정과 똑같았던 것이오, 지금도 그렇고."

그 사람이 과거시제로 슬픔을 말하자 엘레인은 그가 자기로부터 멀어져가고 있다는 것을 알았다. 곧 추궁의 질문이 있겠지, 그녀는 숨을 죽이고 조용히 기다렸다. 만일 조그마한 움직임이라도 있으면 그 순간이 산산조각이라도 난다는 듯이.

그가 키스를 하자 소금기 있는 눈물이 느껴졌다. 그가 온

몸으로 누를 때 그녀는 격렬하게 달라붙었다. 사샤는 열을 내뿜고 있었다.

"나를 기다릴 것이라고는 전혀 생각지도 못했소."

"기다림은 좋지 않았어요. 나는 아무것도 할 수 없는 게 아닌지 두려웠어요."

"당신은 모스크바에서 나를 찾을 방법을 몰랐을 텐데."

그의 말에 그녀는 이제 시작이구나 생각했다. 침대 옆을 더듬어 백을 찾아 멘솔 담배 한 개비를 뽑았다. 연기가 침실에 걸린 거울을 돌아 올라가는 것을 바라보았다.

"그것에 관해 모든 것을 나한테 말해 주어야 하오."

사샤가 계속했지만 재촉은 하지 않았다.

"그 사람들이 여행 비자를 주었어요."

엘레인이 설명을 시작했다.

"그것은 특별한 것은 아니에요. 당신이 떠난 후 나는 러시아에 대해 꿈꾸고 생각했어요. 미국에 정착한 러시아인 이민 가족에 대한 소설을 쓰기 시작했답니다. 아버지가 내게 이야기해 준 것을 줄거리로 잡았지요."

사샤는 침묵을 지키며 한참 이야기를 듣더니 말했다.

"우연의 일치라는 것이 소설에서는 충분히 일어날 수 있지만, 이곳에서 일어났다는 것은 납득이 되지 않아요."

"블루밍데일을 잊었나요? 거기서도 우리가 우연히 만났잖아요?"

"처음에는," 그는 그 말에 동의했다. "뉴욕에서는 그래요. 하지만 모스크바는 우연이란 없는 곳이오. 누군가 당신이 나를 찾아내는 방법을 가르쳐주었을 거요."

그의 목소리는 부드러웠지만 표정은 아주 심각해 그녀를 오싹하게 했다.

"아무도 없다니까요."

"이야기해 주는 것이 좋아요." 그는 굽히지 않았다. "그래야만 그로 인한 피해를 줄일 수 있어요."

그의 시선이 그녀의 얼굴을 떠나지 않았다. 그 시선이 캠프 근처에 다가와 있는 누른색 이리를 생각나게 했는데, 이리가 배는 고프지만 불이 겁나서 어느 순간을 기다리는 모습이었다. 엘레인은 무릎을 껴안았다. 난방은 잘 되어 있지만 그의 따뜻함이 사라지자 차가운 냉기가 느껴졌다.

"미안해요, 사샤." 그녀가 머뭇거렸다. "당신을 만나려고 무슨 짓이든 해야 했어요."

"무슨 짓이라니?"

처음으로 그의 목소리가 높아졌다.

"아니요, 그런 의미가 아니고."

그녀가 자기 말을 정정했다.

"약속해요, 당신을 탓하지 않겠다고." 그는 다시 부드러운 소리로 돌아갔다. "모든 것을 다 털어놓으면 그렇다는 거요. 누가 당신을 나한테 안내해 주었소?"

"사샤, 당신을 사랑해요."

"나 역시 당신에 대한 사랑이 멈춘 적이 없었소."

"당신을 결코 위험에 빠뜨리게 할 의도는 아니었어요." 이제 그녀는 소리 내어 흐느껴 울었다. "사연이 길어 한마디로는 다 말할 수 없어요."

"알아요, 나 역시 괴롭지 않았다고는 생각하지 말아요."

사샤는 팔로 그녀를 안고 얼굴을 가슴으로 끌어 당겼다. 그 냄새와 자세가 이상하게도 익숙한 안도감을 주었다. 잠시 그녀는 어린 시절로 돌아가 캘리포니아 관광목장에서 커다란 적갈색 암말을 탄 아버지의 무릎에 앉아 자랑스러워하는 소녀가 되었다.

"누구였소?"

그의 질문이 그녀를 현실로 돌아오게 했다. 그녀는 비가 억수로 쏟아지는 날, 뉴 스쿨 앞에서 FBI가 따라온 순간부터 시작해 모든 것을 털어놓고 싶었다. 그렇게 되면 뉴욕에서 FBI가 자기들을 감시하고 있었다는 사실을 그가 미국을 떠나기 전에 말해 주었어야 하는데, 그를 놓칠까 두려워 그렇게 하지 않았다는 것을 인정해야 했다. 그를 다시 찾은 지금은 더욱 잃을까 두려워하고 있었다.

엘레인은 그 이야기의 일부만 들려주면서 그것으로 그가 만족해 주기를 바랐다.

"모스크바에 친구인 신문기자가 있어요."

"누구요?"

"그의 이름은 가이 해리슨이고 뉴질랜드 출신이에요. 오스트레일리아 옆에 있는 나라 말이에요."

뒤의 말이 자기 진술에 무게를 더해 주기라도 할 것처럼 덧붙였다.

"그 사람은 어떻게 만나게 되었소?"

"내가 미국 잡지들에 기사를 올린 적이 있는데, 그 중의 한 편집장이 소개해 주었어요."

사샤는 이 말을 수긍하는 듯 했다. 그는 엘레인이 꾸민 사회적 교분에 대한 이야기를 한참 듣더니 갑자기 물었다.

"이 가이 해리슨은 나를 어떻게 알고 있던가요?"

"당신 이름을 신문에서," 그녀는 도박을 했다. "언론에서 당신을 아프가니스탄 전쟁 영웅이라고 보도할 때 말이에요."

"그래요? 그런데 그 사람이 어떻게 내가 근무하는 장소까지 알고 있느냐고 묻는 거요."

"그 사람은 당신이 조토프 원수를 돕고 있다는 것을 알고 있었어요. 이것은 일반적으로 알려진 사실 같던데요."

사샤가 그녀의 말을 끊었다.

"외신 기자들에게는 그렇지 않아요. 해리슨은 너무나 많이 알고 있소. 그는 정말로 누구를 위해 일하는 사람이오? CIA? 영국?"

그녀는 대답을 하지 못했다.

"더 이상 말하지 않아도 돼요. 그 사람들이 거짓말 하는 방법은 잘 가르치지 않았군요. 그들이 당신에게 나를 포섭하라고 했나요?"

"아니에요."

그녀는 부인했다.

"그 사람들이 해준 말을 내가 추정해서 말하겠소. 그들은 아무 조건이 없다고 했지요, 그렇지 않나요?"

엘레인은 고개를 돌렸다. 부끄럽고 곤혹스러웠다.

"그들은 우리를 가지고 놀고 있어요." 그는 화를 내기보다는 참는 어조로 말했다. "당신을 미끼로 쓰고 있는 거요. 처음에는 그 낚시 바늘을 전혀 느끼지 못하지요."

"사샤, 나를 믿어요. 만일 내가 이렇게 될 걸 알았으면 결코 오지 않았을 거예요."

"당신이 왜 왔는지는 알아요. 어찌되었든 당신이 와준 것은 고마운 일이오."

그가 그녀에게 다시 키스했다.

"당신이 명심해야 할 것은 그 CIA 사람들이 서툴거나 혹은 배신해서 우리가 발각된다면," 엘레인이 미심쩍게 쳐다보자 사샤가 상세하게 설명해 주었다. "그래요, 있을 수 있는 일이오. 비밀공작에서 협박이란 낯설지 않은 것이고, 협박하는 자들이 때로는 자기들의 거래 사실을 입증해야 합니다. 그렇게 되면 상황은 아주 나빠질 것이고, 그들은 나를 미국 스파이로 처형할 것입니다."

여기서 그들이 누구를 의미하는지 밝힐 필요는 없었다.

"내가 무엇을 하면 되겠어요?"

그녀의 목소리는 이제 거의 모기소리 같았다.

"없소. 내가 바라는 것은," 그는 그녀를 안심시키고 싶었다. "한 시간 동안만 나를 원래의 내 마음으로 돌려주는 것 말고는 아무것도 할 것이 없다는 말이오. 그런 다음 당신은 돌아가 그 친구들에게 전해주시오. 우리가 다시는 만날 수 없다고, 적어도 이곳 모스크바에서는 말이오. 그것은 자살

행위가 될 테니까."

그녀는 비틀거리는 몽유병자처럼 서서히 침대에서 일어서더니 옷을 챙겨 입기 시작했다. 그녀의 몸은 전보다 더 풍만했지만 허리는 여전히 가늘었고 발걸음은 발레리나처럼 날렵했다.

그녀가 버둥거리며 팬티호스를 끌어올리는 모습을 바라보자 사샤는 다시 그녀를 가지고 싶었다.

"이리 와요."

그녀를 부르면서 팔을 벌렸다. 다음에 만날 때까지 얼마나 오래 기다려야 할지 기약할 수 없었다.

"만일 내가 나 자신만을 생각한다면 뉴욕으로 돌아가는 길을 찾아 당신과 함께 할 수도 있어요. 그렇지만 전에도 말했듯이 나는 개인의 행복보다 더 중요한 사명을 가지고 있답니다. 내가 그 사명을 저버린다면 당신도 나를 사랑할 수 없게 될 것이오."

"그런데 당신은 그 사명을 나와 나누려 하지 않아요. 그 사명이 무엇인지 모르지만."

사샤는 1970년대 소련의 반체제 시인이자 저항 가수인 블라디미르 비소츠키의 이리에 관한 시의 한 구절을 번역하지 않고 읊었다.

이리는 다른 방식으로는 행동할 수 없고, 해서도 안 된다
보라, 나의 시간이 이미 왔으니
나를 표적으로 하는 그는 웃으면서 어깨에 총을 메고 있구나

엘레인은 이 시에서 겨우 몇 마디만을 이해할 것 같았다. 그가 영어로 설명을 했지만 모호하기는 마찬가지였고, 그녀의 얼굴 주름은 더 깊어졌다.

"내 사명은 당신이 나를 사랑하는 모든 것에 나타나 있어요."

"두려워하는 것에도 그렇다는 거예요?"

"아마, 역시 그럴 거요."

사샤는 엘레인을 방글라데시에서 지하철역으로 데려다 주고는 뒤도 돌아보지 않고 칠흑 같은 어둠 속으로 사라져 버렸다.

*

"그는 바르게 처신했소." 가이 해리슨이 언급했다. "그의 입장에서 보면 그래야 한다는 것이지요. 미안하오, 레이디."

"미안하다는 말로 되는 게 아니에요. 내가 그를 위험에 빠뜨린 것 같아요."

"우리는 생각할 수 있는 모든 주의를 다 기울이지 않았소?" 해리슨은 잠시 멈추었다 덧붙였다. "그는 굉장한 인물인 것 같군요. 언제나 나를 흥미롭게 하는 것은 돌진하는 사람들이었소. 자기가 가는 길을 숨기는 사람이라, 그가 목표로 하고 노리는 게 무엇이라고 생각됩니까? 그 사람은 이루어야 할 사명이 있다고 했는데, 어떤 이념을 가진 사람입니까?"

"아니에요."

그녀가 빠르게 말하면서 그가 들려준 비소츠키의 시 구절을 떠올렸다.

'나는 깃발 멀리로 지나갔네.'

"그 사람은 그런 이념적인 것에는 관심 없어요. 그의 믿음은 자기의 삶에 기초를 두고 있어요. 그는 공산주의자도 아니고, 자유주의자나 독재주의자도 아닙니다."

해리슨이 시계를 보더니 말했다.

"뉴스 시간이군요."

그가 라디오 다이얼을 돌리자 BBC 세계 뉴스의 익숙한 테마곡이 어수선한 거실을 채웠다. 이란 전폭기들의 만행에 대한 뉴스가 있고, 이어서 아나운서가 카랑카랑한 목소리로 전했다.

"방금 소련으로부터 노동자 소요 파급에 관한 뉴스가 들어왔습니다. 지금 그 나라 지도자는 수주일 동안이나 공식

석상에 나타나지 않는데, 소식통에 의하면 폴란드 자유노조와 흡사한 지하노조가 산업도시 토글리아티에서 파업에 돌입한 것으로 보인다고 합니다."

그 다음에 따르는 뉴스는 일상적인 것으로, 유럽공동체에서 프랑스 농민들에 대한 보조금 지급에 대한 논의가 있었고, 서독 주둔 미군기지 밖에서 반핵 데모가 있었으며, 중앙 아메리카에서 게릴라들의 새로운 공세가 있었다는 것 등이었다.

방송 뉴스가 끝나자 엘레인이 물었다.

"가이, 토글리아티 사건이 심각한 것인가요?"

"러시아의 자유노조 같은 것이냐고 묻는 거요? 그럴 가능성은 없어요, 내 생각이지만. 지난번 여기서 대규모 시위가 있었는데, 당국이 탱크와 중기관총을 동원했답니다."

"폴란드에서는 시위하는 자유노조를 죽이지는 않았잖아요."

"폴란드와는 완전히 달라요. 그 나라는 점령당한 나라니까."

'점령당한 나라.'

이 말은 사샤가 뉴욕에서 언급했던 것으로 기억이 났다. 그때 그는 자기 나라의 상태를 설명하면서 나라를 향한 자신의 임무를 말했다.

"러시아에서는 인민대중이 혁명을 일으키지 못합니다. 혁명은 그들의 이름에나 있는 것이고, 모두 서로 다른 것이죠."

해리슨이 설명했다.

"시위가 어떤 촉매제가 될 수 있다고는 생각하지 않으세요?"

"어떤 종류의 촉매제를 말하는 거요?"

"이를테면," 그녀는 탱크를 지휘하는 사샤를 그려 보려고 했지만 잘 되지 않았다. "시위가 군대를 개입시킨다고 가정하면."

"그래서요?"

"그런데 그 군대가 시위진압 명령을 거부한다면."

말하면서 엘레인은 해리슨이 그의 느긋한 태도처럼 자기 말을 대단찮은 것으로 무시할 줄 알았는데, 훈련된 정보 공작원의 반응을 보이면서 벌떡 일어섰다.

"사샤가 당신에게 그런 말을 한 거요?"

"천만의 말씀을! 조금 전까지는 토글리아티라는 이름도 들어본 적이 없어요."

"음."

그가 다시 의자에 주저앉자 그녀가 물었다.

"모스크바에서 토글리아티까지는 얼마나 멀죠?"

해리슨은 눈썹을 치켜들었다.

"알 필요도 없어요. 그곳은 지금 봉쇄되어 있어서 나나 당신은 접근도 할 수 없어요. 지금 필요한 것은 당신 자신을 진정시키는 일이오. 기분전환이 필요합니다. 다니면서 관광을 즐기도록 해요. 하루쯤 러시아 제3의 도시 노브고로드에도 가보고, 볼쇼이도 관람해요. 언제나 좋은 자리를 잡아 예약해주는 친구가 있으니까. 나는 보고서를 보내야 하고, 워싱턴의 천재들이 다음에 무엇을 생각하고 있는지 좀 봅시다."

그녀는 아무 이의도 달지 않고 그가 말하도록 내버려 두었다. 그녀의 생각은 토글리아티의 소문이 무성한 시위에 초점이 맞추어졌다.

뉴욕을 떠나기 전에 아버지 친구 한 분을 만났는데, 소련 출신 유태인들을 위해 활동하고 있었다. 그가 연락처를 하나 주었지만 이제까지 찾아볼 생각도 하지 않았다. 그런데 왜 그 사람을 찾아보지 않았지? 왜 토글리아티에 가보려고 시도하지 않았지? 모험은 보도기자로서의 자신을 시험해볼 아주 좋은 기회가 될 수도 있지 않은가? 그것이 자기를 사샤의 나라 심장부, 그 혼란 속으로 데려다줄 수도 있지 않을까?

이것을 일종의 속죄로 생각한다기보다 본능적으로 그렇

게 느껴졌다. 이렇게 함으로써 며칠 동안이라도 사샤가 그의 인생에서 날마다 직면해 살아야 했던 위험을 일부나마 나누어 가질 수 있지 않을까 생각되는 것이었다.

2.

붉은 광장에서 거행된 서기장의 장례식에서 미샤 레프닌이 자동차공장 동료 노동자들이 전해준 연설문을 읽고 있을 때, 그의 비좁은 거실에 모여 있던 동지들로부터 신음과 조소가 흘러나왔다.

그리하여 안드로포프는 노동자들의 친구인 진정한 레닌주의 신봉자였던가? 그가 그토록 수없이 부르짖은 능률과 부정부패 일소 운동이 지도층 인사들의 생활을 얼마나 변모시켰던가?

도저히 그렇게 느낄 수가 없었다. 그러나 토글리아티의 거대한 자동차공장 조립라인에서 일하는 미샤와 그의 동료들은 그 운동의 영향을 확연히 느낄 수 있었다. 몇 분 늦게 출근하거나, 공장 창고에서 몇 가지 하찮은 물건을 빌리거나, 별것도 아닌 무엇을 소지하고 있거나, 생활에 보탬이 될 만한 다른 일을 하거나 하는 사람들을 엿보고 감시하는 풍조가 온 공장에 무겁게 퍼져 있었던 것이다.

이와 같은 능률운동에 동조해 공장 노동자 하나가 동료 노동자들의 '나태와 부당이득'을 비난하는 콤소몰 기관지의 기사에 서명을 했다. 점심시간에 미샤가 그를 구석진 곳으로 데려가 만일 다시 한 번 이와 같은 짓을 하면 변속기어로 혼을 내겠다고 말했다. 레프닌이 한 번 뱉은 말은 가볍게 넘길 위협이 아니었다.

미샤는 온몸의 대부분이 단단한 근육으로 이루어진 땅딸막한 젊은이로, 그가 존경하는 영웅인 폴란드의 레흐 바웬사처럼 축 늘어진 해마 수염을 기르고 있었다. 밀고자들에게 그를 감시하라는 지시가 내려졌으나, 미샤는 자기가 믿을 수 있는 사람을 가려내는 데에는 탁월한 감각을 가지고 있었다.

야간에 그는 동료 친구들과 모여 성능 좋은 라디오를 들었다. 그는 모든 외국 방송, 특히 독일, 영국, 미국 등에서 모스크바 변혁, 아프가니스탄 전쟁과 동서냉전에 대해 무엇이라고 말하는지 듣고 있었다. 그들의 가장 큰 관심사는 폴란드 뉴스였다. 모스크바 당국자들이 무엇이라 하던 폴란드 노동자들의 반란은 아직까지 진압되지 않은 것이 분명했다.

"폴란드 사람들이 자신들의 희생으로 그 일을 할 수 있다면," 레프닌이 동료들에게 강조하는 말이었다. "레흐 바웬사가 자유노조를 만들고, 그 노조의 힘으로 정부가 그를 홀대하지 못하게 만든다면, 우리라고 왜 그런 일을 하지 못하겠는가? 우리는 러시아인이 아닌가?"

그의 투쟁적인 발언은 새로운 서기장이 취임하고 몇 달이 지나지 않아 점점 더 많은 지지를 얻었다. 새 서기장이 닳고 닳은 문구로 자기 노선을 과대 선전하고 있었지만, 거기에 현혹되는 사람은 아무도 없었다. 새 서기장도 전 서기장과 다름없이 실제적인 개혁보다는 말만 앞세워 노동자들을 수탈하는 늙은이들의 정부를 대표하는 자일뿐이었다.

유리 블라디미로비치의 서거에 거짓된 애도로 재정을 낭비하는 동안 식량 부족은 어느 때보다 악화되었다. 미샤는 수개월동안 동네 가게에서 육류나 우유를 구입하지 못했고, 하얀색 식빵도 구할 수 없었다. 그런 상황은 온 나라가 똑같았다.

"그들은 왜 우리에게 식량을 주지 않는가?"

레프닌이 동료들에게 강의하듯 말했다. 그는 웅변가 자질이 있었고, 손에서 손으로 전해지는 사영 출판물인 사미즈다트를 준비하는 데에 골몰해 있었다.

"정부는 첫째, 탱크와 로켓을 구입하기 위해 재정을 너무 많이 소비하고 있고, 둘째, 농부들이 농부가 되도록 도와주지 않는다."

"미샤, 왜 그렇게 하는 거지?"

동료 하나가 질문했다.

"놈들은 겁을 내고 있기 때문이다. 어떤 바보도 다 아는 사실이다. 일단, 농민들이 수확을 얻어 정상적인 생활을 할 수 있다고 가정해 보자. 그렇게 되면 농민들은 가족을 위해 조금씩 저축을 할 것이고, 술에 취해 누워 있는 대신 자신들이 하는 일에 자부심을 가지게 될 것이다. 그렇게 되면 무슨 일이 일어나겠는가? 우리에게는 새로운 계급, 즉 독립된 생산자 계급이 생기게 된다는 말이다. 정부는 이것을 절대 허용하지 않는다. 스탈린이 왜 농민들을 그렇게 굶주리게 했는지 생각해 보았나? 그래, 아무도 대답해 주지 않는다. 농부들이 굶주리지 않으면 식량 배급표를 얻으려고 정부에 순종하지 않을 수도 있기 때문이다."

"그렇다면 헝가리는 어떻게 했는가?"

그 동료가 다시 물었다. BBC 방송에서는 소위 헝가리 식 경제모델과 농산물 증산을 위한 보상제도에 관한 많은 토론이 있었다. 레프닌이 혹평을 했다.

"당국은 헝가리에서 하고 있는 일에 대해서는 조금도 신경 쓰지 않는다. 시위가 통제를 벗어난다고 생각하면 1956

년처럼 탱크로 밀어붙일 것이다. 조그마한 틈이라도 커지도록 놓아둔다면 전체 지층이 산산조각이 나게 될 것이라고 그들은 생각하고 있다."

그는 당당하게 말하고 있었으나 그 말을 듣는 청중에게는 너무 엄청난 이야기였다.

"그렇다면 우리가 하려는 게 무엇인가?"

어떤 사람이 하소연하듯이 묻자 레프닌이 대답했다.

"모스크바에서 새로운 지도자가 취임할 때마다 개선을 공약했다. 이제부터 우리가 그 공약이 제대로 지켜지는지 감시하고 있다는 것을 보여 주어야 한다. 이 나라는 노동자의 국가가 아닌가? 노동자들이 아직까지 무엇인가 가지고 있다는 것을 보여 주자는 말이다."

그 후 익명의 벽보가 라다 공장 근처에 나붙기 시작했는데, 그 내용은 토글리아티와 모스크바의 당 지도자들을 풍자하는 것이었다. 수송 분야의 책임자로서 식량부족 사태에 상당한 책임이 있는 아스키에로프는 풍자의 대상으로는 이상적이었다. 거칠게 스케치한 것을 보면, 훤하게 살이 드러나는 넝마를 걸친 러시아 어린이들이 쳐다보는 가운데 먹을 것이 지천으로 널린 테이블에서 아귀처럼 먹어대는 거대한 바퀴벌레로 묘사되었다.

매번 교대시간이 되면 젊은이들이 공장 정문에 나와 노동자들에게 사미즈다트를 나누어 주었고, 그들은 스스럼없이 그것을 받았다. 이는 라다 공장의 노동자들은 사미즈다트를 받는 것을 두려워하지 않는다는 뜻이었다.

그 유인물의 한 페이지에는 독립된 노동조합인 러시아노동자연합을 결성한다는 선언이 적혀있었다. 그 지방 당서기 무즈예킨이 소식을 듣고 노발대발했다. 즉시 무슨 조치를 취해야 한다고 모스크바에 보고했다. 반 소비에트 선동자들이 이 정권의 결의를 실험하기 위해 지도층의 변화라는 시기적인 이점을 이용하고 있다고 지적했다. 그는 중앙에 제안하기를 폴란드의 경우에서 보듯이 '뒤에서 조종되는 실험'을 너그러이 보아주었다가는 자멸이 올 것이라고 강조했다.

이 보고에 내무성은 조금도 지체하지 않았다. 일부는 짐작만 했지만, 모든 사람들이 미샤 레프닌이 러시아노동자연합의 정신적 지주라는 것을 알고 있었다. 따로 증거를 수집할 필요도 없었다.

보통의 선량한 러시아 사람들처럼 미샤도 술을 좋아해서 어느 날 밤 얼큰하게 취해 늦게 집으로 돌아오는 길이었는데, 미샤가 큰 거리를 벗어나자 소령이 지휘하는 내무성 경찰들이 바로 붙잡았다. 그가 역으로 가는 도중에 죽었는지,

그곳에 도착한 후 죽었는지 확실하게 말할 사람은 아무도 없었다.

내무성은 그의 시체를 부인 아글라야에게 넘겨주고 싶지 않았지만 노동자들이 생산 라인을 닫아버리겠다고 위협하면서 내무성 빌딩 밖에서 시위를 하려고 모여들자 담당자는 결국 그의 가족들에게 장례를 치르게 하도록 결정하지 않을 수 없었다.

미샤의 목은 지독한 각도로 꺾여 비틀린 상태였다. 내무성에서 나온 설명은 그의 목이 낭떠러지에서 부러졌다는 것뿐이었다. 이런 해명은 레프닌의 치아 대부분이 뽑혀 사라지고, 가슴과 허벅지에 시퍼런 멍이 든 사실과는 전혀 다른 것이었다.

당 서기 무즈예킨과 지방 내무성은 러시아노동자연합에 첫 번째 순교자를 제공한 셈이었다. 노동자연합을 조직하자는 미샤 레프닌의 요청에 거부했던 많은 노동자들이 그의 장례식에 참석하자 무즈예킨은 공황 상태에 빠져 중앙위원회에 요청했다.

"본인에게 정규군을 동원할 권한이 필요합니다."

무즈예킨의 요청을 중앙당에서는 단호히 거절했다. 이전 서기장의 장례식이 끝난 지도 얼마 되지 않았는데, 파업도 아닌 장례식에 참석한 노동자들을 진압하기 위해 군대를 동원하게 한다면 새로운 지도부가 이 나라를 어떻게 관리해 나갈 수 있겠는가?

그런데도 무즈예킨의 상상력은 명확하게 타올랐고, 매우 불안정해졌다. 우크라이나와 발트 연안의 위성국에서 노동자 시위가 있었기는 했다. 그러나 러시아에서 노동자의 반란이라니? 그것은 아니었다, 그것은 생각할 수도 없는 일이었다. 그는 지방내무성과 협력하기로 했다. 청회색 제복을 입은 내무성 기동대를 중무장시켜 당사 앞에 포진시키고 거리에도 배치해, 두려워하는 사태가 발생하면 즉시 대처할 수 있도록 했다.

군중이 레프닌의 관을 메고 거리를 행진하는데 무서운 적막이 흘렀다. 부인 아글라야가 세 아이와 함께 맨 앞에 있었다. 그러나 누구도 행렬을 이끄는 것 같지는 않았다. 행렬이 예정된 길을 벗어나 당사로 향하는 것은 집단적인 본능의 결과로 보였다. 내무성 기동대 맨 앞줄의 병사들에게는 군중의 침묵과 결속력이 너무 엄청난 것이어서 어쩔 수 없이 뒤로 물러서며 행렬을 통과시켰다.

무즈예킨이 창문을 통해 운구행렬을 바라보니 관에는 검정색과 빨강색 휘장을 얹었고, 온 거리는 화환으로 덮여 있었다. 그는 기동대장을 불렀다.

"기동대를 더 투입해 저것들을 해산시켜!"

기동대 병사들은 소련의 다른 지방 출신으로 대부분이 러시아인이 아니어서 명령을 받으면 그대로 실행할 것으로 예상할 수 있었다. 그들은 누구 대가리가 깨지든 관심이 없었다. 내무성 기동대에 도전이라도 하듯이 어떤 사람이 군중에서 나와 고함을 질렀다.

"이 살인자들아! 이 악당들아!"

그는 당사 앞에 서있는 기동대 머리 위로 병을 집어던졌다. 그 병이 오크나무 문에 부딪쳤다. 두 번째 사람의 목표가 더 좋아서 돌멩이가 당서기 사무실의 창문을 부수었다. 무즈예킨은 극도로 겁에 질렸다. 그는 폴란드 그단스크에서 일어난 식량폭동에 대해 들었던 이야기가 생각났다. 지방당 사무실이 불에 타버렸다는 것이었다.

그의 두려움을 확인이라도 하려는 듯이 군중 가운데에서 어떤 자가 이전에는 보지 못한 깃발을 펴들고 있었다. 깃발은 흰색 바탕에 빨간 글씨로 단결을 뜻하는 '솔리대리티'라는 단어가 적혀 있었다. 그것은 폴란드 최초의 독립노동조합 이름이기도 했다.

내무성 기동대가 집게로 조이듯이 양쪽에서 군중을 향해

광장을 진입해 들어갔다.

"최루탄을 쏘라!"

어떤 장교가 고함을 질렀다. 최루탄이 발사되자 광장은 매운 연기로 가득 찼다. 여자와 아이들이 비명을 지르고, 사람들은 기침을 하면서 헐떡거렸다. 진압군이 양쪽에서 조여들자 조문객들은 서로 엉켜 연기 때문에 앞을 볼 수 없었다.

군중이 흩어지기 시작하자 조문객 중의 몇이 걸려 넘어져 도망치는 사람들의 발에 짓밟혔다. 관을 메고 가던 사람들이 그 자리에 정지하려고 했으나 인파가 그들을 밀쳤고, 부인 아글라야가 남편의 관 옆에서 울고 있는데 기동대원 하나가 총의 개머리판을 들고 다가왔다.

연기가 사라지자 광장에는 여섯 구의 시신이 널려 있었다. 어린이 두 명과 성인 두 명, 심장병을 앓던 70세 노인과 이 사태의 모든 원인이 된 미샤 레프닌이었다.

그러나 당서기 무즈예킨의 강경대응은 성공적인 것이 되지 못했다. 이 소식은 전국에 퍼졌고, 곧바로 BBC와 미국의 소리 방송에도 올랐다. 벽보가 키예프와 고르키, 모스크바와 레닌그라드에도 나붙기 시작했다. 라다 공장 미샤의 동료 노동자들은 전면파업을 선언했다. 신비스럽게도 '러시아노동자연합'이라는 단체가 나타나더니 사미즈다트와 전화

메시지로 전국적인 단결을 보이기 시작했다.

파업이 여러 도시에 잇따랐다. 모스크바의 리카체프 자동차공장도 이에 동참했는데, 그 공장의 대변인은 정치국위원들과 어깨를 나란히 하고 서서, 고인이 된 안드로포프의 추모사를 낭독하던 자였다.

3.

엘레인은 모스크바의 레닌경기장에서 그리 멀지 않은 곳에 있는 수수한 아파트를 방문했다. 뉴욕에서 아버지 친구한테 받은 주소였다. 그녀도 지하철과 무궤도 전차를 갈아타면서 돌고 돌아 자신이 미행당하지 않는 것을 확인했다. 그녀는 자기도 이제 '**모스크바 룰**'을 배우기 시작했다고 중얼거렸는데, 이 말은 가이 해리슨이 들려준 것이었다. 모스크바는 음모의 습관에 쉽게 물드는 도시였다.

슬픈 표정의 여자가 문에 나왔다.

"아론 세미요니치 댁이지요?"

엘레인이 물었다.

"그런 사람 몰라요."

그 여자가 문을 닫으려 하자 엘레인이 재빨리 덧붙였다.

"어윈이 보낸 사람이라고 전해 주세요."

"기다려 보세요."

그 여자가 문을 닫고 들어갔다가 다시 문이 열리며 어떤 남자가 나오더니 그녀의 팔을 잡고 안으로 끌어당기는데 어찌나 빠른지 그 사람의 얼굴을 볼 틈도 없었다. 그러나 아파트 안에 들어가 그를 쳐다보니 뜻밖에도 기분이 편안해졌다.

아론은 키가 크고 건장한 체구에 붉은 머리카락이 높은 앞이마를 덮고 있는 모습이 마치 새로운 발명이라도 한 사람처럼 돋보이는 것이었다. 사실 아론 세미요니치는 출국비자를 신청하는 범죄를 저지르기 전까지는 저명한 과학자였다. 그는 몇 가지 질문을 하면서 이 여자가 정말로 뉴욕에서 어윈이 보낸 사람인지 확인한 후 말했다.

"아리라고 부르세요." 그리고 바로 핵심으로 들어갔다. "무엇이 필요한 거요?"

"토글리아티 시위에."

그녀가 머뭇거리자 그가 먼저 물었다.

"그것에 대해 무엇을 알고 싶다는 거요?"

"그곳에 가보고 싶습니다. 그 사건에 대한 진실을 쓰고 싶어서요."

그가 의아스럽게 바라보았다.

"토글리아티는 출입이 봉쇄되었습니다. 서방의 외신기자

는 들어갈 수 없는 곳이오."

"나는 기자 신분이 아니라 관광비자로 왔거든요."

"더욱 안 되죠. 잘 되어봐야 비자 조건 위반으로 추방될 거고, 최악의 경우는 스파이 행위로 체포당할 수도 있어요."

"잡혔을 경우에 그렇다는 것이지요. 제 말의 의미를 잘 생각해 보세요. 서방 작가에 의한 목격자 보고서입니다."

"러시아 말은 할 줄 압니까?"

"조금요."

"어디 해봐요."

그녀는 뉴 스쿨에서 러시아어 과정을 배운 것과 자신의 가족사를 러시아 말로 설명했다. 그가 고개를 끄덕였다.

"억양이 나쁘진 않군요. 말은 한두 마디 이상은 하지 말아야 하고, 옷은 약간 아래로 내려 입으면 러시아인으로 통과될 수 있을 듯도 합니다. 러시아에서 이런 신발은 신지 않아요."

"그러면 저를 도와주실 거죠?"

"생각해 보죠. 어떤 사람을 알고 있긴 한데," 그는 잠시 뜸을 들였다. "잘 들어요. 그곳에 들어간다 해도 안전하게 나온다는 보장은 할 수 없어요. 미국식으로 말하면 왕복여행권은 팔 수 없다는 말이죠."

정치국 중앙위원회는 육군참모총장이 참석하는 비상대책 회의를 소집했다. 서기장은 입을 다물고 앉아 있었고, 다른 참석자들이 논의를 하며 총의를 모으는 동안 속기사는 저편 벽에 붙은 책상에서 회의 내용을 기록했다.

샹들리에 불빛 아래에서 서기장의 얼굴은 냉동된 닭의 피부와 같은 색이었다. 그는 때때로 주머니에서 분무기를 꺼내 입안에 뿌리곤 했다. 조토프 원수는 전 레닌그라드 당서기였던 로마노프의 맞은편에 앉아 있었는데, 그는 차기를 겨루는 경쟁자 중의 하나였다. 그는 과도하게 얼굴을 태워 이전에는 왕족이었던 로마노프라는 이름에 어울리지 않아 보였다.

'이 사람은 스스로 평민인 것처럼 자처하고 있군.'

조토프는 생각했다.

구세인 아스키에로프가 많은 발언을 했다. 이 아제르바이잔 사람은 서기장에게 아첨을 하면서 동시에 회의를 주도하고 있었다.

"서기장 동지, 감히 한 말씀 드리고자 합니다, 각하께서 허락하신다면."

아스키에로프는 상관과의 관계를 어떻게 유지해야 하는

지 확실히 알고 있다고 생각하면서 조토프는 그의 행동을 지켜보았다. 아스키에로프는 츠비건의 신뢰를 얻어 자신의 길을 다져왔고, 그를 이용해 츠비건의 사촌인 브레즈네프의 캠프에 들어갈 수 있었다. 그런 다음에는 아주 기막힌 시기에 안드로포프에게로 충성을 돌렸다. 그러나 안드로포프가 신장투석기에 묶이게 되자 그의 진로를 옛 브레즈네프 파벌인 각료회의로 돌린 것이다.

"감히 말씀 드리고자 하는 것은," 그는 서기장에게 고개를 숙이고 웃으면서 계속했는데 서기장의 관심은 분무기에서 알약이 든 병으로 바뀌었다. 그 알약은 경주마가 먹는 환약만큼이나 커 보였다. "정말로 강경한 조치를 취해야 한다는 것입니다. 어떤 나약한 조짐을 보이게 된다면 토글리아티의 불미스러운 사태는 전국적으로 번질 것입니다. 이미 시위의 양상이 공공연하게 반당 성격으로 변해가고 있습니다."

수긍하는 듯한 웅성거림이 일었다. 파업 이틀째 되는 날, 당서기 무즈예킨이 대중연설을 하려고 하자 군중의 함성이 확성기 소리를 압도할 만큼 컸다. 그중에는 "당을 타도하라!"는 함성도 있었다.

"정확히 무슨 조치를 제안하고자 합니까?"

갈라예프가 끼어들었다. 그는 그 회의실에서 가장 젊었으며, 다른 위원들과 함께 살아남아 권력의 승계를 바라고 뒷전으로 밀려나 있기를 원하지 않는 자였다.

"즉시 담화문을 발표해야 합니다."

아스키에로프가 계속했다. 담화문 발표는 서기장의 승인을 얻어야 하는데, 선동 문구 선포가 주 업무인 서기장의 승인은 확실한 것이었다.

"태업을 하는 자들을 비난하고, 인민들에게 토글리아티 사태는 소련의 생산시설을 마비시키려는 외국의 불순분자들이 사주한 것이라고 밝혀야 합니다. 미샤 레프닌이 서방 제국주의의 첩자였다는 것은 잘 알려진 것입니다."

'또 혐의를 뒤집어씌우는구나.'

조토프는 침묵 속에서 중얼거렸다.

이 제안에 반대는 없었다. 그러자 아스키에로프는 거침없이 나갔다.

"각하께서 허락하신다면," 그는 주름살 하나 없는 얼굴을 서기장에게로 돌려 고개를 까딱했다. "당사와 내무성 병력이 시위 군중에게 포위된 토글리아티는 반란의 본부가 되고 있다는 것이 분명해졌습니다. 시위 주동자들은 최고로 강경한 대책이 없이는 깨뜨릴 수 없습니다. 의장 동지, 제 말이

맞지 않습니까?"

이 말은 KGB 의장에게 하는 것이었다.

"어제만 해도 27명의 사망자가 발생한 것으로 보고되었습니다."

"그렇습니다."

KGB 의장 체트베리코프 장군이 확인해 주었다. 조토프 원수는 그를 자세히 쳐다보았다. 그도 체키스트 출신의 살쾡이였다. 아스키에로프와 마찬가지로 이 자도 스탈린 시대에 군을 사찰한 체키스트였다. 지금 그는 아스키에로프의 게임에 동참해 함께 놀고 있었다.

"어떤 조치가 요구되는지 우리 모두 알고 있습니다."

이제 아스키에로프는 전체 회의실을 울리는 연설을 하면서 올리브색 피부에 어울리지 않는 파란 눈을 굴려 참석위원들의 얼굴을 하나씩 쳐다보는데, 조심스럽게도 조토프의 얼굴은 피하는 것이었다.

"땅에 피를 흘려야 한다는 것을 우리는 알고 있습니다. 그런데 그것이 왜 우리만의 책임입니까? 왜 당이, 중앙위원회가, 내무성이, 그리고 표현을 용서하신다면 서기장 동지께서 그 욕을 들으셔야 합니까? 군부가 국가 안보를 유지하는 책임을 나누지 않는 것이 옳다는 말입니까?"

국방장관은 이를 수월하게 받아들이는 듯 했다. 아마도 그는 미리 브리핑을 받은 모양이었다. 그러나 그렇지 않은 조토프 원수는 제동을 걸었다.

"토글리아티의 파업에 정규군을 투입하자는 말씀이십니까?"

조토프가 확인을 요구했다. 처음으로 아스키에로프와 정면충돌하면서 조토프는 총리에게 조심스럽게 최고의 경의를 표했다.

"원수 동지께서는 작전상의 어떤 어려움이 있다고 보십니까?"

아스키에로프가 부드러운 목소리로 물었다.

"제가 지적해 드리고 싶은 것은 수십 년 전 노보체르카스크에서 있었던 사건 이후로 이와 같은 작전을 제안한 전례가 없다는 사실입니다. 당시의 사태는 군의 사기에 매우 불행한 영향을 미쳤습니다."

원수의 표현은 상당히 절제된 것이었다. 1962년, 노보체르카스크에서 발생한 파업은 대량학살로 막을 내렸다. 가로등 높이까지 피가 튀었다는 끔찍한 보도가 서방국가로 새나갔고, BBC와 미국의 소리 방송을 타고 러시아로 다시 중계되었다.

"원수 동지, 소련 군대가 맡은 바 임무를 수행할 수 없다고 말씀하시는 것은 아니라고 믿습니다."

아스키에로프가 부드럽지만 미심쩍다는 어조로 말했다. 조토프의 표정이 굳어졌다.

"우리는 우리의 임무가 무엇인지 잘 알고 있습니다. 다만 내무성 병력이 압도당하지 않는 한 군을 동원할 필요는 없다는 것을 말씀드립니다." 그러면서 아무 언급이 없는 내무장관에게 시선을 돌렸다. "이 역시 잘 아시겠지만, 정규군에게 무력을 사용케 할 의도가 아니라면 무장병력을 투입하는 것은 바람직하지 않다는 의견입니다."

아스키에로프가 반격을 가했다.

"원수, 무즈예킨 서기로부터 올라온 보고를 듣지 않았습니까. 토글리아티 사태는 불안한 변수가 매우 많습니다. 우리의 적을 과소평가하는 잘못을 범해서는 안 됩니다."

"우리는 러시아 노동자들과 그들의 가족에 대해 지방 당국이 범했을지도 모르는 실책에 대해 이야기하고 있다는 사실을 상기시켜 드립니다."

조토프는 당 간부들에게 잘못이 있다고 언급함으로써 어느 선을 넘었다는 것을 스스로 인식하고 짧게 끝냈다.

아스키에로프가 반격을 가하려 했지만 서기장이 나섰다.

서기장의 말은 잘 이어지지 않아 말이 급하게 터져 나왔다가 숨이 차서 멈추곤 했다. 그는 물에 빠졌다가 익사 직전에 수면 위로 끌어올려진 것 같은 모습이었다.

"이 문제는 적당한 시기에 조사 대상이 될 것이오." 그는 숨을 헐떡이다가 다시 휴 하고 몰아쉬었다. "원수는 필요한 명령을 발해…… 그 지역 사령관이 누구요?"

"레이부틴 장군입니다."

"믿을 수 있는 사람입니까?"

아스키에로프가 물었다. 원수가 그 아제르바이잔을 응시하는데 마치 통나무 아래서 기어 나온 벌레를 보는 듯 했다.

"파벨 레이부틴은 아프가니스탄 전투에서 부상을 당한 적이 있습니다. 그는 소련군 내에서 가장 훌륭한 장성중의 하나입니다. 저는 제 자신처럼 그 장군을 신뢰합니다."

국방장관이 고개를 끄덕이는 서기장을 쳐다보았다.

'놈들은 모든 것을 미리 짜놓았구나.'

조토프는 생각했다.

"레이부틴 장군에게 당서기 무즈예킨의 지휘를 받도록 조치하세요."

국방장관이 조토프에게 명령했다.

4.

거대한 자동차공장이 있는 도시 토글리아티는 유명한 이탈리아 공산당 지도자 톨리아티의 이름을 따서 도시와 공장의 이름이 붙여졌는데, 이탈리아 자동차회사 피아트로부터 기술 이전을 받아 공장이 건설되었다.

그러나 그 도시는 지금 외부와 단절되어 있었다. 그곳을 방문하려던 엔지니어 팀도 모스크바로 돌아가 호텔에서 외부와 접촉이 끊긴 채 갇혀있었다. 심지어 사영출판물인 사미즈다트의 유통까지도 말라가고 있었으며, 서방언론에 실린 대부분의 기사는 소문에 의한 추측일 뿐이었다.

그러나 아론 세미요니치는 고양이도 들어가기 어려운 좁은 틈을 비집고 들어가는 방법을 알고 있었다. 엘레인은 그곳에 가까운 마을의 철도역에서 아리가 연결해준 사람을 만났다. 그는 라다 자동차공장에서 압연기를 운전하는 기사로 신경이 아주 예민한 사람이었다.

엘레인은 그녀의 청바지 위에 굼에서 구입한 특징 없는 오버코트를 입고, 레이부틴 장군이 도착한 그 날 토글리아티에 들어갔다. 그녀는 지갑과 몇 가지 필수품을 담은 쇼핑백만 휴대하고, 나머지는 호텔에 남겨 두었다. 남의 이목을 끌지 않으려는 것이었다. 그녀가 가는 곳을 누구에게도 말하지 말라고 들었다.

후에 되돌아보면 이것이 실수였다. 가이 해리슨이 걱정을 하며 찾아 헤매느라 소동을 벌일 것이기 때문이었다. 그러나 그 생각을 했을 때는 이미 지난 일이었다. 그녀를 안내한 가이드는 야코프라는 이름만 알려주면서, 그날 밤은 자기 가족과 함께 지낼 것이라고 말했다. 가이드의 긴장감은 그녀에게도 전염되는 듯 했다.

"진심으로 당신들께 폐가 되지 않기를 바랍니다."

그녀가 더듬거리는 러시아어로 말했다. 시내로 들어오는 길에 야코프가 엘레인에게 물었다. 자기 친척이라고 하면서 초청 편지를 보내줄 사람을 구할 수 있겠느냐고, 출국비자를 신청하려면 꼭 필요하다고 말했다. 엘레인은 막연하게 대답했다.

"노력해 볼게요."

시내로 들어와 이면도로를 따라 걸었다. 엘레인은 고무장화를 신고 자갈길을 철벅거리는 것 같은 소리를 듣고 언덕 위에서 아래를 내려다보았다. 소리의 진원지가 보였다. 고속도로를 따라 그들의 왼쪽으로 탱크와 군용트럭의 행렬이 끝이 보이지 않을 정도로 뻗어 있었다.

"맙소사, 사람들이 알고 있을까요?"

그녀가 숨을 들이쉬며 말했다.

"돌아가야 되겠어요."

야코프의 말이었다.

"안 돼요." 엘레인이 낭패한 표정으로 주장했다. "무슨 일이 벌어지는지 세상에 알려야 합니다."

그녀는 자신이 터무니없는 소리를 했다는 것을 알고 있었지만 빈속에 술을 마신 것처럼 현기증 나는 감각으로 걸었다.

그들은 시내 중심가에서 대규모 시위 장면을 목격했다. 그곳에는 러시아 노동자 연합을 상징하는 수많은 깃발과 '솔리대리티'라는 글자가 새겨진 깃발이 보였다. 엘레인은 자신도 시위대에 함께 휩쓸려가도록 내버려 두었다. 어떻게 해도 시위대 밖으로 나올 수가 없었다. 시위 군중에는 여자들도 남자들만큼 많았는데, 그녀는 인파의 흐름을 타고 야코프로부터 점점 멀어지더니 결국 그는 시야에서 사라졌다.

앞쪽으로 공간이 넓게 열려 있고, 여러 겹으로 줄지어 선 군인들이 길을 차단하고 있었다. 건너편으로 관공서 건물이 정면으로 웅크리고 있었다. 엘레인은 지방당사 본부에서 당서기 무즈예킨과 레이부틴 장군 사이에 오가는 대화를 보거나 들을 수는 없었다.

"빌어먹을, 당신은 여기 왜 왔다고 생각하시오?"

무즈예킨이 소리를 질렀다.

"발포명령을 내리란 말입니까? 내가 보기에는 이것은 평화적인 시위입니다."

레이부틴이 완강하게 거절했다.

"어제와 그제 무슨 일이 발생했는지 못 보았지요?" 무즈예킨이 주장했다. "지금 우리가 가지고 있는 정보로는 저들이 당사를 불태우겠다는 거요. 저들의 함성을 들어봐요."

거리에서는 무즈예킨의 머리를 요구하는 수천 명의 성난 목소리가 들려왔다.

"당신이 받은 명령을 알고 있소?" 무즈예킨이 고함을 질렀다. "그 명령은 상부에서 내린 것이고, 내가 다시 한 번 말하는데, 저 시위자들을 해산시키라는 것이오."

발에 족쇄라도 채운 듯 무거운 발걸음으로 레이부틴은 계단을 내려가 광장으로 나갔다.

"시위 군중의 머리 위로 발포하라."

그가 내린 명령이었다. 첫 번째 일제사격에 군중은 동요했고, 제일 앞줄에 있던 사람들은 돌아서서 도망치려고 했다. 그러나 함성은 더 깊어졌고, 시위대는 앞으로 전진하고 있었다. 무즈예킨이 사무실에서 내려와 레이부틴과 함께

섰다.

"무얼 망설이는 거요?"

"저들은 러시아 사람들이오." 레이부틴이 차분한 어조로
말했다. "게다가 여자와 아이들도 있소."

무즈예킨은 그의 어깨에 있는 계급장을 떼어내려는 듯이
노려보았다.

"내가 직접 명령을 내리겠소." 당 서기가 선언했다. "발포
하라!"

레이부틴 옆에 서있던 부관이 의아스러운 표정으로 쳐
다보자 레이부틴은 마지못해 승인한다는 듯이 고개를 끄
덕였다.

부관이 발포명령을 복창했다. 그의 목소리는 대포소리처
럼 병사들 머리 위로 울려 퍼졌다. 그러나 많은 병사들은 아
직도 망설였다. 여러 종족 병사가 섞인 부대였지만 대부분
이 러시아인이었고 그들 중 상당수는 그 지방 토글리아티에
서 징집되었기 때문에 군중 속에는 그들의 친구나 인척도
많았던 것이다.

하지만 우즈베키스탄이나 카자흐스탄 출신 병사들에게
는 걱정해야 할 지방적 연고가 없었다. 그들에게는 시위 군
중을 사격하는 것이 아프가니스탄 사람들을 사살하는 것보

다 더 바라던 것일 수도 있는 일이었다. 그리하여 중앙아시아 출신 병사들이 기관총을 발사하기 시작했다. 실탄은 조약돌이 진흙 속으로 튕겨 들어가듯이 그들의 목표물을 때렸다.

엘레인은 어떤 완강한 남자가 팔꿈치로 옆구리를 밀치자 숨이 막히는 듯 했다. 그녀는 뒤를 받치고 있는 군중들이 너무도 견고해 뒤로 물러설 수가 없었다. 팔꿈치로 옆구리를 찌른 남자가 이번에는 복부를 찌르면서 총탄을 피하려고 필사적이었다.

"잠깐만, 이 팔을 치워 봐요!"

그녀가 애원했지만 그녀의 말은 사람들의 비명과 콩 볶는 듯한 기관총 소리에 묻혀버렸다. 그런데도 그 남자는 무조건 그녀에게로 기울어지더니 엘레인을 바닥에 쓰러뜨리기라도 하려는 듯이 그녀의 몸 위로 쓰러지는 것이었다. 그 사람의 체중이 어깨 위를 누르자 그녀의 무릎이 휘는 것 같았다. 뒤쪽에 있는 사람들 때문에 겨우 넘어지지 않았다.

남자로부터 벗어나려고 그를 붙잡자 손이 축축하고 끈적거려 비명을 질렀고, 그제야 자기가 온통 피를 뒤집어쓰고 있다는 것을 알았다. 군중의 격렬한 소용돌이가 그녀를 왼쪽으로 밀어붙여 목숨이 끊어진 남자로부터 간신히 벗어났는데, 그는 뒤통수를 관통당한 것 같았다.

흐르는 개천에 홀로 떠있는 코르크 마개처럼 밀려가면서 그녀는 당사 앞의 광경을 얼핏 엿볼 수 있었다. 그곳에서는 무엇인가 이상한 상황이 벌어지고 있었다. 군인들이 총격을 멈추고 대열이 흩어지더니 병사들이 양쪽으로 갈라져 서로에게 총을 겨누는 것이었다.

검은 턱수염에 까무잡잡한 병사 하나가 앞에서 피를 흘리며 쓰러져 있었다. 그런데도 엘레인은 다른 사람들과 함께 무작정 밀려가고 있었다. 군중의 발아래 넘어지는 것을 막기 위해서라도 군중이 움직이는 방향을 따라가야 했다.

갑자기 한 남자가 튀어나와 그녀의 팔을 잡아끌어서야 겨우 방향을 바꾸어 옆길로 들어섰다. 야코프였다.

"이쪽으로 들어와요!"

그가 날카롭게 말하면서 엘레인을 어느 건물 안으로 끌어들였다. 좁은 공간에 10여 명 이상이 모여 있었다. 엘레인은 놀란 표정들을 둘러보았다. 그중에 표정이 침착한 여자가 하나 있었다. 작은 키에 화장기 없는 건강한 모습이었고, 검정색 옷을 입고 머리는 단정하게 묶고 있었다. 상주인 것이 분명했다.

"손님에게 차를 드려요."

밖에서 일어나는 일이 아무것도 특별할 게 없다는 듯이 그녀가 지시했다.

"미샤 레프닌의 부인 아글라야입니다."

야코프가 설명해 주었다. 이 사람들은 '미망인'이라는 거북한 말은 쓰지 않았다.

엘레인은 덜덜 떨려 유리 찻잔을 제대로 잡고 있을 수가 없었다. 찻물이 가장자리로 튀어 손목이 뜨거웠다.

"군인들이 왜 사격을 중지했습니까?"

"게오르기가 지붕에서 전부 다 보았답니다."

아글라야가 열 살 된 아들을 가리켰다.

"병사들이 발포명령을 받았으나 일부 병사들만 명령에 복종했답니다. 그 부대에 이곳 출신인 소년 병사가 하나 있었는데," 그녀는 자랑스러운 표정으로 자세히 설명해 주었다. "이 병사가 군중을 향해 총을 쏘는 중앙아시아 출신 병사를 쏘았답니다. 그래서 병사들끼리 전투가 벌어질 뻔했는데 즉시 지휘관이 나섰답니다. 지휘관 레이부틴 장군이 사격중지 명령을 내리고 군대를 거두어 철수했답니다."

"무즈예킨의 얼굴을 보았어야 하는데," 야코프가 끼어들었다. "당위원회 서기는 군대가 철수하자 도망가서 숨었다고 합니다."

"제가 보았어요!" 게오르기가 흥분해서 말했다. "그가 뒷문으로 나와 기어 올라갔어요! 건물에 불이 났거든요."

"군중이 당사를 습격했다는 말이니?"

엘레인이 물었다.

"그렇답니다. 시위군중이 그곳에 들어가," 야코프가 직접 확인한 듯이 설명했다. "서류철을 샅샅이 뒤졌어요. 그런 장면을 보리라고는 생각도 못했습니다. 당의 서류가 광장에 흩어져 날렸고, 내무성 경찰도 여럿이 죽었다고 합니다. 앞으로 벌어질 일이 두려워요."

그는 침통하게 덧붙였다.

"오늘 밤," 아글라야가 말을 맺었다. "뉴스가 전국으로 퍼질 거예요. 야코프가 당신은 기자라고 했는데, 우리 이야기를 써서 그들이 미샤 레프닌을 죽이지 말았어야 했다고 전 세계에 알려 주기를 바랍니다."

새벽이 되기 전에 야코프가 엘레인을 흔들어 깨웠다.

"몇 시에요?"

엘레인이 어렴풋이 물었다. 그녀가 소파에서 일어나자 방안 사람들이 부지런히 소지품을 챙기고 있었다.

"여기는 더 이상 있을 수 없어요." 야코프가 급히 말했다. "제일 먼저 수색대상이 될 곳이에요."

"어떻게 되었는데요?"

그제야 엘레인은 정신을 차리고 다른 사람들의 얼굴에서 공포를 읽을 수 있었다. 그 전날 그렇게 침착하고 담담하던 아글라야까지도 창백하고 핼쑥해 보였다.

"밤중에 소식을 들었어요." 아글라야가 가르쳐주었다. "무즈예킨이 지체하지 않고 모스크바로 달려가 모든 것을 일러 바쳤답니다. 레이부틴 장군은 즉시 구속되고, 다른 장군이 특전단의 추크치 병사들을 데리고 오늘 도착한답니다."

이 말에 방안 사람들은 소름이 돋았다.

"추크치는 타고난 살인마들입니다." 야코프가 설명해 주었다. "북극의 추코츠키 지방 출신인데 혹독한 환경에서 살아 온 사람들입니다. 우라늄광산 경비를 담당하고, 내무성 특공대원으로도 선발되어 여러 가지 잔혹한 임무를 수행합니다."

"저는 이곳에 남아 있겠어요."

엘레인이 의견을 말하자 아글라야가 반대했다.

"가셔야 합니다. 토글리아티 노동자들에게 일어난 모든 것을 전 세계에 알리셔야 합니다."

야코프가 엘레인을 시내 중심가에서 멀리 바깥으로 데리고 가는데 거리가 이상하게 조용했다. 중기관총을 설치한 지프가 선도하면서 군부대가 우르릉거리며 지나가자 사람들이 모두 집안으로 들어갔기 때문이었다.

"저들은 자동차공장으로 향하고 있습니다."

야코프가 속삭였다. 노동자들이 공장을 장악하고 모든 외부인을 막고 있었다. 멀리서 소총 소리와 함께 박격포와 로켓포의 둔탁한 폭발음이 들려왔다.

"노동자들은 비무장이잖아요."

엘레인이 말했다. 야코프는 어깨를 으쓱했다.

"사실인지 확인되지 않았지만 러시아 병사들도 노동자들과 함께 있다는 소문이 있어요. 이미 군사재판이 시작되었다고 합니다. 발포를 거부한 병사 몇은 벌써 처형되었고, 부대 전체가 해산될 예정인데, 명령에 불복한 병사들은 강제노동수용소로 보내질 것이라고 합니다."

그들은 군인들에게 발각되지 않으려고 살금살금 기기도 하면서 몇 시간을 걸었다. 들판을 가로지르는 거친 길목에 이르자 야코프가 돌아섰다.

"나는 더 이상 갈 수 없습니다. 다음 마을에서 기차를 탈수 있어요. 여기서 그리 멀지 않아요."

모스크바행 기차표를 구입하려고 줄을 서면서 엘레인은 수첩 속에서 돈을 찾았다. 그제야 그녀는 시위 중에 밀고 당기면서 자신이 왼손을 다친 사실을 알았다. 손가락이 뻣뻣하고 관절이 시큰거렸다. 갑자기 손이 마비되는 듯한 통증을 느끼면서 쇼핑백을 떨어뜨리자 안에 있던 물건들이 바닥에 쏟아졌다. 승강장 옆에서 어슬렁거리며 그녀를 바라보던 키가 작은 남자가 달려왔다.

"아니, 괜찮아요. 감사합니다."

엘레인이 사양했다. 그녀는 화장지 뭉치 아래 삐죽이 나온 여권을 발견하고 황급히 집어넣었다. 그 사람이 보지 못했기를 내심 바랄 뿐이었다. 그는 엘레인이 줄 앞쪽으로 다가서자 더 이상 귀찮게 하지 않고 가버렸다. 그녀는 승강대로 올라서며 그 사람이 역장 사무실로 뽐내듯이 걸어가는 것을 보았다. 열차가 들어오는데도 그는 보이지 않았다.

일단 자리에 앉자 그에 대한 걱정은 사라지고 토글리아티 시위에 관한 첫 번째 기사를 구상하기 시작했다.

*

'그는 죽어가는 손으로 할퀴고 있었다.'

조토프 원수가 사샤에게 서기장이 참석한 회의 장면을 설명하는데, 지극히 메스꺼운 회의였다는 것이다. 그 회의에서 서기장은 토글리아티 사태를 진압하라는 명령을 내렸다.

이들은 지금 고골 대로의 원수 집무실에 있었다. 원수는 국방성에 있는 그의 사무실보다 이곳을 더 좋아했다. 당의 감시자들로부터 조금이라도 멀리 떨어져 있기 때문이었다.

"물론, 그들은 모두 한통속이다. 서기장은 숨을 헐떡거렸고, 다른 자들은 몸을 사렸다. 추크치 병력 투입은 당연히 아스키에로프의 제안이었다. 언젠가는 이 바퀴벌레 놈을 내 발로 뭉개 버릴 것이다."

"파벨 레이부틴은 어떻게 되었습니까?"

사샤가 물었다. 아프간 전투에서 그의 모습을 지켜 본 후 그 장군을 존경하고 있었다.

"어떤 자들은 그를 총살시켜야 한다고 주장한다." 조토프가 설명했다. "나도 최선을 다해 그들을 설득하고 있다, 우리 전쟁 영웅을 순교자로 만들어서는 안 된다고 말이다. 현재로서는 정신과 검진을 해야 한다며 세르브스키 연구소로 보낼 예정이다."

원수는 주먹으로 책상을 치면서 사위에게 지시를 내렸다.

"자네가 해야 할 일이 있다. 토글리아티로 가서 나에게 전모를 보고하라. 이 작자들은 이번 사태에 대한 책임을 거론하고 있다. 군의 사기와 도덕 상태에 대해 온전한 보고가 필요하다."

사샤가 몇 가지 메모를 하고 그 자리에 앉아 아무 표정도 없이 조토프의 시선과 마주했다.

"사샤, 너는 언제나 스핑크스다, 그렇지 않나? 네가 무엇을 기다리고 있는지 알고 있다. 지금이 바로 움직일 때라고 생각하는 거지?"

"젊은 장교들의 말을 원수님께 보고할 때 여론조사는 필요치 않습니다."

"그래, 그렇다고도 볼 수 있지. 크렘린 병원의 보고서에 의하면 당 서기장이 그리 오래 살 것 같지 않다는 이야기를 할 필요도 없겠지."

"그런 다음에는 어떻게 됩니까?"

"그들은 배후에서 서로를 찌르고 있다. 그렇지만 아스키에로프는 킹메이커로 나설 거야. 우리를 바라보는 얼굴에서 읽을 수 있지. 그 자도 바보가 아니니까 그것까지는 용인할 수 있다. 자신이 월계관을 쓰려고 하지는 않을 것이다. 자기가 통제할 수 있는 자를 서기장으로 앉히고, 그의 임기 동안 자기가 정부를 운영하겠다는 생각이다. 그는 체트베리코프와 세르디우크를 염두에 두고 있는 것 같다. 사샤, 그렇게 되면 한 가지 확실한 것이 있다. 일단 아스키에로프가 운전대를 잡으면, 놈들은 나를 잡아 세르브스키 연구소로 보낼 것이다."

그는 말을 중단했다. 믿음직한 기술병을 시켜 매일 집무실의 도청장치를 샅샅이 조사하고는 있지만 완전히 믿을 수는 없었다.

"우리가 이야기한 스페츠나츠 훈련을 기억하나?"

그가 사샤에게 물었다.

"더 이상 기다려야 한다고 생각하지 않습니다."

5.

사샤는 역에서 자신의 볼가에 자이체프를 태워 방글라데시로 갔다. 그 스페츠나츠 장군은 마지못해 사복을 입었는데, 뻣뻣하고 잘 맞지도 않는 낡은 오버코트로 단추도 두어 개는 떨어진 것이었다.

가는 도중 사샤는 토글리아티를 방문해 목격한 것들을 설명했다. 당사를 약탈한 보복으로 추크치 병사들은 총탄과 대검으로 악랄한 짓을 계속하고 있었다.

"그곳 자동차공장에서 자행하는 그들의 야만적인 짓거리를 보고는 아프간의 헤라트에 가있는 줄 알았네."

"레이부틴은 어떻게 되었나?"

"지금 KGB에 이첩되어 있네. 세르브스키 연구소의 보고서를 보았는데, 놈들은 그에게 음주문제가 있으며, 제국주의의 앞잡이보다는 백색 들쥐로 몰고 있네. 아마 펠릭스가 설명해 줄 거야."

자이체프는 KGB에 근무한다는 사샤의 친구와 만나는 게 별로 내키지 않는다는 것을 굳이 숨기려 하지 않았다.

"우리는 펠릭스에게 의지하고 있네."

사샤가 이렇게 말하자 자이체프는 옷깃이 스친다는 듯이 머리를 흔들었다.

니콜스키의 첫 인상은 상당히 안 좋았다. 주방에서 나오는데 앞치마를 둘렀고, 앞치마에는 캥거루 그림과 '나는 오스트레일리아를 사랑한다'는 글자가 새겨져 있었다. 그는 브랜디와 간단한 음식을 담은 쟁반을 들고 직업적인 웨이터의 모습으로 걸어 나와 거실 커피 테이블에 올려놓았다.

침실 문이 열려 있었다. 사샤는 방바닥에 흩어진, 얼룩으로 더럽혀진 한 다발의 시트를 보고 내심 찔끔했다. 자이체프의 시선이 그 시트와 정리되지 않은 침대, 거실 구석구석에 널린 더러운 유리잔들을 훑고 있었다.

"업무에 걸리는 시간이 얼마나 될 것 같은가?"

니콜스키는 악타마르 브랜디를 따르면서 쾌활하게 물었다.

"내 병아리한테 전화해 나중에 그녀의 친구 둘을 예약해

둘까?"

자이체프는 한심하다는 듯이 그를 쳐다보았지만 펠릭스는 조금도 개의치 않고 빈정대듯이 말했다.

"내가 사과하고 싶은 것은," 그는 애피타이저를 가리켰다. "이것이 파리의 맥심에서 가져온 것이 아니라는 사실이다. 그렇지만 위대한 농업국가인 우리나라 식량 사정에 비추어보면 이것이 내가 할 수 있는 최상의 것일세. 자, 그런데 장군, 이것 좀 들어 보시지 않고."

그는 브랜디에 손도 대지 않는 자이체프에게 토스트 조각을 권했다. 자이체프는 말도 않고 화난 듯이 앉아서 사샤가 한마디 하기를 기다리고 있었다.

"구어다 놓은 감자처럼 그렇게 앉아만 있지 마시고," 펠릭스가 그를 찔렀다. "우리에게 빵을 달라!"

"좋아!"

엄숙하게 말하면서 교회에서 찬송가를 부르려고 일어서듯이 자이체프가 일어났다. 그가 잔을 들고 깊고 엄숙한 목소리로 말했다.

"토글리아티에서 죽은 영령들이시여, 지하에서 평안히 잠드소서."

펠릭스도 엄숙해졌다. 그들은 잔을 비우고, 한동안 침묵을 지키며 앉아 있었다.

"그 개자식들이," 자이체프가 말문을 열었다. "토글리아티의 더러운 작업에 군을 이용했다. 우리 군에 파벨 레이부틴 같은 군인이 있다는 것이 너무나 감사하다."

러시아 노동자들을 향해 발포하라는 명령을 거부해 징계를 받은 장군을 위해 그들은 다시 한 잔 마셨다.

"레이부틴이 좋게 끝날 것 같지는 않다." 사샤가 니콜스키에게 말했다. "자네네 기관에서 올라온 보고에 의하면, 그는 정신적 질병을 뜻하는 백색 들쥐를 앓고 있다고 했어."

"내가 그런 보고서를 작성한 기억은 없는데." 가장 재미있지 않은 상황에서도 농담을 피하지 못하는 니콜스키가 대답했다. "내 동료가 그 보고서를 작성했다. 내가 그의 자리에 가보니 바닥에 온통 흰쥐들이 우글거리고 있더군."

아무도 웃지 않았다. 그는 사과하는 어조로 이어갔다.

"놈들은 레이부틴을 아주 극심한 치료법으로 다스리려고 한다."

"정확히 어떻게 하겠다는 말인가?"

사샤가 물었다. 니콜스키가 주머니에서 메모지를 꺼냈다.

"내가 이 목록을 얻어냈다. 레이부틴에게 처방된 약품들이다."

사샤가 처방전을 훑어보았다. 첫 번째 약품은 아미나진으로 자신도 그 약효를 잘 알고 있었다. 아미나진을 복용한 후에는 대학교수라 해도 글을 읽지 못하는 상태가 되는 것이었다. 처방전을 자이체프에게 넘겨주자 읽어보더니, 욕설이 튀어나왔다.

"쓰레기 같은 놈들, 두뇌를 아주 짓뭉개려고 하는구나."

자이체프가 리스트를 돌려주면서 니콜스키에게 물었다.

"이것을 어떻게 구한 거요?"

"토프치 대령 밑에서 일하고 있거든."

"제3국에서?"

그렇게 물으면서 자이체프가 사샤를 곁눈질로 쳐다보는데 '내가 경고한다'는 표정이었다.

"그렇다네."

펠릭스의 대답에 자이체프는 잠자코 있었다. 사샤가 대화를 주도했다.

"그 망할 놈의 앞치마 좀 벗고 자리에 앉게. 아주 심각한 이유로 두 분을 함께 모셨네. 우리 셋은 이 나라에서 가장 강력한 힘을 가진 세 개의 조직을 대표한다. 우선 스페츠나츠로 소련군 최강의 전투부대이고, 또 하나는 존경하는 비밀경찰, 그리고 하나는 조토프를 비롯한 군 총참모부다. 내가 감히 사방이 벽으로 둘러싸인 이 방에서 말할 수 있는 것은 조토프 원수도 토글리아티 사태에 대해 우리만큼이나 강렬하게 반감을 가지고 있다는 것이다. 그렇지만 원수의 입장에서는 생각만큼 강하게 의견을 주장하지 못한다는 것을 이해하리라 믿는다. 원수는 정치국 전체회의에서 토글리아티 사태에 군이 동원되는 것을 반대했다."

"놈들은 그 부분을 잊지 않을 거야."

자이체프가 말했다.

"그래, 그놈들은 그 사실을 절대로 잊지 않겠지. 나는 여기 두 사람과 오래 전부터 친구로 지내왔다. 나는 두 사람을 완벽하게 신뢰하고 있다. 이 나라에는 정말로 성실하고, 대중의 지지를 잃지 않은 유일한 조직이 남아 있다."

아무도 이의를 제기하지 않았다.

"그들이 당의 명예를 파괴한 방식으로 군의 명예까지 파괴하는 것을 허용할 수는 없다는 말이다."

"정확히 무엇을 하자는 말인가?"

니콜스키가 물었다.

"원수는 지원이 없이는 움직일 수 없다. 우리가 그 지원을 제공해 주자는 말이다."

"무엇을 위해? 군사쿠데타를 위해? 정말로 이 장군들이,"

니콜스키는 또 한 잔을 들이켰다. "여기는 서부 아프리카가 아니야. 우리는 정글 속의 토끼도 아니고, 희가극을 하는 라틴 장교들도 아니야. 우리는 쿠데타에 대해서는 아주 싫어하거든."

"내가 쿠데타에 대해 어느 정도 연구를 했다고 자부한다." 사샤가 이어갔다. "많은 인원을 동원할 필요도 없고, 대중의 지지를 구할 필요도 없다. 필요한 것은 권력의 핵심부와 위로부터의 명령을 따르는 데에 익숙한 대중을 명확하게 구분하는 것이다. 표트르대제의 따님은 단지 400명으로 그 일을 해냈다."

"사샤, 자네 충분히 마시지 않았구먼." 펠릭스가 말했다. "멀쩡한 정신으로 이와 같은 말을 한 적이 없었어. 자, 장군." 그는 자이체프도 자극했다. "당신이 얘기 좀 해봐. 이 사람, 돌았다고 말이야."

"이런 빌어먹을," 자이체프가 발끈했다. "우리 아이들만으로, 스페츠나츠 일개 부대만으로 내가 해치울 수 있어."

니콜스키는 손으로 얼굴을 가리고 신음했다.

"페디야, 그에 대해서 이야기하자." 사샤가 이어서 말했다. "매주 목요일 오후 4시에 정치국회의가 열린다. 자네가 해야 할 임무는 특공대 몇 개 팀을 중앙위원회 건물 주위로 침투시켜, 그 개들이 회의실에 모여 있을 때 모조리 잡아버리는 것이다. 나는 모스크바의 주인이 될 것이고, 이 나라의 나머지도 내 통제 하에 들어간다. 이른바 모스크바 룰이다, 그렇지 않은가?"

펠릭스가 끼어들었다.

"잠깐만, 이름도 잘 알려지지 않은 공수부대 장군에게 모든 사람이 뛰어들 것이라고 생각하는가?"

"그렇지는 않겠지." 자이체프가 그 말에 동의하면서 사샤에게 눈길을 돌렸다. "그렇지만 그 명령이 참모총장에 의해 발령된 것이라면 전군이 복종할 것이다. 그것을 모두 계산한 것이다."

"미세한 부분을 빠뜨린 것은 없겠지?" 사샤가 끼어들었다. "중앙위원회 빌딩을 장악하는 것만으로는 충분하지 않다. 내무성 경찰병력, 공항, 방송국과 통신센터도 잡아야 되고, KGB 본부에서 파견 나온 사찰요원들에게 누설되지 않도록 해야 한다."

"제르진스키 사단이 동원될 경우를 고려해서," 자이체프가 말했다. "1500명과 후방 지원 병력만 있으면 전부를 다 잡을 수 있다. 거사계획은 물론 완벽해야한다. 모든 공격 목표물의 평면도가 필요하고, 집결지점도 확보해 두어야한다.

모든 작전에 모의 훈련도 필요하다."

"그렇게 준비할 것이다."

사샤가 말했다.

"전화교환수로 근무했던 웨이터를 알고 있다."

니콜스키가 입을 열었다. 자이체프가 그를 흘겨보는 것이, 이 말 또한 의구심에 차서 던지는 또 다른 농담으로 여기는 듯 했다.

"가장 중요한 문제는 보안이다. 만일 원수가 우리와 함께 간다면 필수적인 소수의 관계자들만 전모를 알아야 하고, 나머지는 단순히 명령 받은 대로 행동만 하면 된다. 우리 내부에 있는 자들에게 특별한 주의가 필요한데, 도처에 체키스트가 우글거리기 때문이다."

자이체프가 말을 하면서 펠릭스를 쳐다보는 것으로 보아 그는 아직까지 완전한 신임을 받지 못한 것이 분명했다. 사샤가 입을 열었다.

"페디야, 아무래도 내가 설명을 해주어야겠네."

이렇게 시작해 펠릭스가 자기 요청으로 어떻게 해서 제 3국으로 전속을 가게 되었는지 설명하는데, 펠릭스가 그의 말을 끊었다. 자기에 대한 신뢰를 거부하는 자이체프에게 기분이 상해 화를 내면서 공격적으로 나왔다.

"농민 출신 장군의 말이 절대적으로 옳아. 당신은 누구도 믿어서는 안 돼. 당신의 그 스페츠나츠 부대도, 심지어 특수 훈련을 하기 위해 당신이 선발해 놓은 그 대원들도 믿어서는 안 된다고. 아, 당신들, 내가 그 정보를 어떻게 알고 있는지 놀라는 표정인데, 좋아, 내가 어떻게 알아냈는지 보여주지."

그가 주머니에서 서류를 한 장 꺼내는데 KGB 공식 보고서였다. 사샤가 그 문서의 발신자를 훑어보았다.

"슈코 소령."

사샤가 발신자의 이름을 읽었다.

"이런 쓰레기 같은 놈이," 자이체프가 발끈했다. "그 놈은 우리 부대 선임 체키스트야."

"크고 둥근 얼굴에 기름기가 번질거리고, 공중화장실 같은 냄새를 풍기며 숨을 쉬는 놈 말인가?"

사샤가 물었다.

"바로 그렇다."

"내가 이놈을 잘 알아."

사샤가 고백하면서 대학시절 공산당청년동맹 콤소몰의 조직원으로, 타냐를 파멸시키는 데에 주도적 역할을 했던 그 자를 떠올렸다.

"자네가 읽어보는 게 좋겠네."

문서를 자이체프에게 넘겼다. 슈코의 보고서는 이렇게 시작되었다.

'스페츠나츠와 카프로프에 주둔하는 공수부대에 반 소비에트 기류가 흐르고 있다.'

보고서는 자이체프에게도 해로운 내용을 담고 있었다. 자이체프를 가장 놀라게 한 것은 그 기지에 잠입해 있는 KGB 정보요원들의 명단이었다.

그들 중 한 명은 바실리 아타모노프 대위인데, 그는 자이체프가 자기 사람으로 알고 특수훈련을 위해 선발한 그룹에 포함되어 있는 자였다.

"놀랍네, 믿을 수가 없군."

"장군, 걱정할 필요 없어. 이 보고서는 접수되지 않았으니까."

니콜스키가 말했다.

"무슨 말인가?"

"내가 이 문서를 가로챘다는 말이지. 토프치의 책상까지 올라가지 않았다는 거야. 당신에게는 행운이야, 그렇지 않은가? 어떠한 조치도 없을 것이다. 그렇지만 내가 당신 말에 동의하는 것은 누구를 믿을 것인가에 대해서는 특별한 주의가 필요하다는 것이지. 토프치에게 올라가는 보고서를 내가 전부 다 읽을 수 있는 위치에 있는 것은 아니니까."

"내가 이 건을 바로 처리하겠다."

자이체프가 사샤에게 말했다. 그가 일어서면서 니콜스키에게 손을 내밀었다.

"우리는 같은 동지다!"

"윽, 나는 군화 냄새만 맡아도 구역질이 나는 사람이야."

니콜스키가 그의 손을 잡고 흔들었다.

"자 이제, 당신들 음모가 끝났으면 내가 아는 계집애들을 부르는 게 늦지는 않았어."

6.

"이제 그 참담한 생각에서 벗어나야 해요."

엘레인이 토글리아티 학살에 관한 기사를 넘겨줄 때, 가이 해리슨이 그녀에게 하는 말이었다. 가이는 원래의 색이 포도처럼 검붉은 담배회사의 재킷을 입고 있었다. 그가 선반 쪽으로 가더니 라디오 볼륨을 올렸다. 음악이 흘러나오는데, 마치 무슨 위원회의 선전 노래 같았다.

"이건 굉장한 특종이라는 것을 나도 인정해요. 이 요약한 기사의 어느 부분을 빼버린다면 그렇게 나쁘지 않은 기사입니다."

그는 두려운 냄새가 나는 부분을 지적했다.

"내 대신 이 기사를 보내줄 수 있는 거죠?"

"태초에 말씀이 있었으니," 해리슨이 억양을 높였다. "한 번 기자는 영원한 기자라 했소. 그러니 내가 어찌 안 된다고 말할 수 있겠소? 이는 주정뱅이가 술을 거절하는 것과 같고, 죽어가는 사람이 교회의 마지막 의식을 거부하는 것과 같지요. 대사관 친구에게 부탁해 보리다. 외교행랑으로 반출해야 하니까."

그는 잠시 말을 멈추고 수염투성이 볼을 긁더니 다시 말했다.

"정말로 당신에게 경고하는데, 당신의 토글리아티 잠입에 매우 언짢아하는 사람들이 있다는 것이오. 그러나 당황하지 말아요. 나는 어려운 처지에 있는 사람을 도우러 여기 왔으니까."

그는 창문 옆으로 가서 주름진 커튼 뒤로 바깥을 내다보았다.

"토글리아티에서 그들에게 노출되지 않았다고 확신합니까?"

"그들에게 들켰다고는 생각되지 않아요. 그러나 확신할 수는 없어요."

"음, 그래. 그렇다면 나를 따르는 그림자들이겠군."

"토글리아티에서 KGB가 나를 보았다면 왜 체포하지 않았을까요?"

"레이디, 그들이라고 다 숙맥은 아니랍니다. 당신을 계속 따라다니면서 자기들을 어디로 인도해 가는지 보고 싶었을 것입니다. 결국 그 시위는 공식적으로 외국인의 사주에 의해 발생한 것으로 발표될 것이니까요. 그 외국인이 당신이 될지도 모릅니다. 그 기사에 집필자 이름을 밝히지 않았으면 합니다. 만일 당신이 앞으로 이곳에 24시간 이상 머물지 않겠다면 몰라도."

그녀는 잠시 불안한 표정이었다가 중얼거렸다.

"아, 그래요. 내가 어리석었어요."

"내가 당신이라면 오늘 첫 비행기로 이곳을 떠날 거요. 그리고는 쓰고 싶은 기사를 쓰고 유혈이 낭자한 사진을 게재합니다. 이것이 내가 미국에 있는 친구들에게 말하려고 하는 것입니다. 솔직히 말해서 그들이 내 말을 들을지는 모릅니다. 아시겠지만 당신이 실종된 후, 당신에게 전화하려고 여러 번 시도했지요. 워싱턴에서는 일종의 공황상태에 빠졌답니다."

"무슨 종류의 공황상태에요?"

"들어봐요, 나는 국외자일 뿐이오. 메시지가 오고가는 것을 전하는 일이 전부라는 말입니다. 이번 주에 워싱턴에서 오는 사람이 전부 설명해 줄 거요."

"루크? 루크가 온다는 말이에요?"

"그 사람들은 그런 이야기는 하지 않아요. 이름은 밝히지 않는다는 말입니다."

엘레인이 눈살을 찌푸렸다.

"그 사람 만나고 싶지 않은데."

"루크 글래든을 두고 하는 말이오? 그 사람은 아버지 같은 모습이라고 생각하는데."

"그 사람은 나를 이용하고 있고, 앞으로도 그러려고 합니다."

"그래도 약속은 지켰잖아요? 당신을 사샤에게 보내 주었으니까."

해리슨은 그녀가 긴장하는 것을 보고 급히 말을 덧붙였다.

"내가 당신 처지라면 러시아인 낭군과 저 지독한 CIA를 잊고 귀국하는 비행기에 오를 것입니다. 그러면 워싱턴에서 오는 방문자에게는 내가 대신 당신의 유감을 전하지요. 기사 사본은 가져가고, 게다가 늙다리 욕심쟁이 편집국장에게 당신을 소개시켜 주기도 할 것입니다."

"고마워요, 가이. 그렇지만 나는 여기 남아 있을 거예요. 그런데 내 기사의 원고료는 어떻게 되나요?"

"원고료는 세로줄 길이에 따라 지급됩니다. 이런 요금 체제는 구텐베르그 시대 초에 정해진 것이지요. 기사의 집필자에 대해 그냥 '특파원으로부터'라고 달기로 생각한다면 지금 결정하는 것이 어때요?"

"이름은 보류할 수 있다고 생각해요."

그녀도 똑같이 조롱이 약간 담긴 어조로 말했다.

"좋아요, 자, 이제 점심을 좀 일찍 하는 것이 어떻겠소? 그러면서 이 잔인한 나라에서 일어나고 있는 사건에 대해 내게도 들려줘요. 우리 편집국장이 내가 취재감각을 잃었다고 여기는 것을 원치 않으니까. 몇 달 전에 그가 나에게 무엇을 요구했는지 이야기했죠? 서기장이 연주하는 악기인 기타에 대한 재능을 700자 정도 기사로 요구했다는 것 말이에요. 우리가 안드로포프에게서 얻은 것이라고는 다 똑같이 케케묵은 이야기들뿐인데, 그가 보낸 전문은 '안드로포프가 재즈, 스카치위스키, 미국 대중소설에 취미가 있다는 소문이 있으니 이에 관한 기사를 가능한 한 빨리 송고할 것'이었죠."

"그래서 어떻게 했나요?"

"물론 보냈지요. 그들은 내 기사를 '무릎 위에 기타를 올려놓은 알마아타 출신 서기장'이라는 제목으로 실었답니다."

7.

'전시에 소련 스페츠나츠 특전단은 다음과 같은 작전기능을 수행한다. 적의 통제부를 무력화시키고, 적의 정치와 군사 지휘부를 추적해 제거하며, 핵 기지와 기타 중요 방위시설의 위치를 확인해 공습 파괴하는데 도움을 주는 것, 그리고 전력과 통신시스템을 마비시키는 것이다.'

여러 개의 중대로 편성된 자이체프 여단의 훈련은 카프로프 북쪽의 숲속에서 시작되었는데, 특전단의 전투수행 기능을 완벽하게 확인하는 훈련이었지만 예외적으로 한 가지 비상훈련이 포함되어 있었다. 그것은 특공대가 모스크바 지휘부를 장악하는 훈련이었다.

바실리 아타모노프가 자이체프 장군에게 와서 이 훈련에 관해 물었다.

"이것은 전혀 새로운 시나리오다." 자이체프가 그에게 설명했다. "적이 수도를 점령한 것을 가상한 작전이다. 우리 임무는 모스크바를 재탈환하는 선발대 역할이다."

"총참모부에는 정말로 한심한 자들이 있다는 말이 틀림없군요."

아타모노프가 말했다. 자이체프는 그 젊은 대위가 되돌아 걸어갈 때 뚫어져라 쳐다보았다. 저놈이 배반자라는 사실이 아직도 받아들이기 어려웠다. 물론 스페츠나츠 장교는 당원이어야 한다는 조건이 있고, 철저한 신분조회가 이루어졌다. 아타모노프가 KGB 동료에게 밀고해 당에 대한 자신의 임무를 수행하고 있다는 것은 있을 수 있는 일이었다. 그는 돈이나 장래에 대한 야망 때문에 그런 일을 할 것이다.

훈련이 끝나고 기지로 귀환하자 자이체프는 작전참모 오를로프 중령을 불러 니콜스키가 알아낸 사실을 설명했다. 오를로프가 즉시 대답했다.

"알았습니다. 아타모노프는 다음 공수낙하 훈련에 들어갑니다."

오를로프는 자신이 직접 그 낙하훈련 팀을 인솔했다. 그들은 모두 계급장이 없는 표준적인 공수부대 훈련복을 착용했다. 대원들은 옆에 개인화기가 장착된 D-5 낙하산을 짊어졌다. 그들이 비행기에 오르려고 하는데, 아타모노프 대위가 뒤로 물러서는 것이었다.

"귀관은 무슨 일인가?"

오를로프가 물었다.

"복통이 있습니다. 아마 먹은 것이 탈이 난 듯합니다."

"비행기에 올라라." 오를로프가 그를 거칠게 밀어 넣었다. "귀관은 이번 훈련에서 핵심적인 역할을 하게 되어있다. 실전이 개시되면 귀관의 배탈에 신경 쓰는 사람은 아무도 없다."

대원들은 5000미터 상공에서 뛰어내렸다. 밖으로 떨어져 나오면 낙하산의 첫 단계로 안정 케노피가 열렸다. 오를로프는 다른 대원들이 모두 뛰어내릴 때까지 아타모노프의 등을 잡고 있다가 부드럽게 명령했다.

"자, 귀관의 차례다."

아타모노프가 점프하자 오를로프도 뒤따라 몸을 날렸다. 중령의 군화발이 아타모노프의 등을 걷어찼지만 그가 짊어지고 있는 장비 때문에 타격은 매우 약했다. 그런 다음 그들은 하나로 뒤엉켜 공중에서 데굴데굴 회전하기 시작했다. 안정 케노피가 얽혀 쓸모없게 되었다. 아타모노프는 오를로프로부터 벗어나려고 그의 팔로 도리깨질 하듯이 때렸다.

그러나 중령이 다시 그의 위로 다가왔다. 팔 하나는 아타모노프의 목을 잡고, 다른 팔로는 다리를 붙잡았다. 마치 아타모노프를 두 쪽으로 찢으려고 하는 듯이 보였다. 그들은 한 덩어리가 되어 점점 더 빠르게 회전했고, 땅 덩어리가 그들을 향해 날아올라왔다. 소나무 줄기들이 곰 우리에 있는 막대기처럼 어렴풋이 나타났다.

오를로프는 자신이 너무 빠르게 떨어지고 있다는 것을 알았다. 시속 120마일, 어쩌면 더 빠를지도 몰랐다. 그는 온 힘을 모아 아타모노프의 머리를 위로 쳐올려 뼈가 부러지는 소리가 들릴 때까지 뒤쪽으로 비틀었다. 그런 다음 접영을 하는 수영선수처럼 팔을 풀고 숨이 멎은 몸으로부터 떨어져 나왔다.

그는 주 낙하산의 자동개방장치를 작동시키는 핀을 뽑았다. 그런데 낙하산이 펴지지 않았다. 아타모노프와 싸우는 중에 줄이 뒤엉켜버린 것이 틀림없었다. 땅 덩어리가 그를 향해 급하게 달려오고 있었다.

그는 가슴에 묶은 예비낙하산의 핀을 뽑았다. 낙하산이 퍼덕거리며 펴지기 시작했다. 펴지는 충격에 대비해 긴장했으나 충격은 몸의 왼쪽을 따라 갑자기 몰려왔다. 그렇게 계속 낙하하다가 갑자기 비틀리면서 지상 약 7미터쯤에서 목을 맨 사람처럼 대롱대롱 매달렸다. 그의 예비낙하산이 거대한 전나무가지에 걸린 것이다. 부하 몇 명이 달려왔다.

"괜찮습니까, 중령님?"

한 명이 위를 쳐다보고 소리를 질렀다. 오를로프가 욕을 뱉으면서 걸린 줄을 끊고 자기를 내리라고 소리를 질렀다. 땅바닥에 떨어질 때 그는 총을 맞은 듯한 통증을 느꼈지만 부러진 것은 없는 듯 했다. 그는 주변을 돌아보고 아타모노프를 찾아냈다. 죽은 자의 낙하산은 자동적으로 펴져 있었고, 시신은 떨어진 곳에 그대로 있는데 갈비뼈가 부러져 십자로 튀어나와 있었다.

오를로프는 자이체프에게 공식적으로 보고했다.

"대위 아타모노프는 스페츠나츠 임무에는 적합하지 못한 군인이었습니다. 그는 자신의 신체적 조건을 합당하게 유지하지 못해 이번 낙하훈련 중에 목이 부러졌습니다."

8.

"당신이 직접 그녀에게 이야기해야 합니다." 해리슨이 루크 글래든에게 말했다. "그녀는 절대로 그렇게 하지 않을 것이라고 내가 런던에 이야기해 왔으니까."

'*그렇다면 그녀가 옳았구나.*'

CIA 요원은 생각했다.

"빙빙 돌면서 애매한 태도를 취하는 것은 이제 그만 둘 때가 되었다."

CIA 본부 랭글리에서 글래든의 상사인 소련과장 조엘 카슨이 그에게 한 말이었다. 그는 테디 루스벨트의 이 말을 무척 좋아했다.

카슨은 파일을 전부 다 읽고서 펜코프스키 이후 소련군 총참모부에 침투할 수 있었던 가장 좋은 기회를 놓쳤다고 결론을 내렸다. 카슨은 루크 글래든과 같은 느긋한 낚시꾼은 아니었다. 그는 점토 표적 사격을 즐기는데, 그것은 끈기 있게 인내하기보다는 즉각적인 반응을 요하는 스포츠였다.

"우리가 먼저 그를 잡았어야 했어, 그렇잖아?" 카슨이 프레오브라젠스키를 언급하면서 수사학적으로 물었다. "그가 협조를 거부하면 파멸시킬 수도 있잖아."

루크 글래든은 훌륭한 첩자를 포섭할 때가 아니라도 공갈 협박에는 큰 기대를 하지 않는 사람이었다. 가장 바람직한 것은 중대한 임무를 맡은 인사들이 그들의 개인적인 이유로 가담해 오는 것이었다. 그가 카슨이 처한 무거운 입장을 충분히 이해하지 못했으면, 보스와 좀 더 격렬하게 다투었을 것이다.

백악관은 새로 취임한 소련 서기장이 임종을 맞이해 숨을 할딱이고 있을 때, 모스크바에 무슨 일이 일어나고 있는지 정보보고를 재촉하고 있었고, 국가안전보장회의가 소집되어 조토프 원수가 주목해야 할 인물이 되었다는 결론에 도달했다.

대통령이 직접 조토프의 신상명세를 요구해 보고서를 받아보고 대단히 놀라워했다. 워싱턴에서 조토프는 강력한 매파로 인식되었고, 중동이나 아프리카 또는 서유럽에서도 자국의 국익이 위협을 받는다면 군사력 사용을 서슴지 않을 인물로 알려져 있었던 것이다.

인도에서의 소련 군사력 증강, 이란 침공계획과 유럽으로 통하는 석유 수송로 차단 등 일련의 계획을 수립하는 막후에서 움직이는 실세로 알려져 있었다. 미국 국방성, 펜타곤의 전문가들도 그를 소련군의 현 체제에서는 가장 유능한 인물로 존경하고 있었다.

그래서 CIA의 소련과는 발등에 불이 떨어졌다. 가장 시급을 요하는 문제로 그 원수에 대한 모든 정보와 그의 영향력이 커질 경우, 그가 추진할 정책이 무엇인지를 알아내는 데에 혈안이 되어 있었던 것이다.

루크 글래든은 가명으로 발급된 외교관 여권을 가지고 왔는데, 이른바 소련과 미국 간의 문화교류 개정을 협의하기 위한 대표단의 일원으로 되어 있었다. 그는 모든 움직임이 감시당하는 모스크바에서 은밀한 회합을 하는 위험은 감수하지 않겠다고 결심한 바 있었다.

또한 엘레인이 토글리아티를 방문한 미치광이 같은 행위와 관련해 그녀가 KGB 감시를 받고 있을 가능성을 배제하지 않았다. 그래서 해리슨에게 미국대사관에서 개최하는 리셉션에 엘레인을 데려오게 했다. 같은 이유로 해리슨도 그녀에게 미리 경고를 해주지 않았다.

엘레인이 백포도주를 마시고 있을 때 해리슨이 커다란 위스키 잔을 들고 손님들 사이를 돌아다니다가 그녀의 팔을 잡고 속삭였다.

"여기는 숨 막힐 듯이 답답하군. 옆방의 그림을 보러 가지 않겠소?"

루크 글래든이 도서관에서 그들을 맞이해 벽난로 옆에 앉아 있었다. 엘레인은 그를 보자 문 앞에 잠시 멈추어 섰다. 글래든은 언제 보아도 잘 어울리는 가로줄 무늬의 양복이 그럴 듯 했다. 이 장면이 그녀에게 뉴욕의 클럽에서 함께했던 날 저녁을 떠올리게 했는데, 그때 그는 CIA가 그녀와 사샤의 만남을 주선하겠노라고 처음으로 말했다.

'처음에는 낚시 바늘을 절대 느끼지 못한다.'

사샤가 경고한 말이었다. 글래든은 파이프를 입에서 빼내들고 그녀에게 다가와 그녀의 볼에 키스하려고 몸을 숙였다. 그녀는 게걸음으로 방안으로 들어와 그를 피해 안락의자 뒤에 섰다.

"무얼 원하시는 거예요?"

그녀가 물었다. 글래든이 해리슨을 쳐다보자 그는 넓은 배 위에 팔짱을 끼고 책임을 떠넘기듯이 서 있기만 했다.

"자, 여기 앉아서 무슨 일을 겪었는지 말해 봐요."

글래든이 부드럽게 말했다.

"이미 가이에게 전부 말했어요."

"내가 직접 듣고 싶소."

"당신에게 이야기할 것은 없다고 생각합니다."

"그렇게 하는 것은 그에게 도움이 되지 않아요, 잘 알겠지만."

글래든은 말을 중단하면서 왜 그런지 설명해달라고 요청하리라 바랐지만, 그녀는 그렇게 하지 않았다.

'밀어붙여서는 안 되겠구나.' 그는 깨달았다. *'두 사람 다 잃을 수도 있겠어.'*

해리슨이 도서관 한쪽으로 걸어가더니 외관상으로는 미국정부 서류철 같은 것을 뒤적였다.

"당신의 기사 사본을 가져왔소."

그가 〈런던타임스〉에서 오려낸 기사를 내밀었다. 그녀가 그것을 받으려고 의자 뒤에서 나왔다. 그 기사는 '특파원으로부터'라고 기명이 되어 있었다. 편집에서 잘린 부분은 최소한이었고, 토글리아티에서 촬영한 것이 아닌 다른 사진이 붙어 있었다.

"매우 용감하셨더군." 글래든이 그녀에게 말했다. "그러나 그 사건과 마찬가지로 자신을 많은 문제 속에 휩쓸리게 했소."

"변화를 시도하는 일에서 무엇인가 하고 싶었던 것입니다."

"그 사람의 인민들에게?"

그녀는 고개를 끄덕였다.

"그들은 나의 인민들이기도 합니다."

"러시아 사람들에게 그렇게 강하게 끌리고 있다는 말이오?"

"지금은 그래요."

"토글리아티 사태가 어떤 변화를 일으킬 것 같던가요?" 그가 추궁하듯이 물었다. "그 기사가 어떤 도움이 되겠느냐는 것입니다."

"나도 모르겠어요." 그녀도 확신이 안 된다는 듯이 말했다. "그것이 나를 도왔고 모든 것이 속도를 내고 있다는 느낌이랄까요. 여기서 일어나고 있는 사태의 일부분이 되고 싶다고 생각했어요."

"엘레인, 당신은 그 사태의 아주 큰 부분이 되어 있답니다. 그것이 내가 이곳에 온 이유입니다. 부탁인데 앉아서 한잔 합시다."

그는 그녀가 유리잔을 들고 앉기를 기다렸다가 덧붙였다.

"우리는 사샤가 그 변화를 만들 수 있다고 생각합니다."

"당신들이 어떻게 그것을 알고 있다는 거죠?"

그녀는 음료수에는 입도 대지 않았는데, 마치 그 사람의 손을 거친 것은 모든 게 더럽다는 듯한 표정이었다.

"엘레인, 당신은 그를 잘 알지 않소. 굳이 토글리아티에서 내린 명령을 용납할 사람이라고 생각합니까?"

"그럴 사람이 아니에요."

이 대답이 그에게 기회를 주었다.

"그 때문에 그가 위험에 처할 수도 있다는 말입니다. 우리가 정보를 입수했는데, 아주 고위층의 예민한 곳으로부터 나온 것입니다. 또 다른 숙청이 준비되고 있다는 것이고, 사샤의 이름이 숙청 대상자의 첫머리에 있다는 겁니다. 어떤 사람들은 극도의 민감한 서류를 챙기고 있다고 하고요."

루크 글래든은 거짓말을 아주 싫어했지만 태연하게 그 짓을 하고 있었다. 그는 자신에게 중얼거렸다. 이것은 앞으로 닥치겠지만 아깝게 실패한 각본이 될 것이다.

"그렇기 때문에 사샤에게 미리 경고해 주어야 한다는 것입니다. 그를 다시 만나야 합니다."

"그 사람은 절대로 동의하지 않을 거예요."

그녀가 거절했다.

"그는 우리 도움이 필요합니다."

글래든이 설득을 계속했다.

"내가 말한 것을 그에게 전하기만 해요. 가능한 한 빨리 우리가 그를 만날 필요가 있다고 전하고, 시간과 장소는 그가 정하면 됩니다. 이게 전부입니다."

그녀가 얼굴을 난로로 돌리자, 불빛이 그녀의 얼굴을 잘 익은 살구 빛으로 만들었다.

"사샤는 모스크바에서 우리가 다시 만나는 것은 자살행위라고 생각하고 있어요."

"그에게 경고해 주지 않으면 그것 또한 자살행위입니다."

그녀가 그를 쳐다보았다. 그로부터 나오는 말은 모두 어쩌면 그토록 그럴듯하고 확신에 차 보이는 것인지, 그가 피우는 버지니아 산 파이프 담배 냄새까지도 그랬다. 그녀가 다시 입을 열었다.

"어떻게 내가 당신 말을 믿을 수 있단 말이에요?"

그가 유연하게 공차기 놀이를 하듯이 말했다.

"내가 거짓말을 한 적이 있었나요?"

"모르겠어요."

9.

사샤가 모스크바대학 콤소몰 악질로 정확하게 기억하고 있는 슈코는 카프로프에서도 풍부한 잠재능력을 보여주었다. 그는 점심식사 후나 때로는 식전에도 술에 절어 비틀거렸고, 몸은 점점 비대해지고 있었다.

밀고자로서의 재능을 인정받아 졸업하자마자 KGB에 특채되어 반정부 인사와 유태인 사찰을 담당하는 제5국에 배속되었다. 그는 자신의 임무가 기호에 딱 들어맞았지만 선량하고 우수한 사람들에게도 지나치게 잔인한 인물이었다. 한 생물학 교수에게 분별없이 대들었다가 옆으로 밀려 제3국으로 들어갔는데, 그 교수는 국제적인 상을 여러 번 수상하고 노벨평화상 수상자로도 추천된 학자였다.

슈코는 토프치와 함께 있으면 집에 있는 듯이 편안했고, 그 사람들도 그와 잘 어울렸다. 그렇지만 카프로프의 생활에는 지겨워하고 있었다. 그곳에 주둔한 스페츠나즈의 건방진 개자식들은 자기를 거들떠보지도 않는 것이었다. 그가 그들이 모여 있는 실내에 들어갈 때마다 장교 놈들은 입을 다물었는데, 슈코는 이런 지시를 내린 자가 사령관이라고 마음에 적어두고 있었다.

그는 '남자 중의 남자'의 표상으로 열정이 넘치는 자이체프를 몹시 싫어했다. 슈코는 토글리아티 사태는 군으로서는 매우 치욕적인 사건이라고 떠드는 등의 방식으로 그 사령관을 떠보려고 여러 번 시도했다. 그러나 자이체프는 그 사태에 대해서는 아무 생각이 없다면서 그를 외면하고 피하는 것이었다.

스페츠나츠 기지 안에 무엇인가 이상한 일이 있다고 그에게 귀띔을 해준 자는 밀고자 아타모노프였다. 자이체프와 부하 장교들 몇이 정치적인 모임에 해당하는 단체를 결성했다는 것이다. 그들은 야간에 둘러앉아 아프가니스탄, 동서분쟁과 토글리아티 사태, 심지어 이 나라의 경제문제와 지도층에 대한 토론을 한다고 했다. 모두 당의 입장에서는 달갑지 못한 이야기들이었다.

슈코는 이런 사항을 즉시 위에 보고했지만 제3국의 본부로부터는 접수되었다는 통보 이외에는 어떠한 지시도 없어서 매우 의아스러워하고 있었다. 그러던 중에 아타모노프가 지독한 낙하훈련 중에 목이 부러져 버렸다. 이 사건 역시 무엇인가 석연찮았지만 슈코로서는 확실한 증거를 잡을 수 없었다.

그는 시내에서 데려온 어리숭하고 자그마한 여점원과 숙소에서 기분을 돌리고 있었다. 그 아가씨는 공수부대에 대해 뜨거운 열정을 가지고 있었고, 슈코를 야전장교로 생각하고 있었다. 전화벨이 울릴 때는 그가 막 여점원의 속옷을 벗기던 중이었다.

"예?"

그가 버럭 소리를 지르자 기회를 잡은 아가씨가 그를 빠져나가 옷을 다시 입었다.

"말레노프입니다."

전화선 저편에서 긴장한 목소리가 들려왔다.

"소령님께 매우 흥미로운 사건이 있는데 지금 당장 그 이야기를 해야 합니다."

"이리 와서 한잔 하지."

슈코의 목소리는 굵고 분명치 않았지만 그의 마음은 갑자기 긴장되었다. 그는 일찍부터 말레노프 대위를 써먹기 좋은 이용자로 점찍어두고 있었다. 그는 말레노프의 됨됨이를 너무도 잘 알았다. 이런 자들은 오만한 자세와 신체적인 강인함 뒤에 자신의 기본적인 약점을 숨기려고 평생을 노력하는 비겁한 놈들이었다.

"제가 오늘 밤 당직입니다."

말레노프가 설명했다. 정신이 흐릿했으나 슈코는 그의 모습을 선명하게 그려볼 수 있었다. 그는 그곳에 홀로 앉아 자신에 대한 회한에 빠져 자기보다 진급이 빠른 동료들에 대한 질투로 괴로워하고 있을 것이다. 그런 동료들은 모두 자이체프를 좋아했고, 아프간 참전 용사들이었다.

"내가 그곳으로 가지." 슈코가 선언하듯이 말했다. "술 한 병 들고 가겠네."

그는 여점원이 가도록 내버려 두고는 바지 지퍼를 올리고 당직사령실로 향했다. 검문소를 지나면서 초병에게 건성으로 아는 체 했다.

*

자정이 다 되었지만 표도르 자이체프는 잠을 이룰 수 없었다. 사샤가 낮에 전화를 해서 우회적인 어휘를 사용해 예정보다 빨리 행동에 들어가야 하겠다고 말했던 것이다. 새로 취임한 서기장이 응급수술을 받기 위해 병원으로 후송되었다는 소문이 있는데 사실인지 의심스럽다고 했다.

자이체프는 침대에서 일어나 옷을 입고, 아내를 깨우지 않으려고 신발을 손에 들고 조용히 방을 나왔다. 거실에 놓인 전화기를 쳐다보았다. 그 전화는 고골 대로 직통으로 사샤가 KGB 감청을 피해 군 기술병을 시켜 특별히 설치한 것이었다. 만일 그 전화가 울리면 쿠데타의 시동이 걸리는 것이었다.

어깨에 오버코트를 걸치고 밖으로 나오자 소나무 냄새가 가득했다. 모래 깔린 길을 걸으면서 높은 안테나를 올린 통신용 건물과 한 줄로 길게 늘어선 막사를 지나 비행장으로 향했다. 검문소 가까이에 이르자 당직사령실의 불빛을 보고 잠시 들러 말레노프와 담배나 한 대 피워야겠다고 생각했다.

그는 아프가니스탄에서 있었던 말레노프의 이상한 행동을 사샤에게 들었다. 산의 계곡 위에 걸쳐있는 통나무다리를 건너면서 그가 당황해 뛰어내리고 싶어 했다는 것이다. 그와 같은 어려움을 겪는 사람은 자주 어루만지고 격려해 주어야 한다고 생각했다. 말레노프는 그런 고소공포증을 가지고 있으면서도 오히려 그것 때문에 그의 여단에서 공수대원으로서는 가장 좋은 기록을 가지고 있었다.

창문에 가까이 가서야 말레노프가 혼자가 아니라는 것을 알았다. 누가 함께 있을까, 오를로프?

뭉툭한 그림자가 불빛과 창문 사이에 나타났다. 슈코라는 것을 즉각적으로 알아차렸다. 그 KGB 체키스트가 당직 장교 책상 위에 있는 전화를 집으려고 허리를 굽히는 것이었다.

이 하나의 동작만으로도 자이체프는 말레노프의 배신을 확신했다. 왜 이 한밤중에 슈코가 그의 전화기를 쓰고 있단 말인가? 장군은 망설이지 않았다. 권총을 빼들고 방으로 뛰어 들어갔다. 말레노프가 쳐다보는데 턱이 떨어질 만큼 입이 크게 열렸다. 슈코는 콧구멍으로 거칠게 숨을 쉬고 있었는데 그렇지 않았다면 아주 침착하게 보였을 것이다. 그는 자이체프에게 어색한 표정을 지으며 계속해 전화 다이얼을 돌렸다.

"서툰 짓 하지 마시오, 장군. 일은 끝났소!"

자이체프를 잘 알고 있는 말레노프가 더 현실적이었다. 의자에서 일어서더니 스페츠나츠 사령관에게 달려들었다. 그러나 자이체프의 반응은 더 빨랐다. 옆으로 재빨리 물러서서 그의 주먹을 피하면서 동시에 그의 가슴에 강력한 태권 발차기를 날렸다. 말레노프는 바닥에 떨어지기 전에 이미 심장이 멎어버렸다.

슈코가 자기 권총을 더듬어 찾았지만 가죽 케이스가 비어 있었다. 숙소에서 여점원과 씨름하면서 소파에서 뒹굴 때 권총이 빠져 나간 모양이었다. 그녀가 손가락으로 총신을 만지던 것이 기억났다. 권총을 잃어버린 게 슈코에게는 오히려 다행이었다. 자이체프가 이미 올라타고 그의 머리를 바닥에 부딪치고 있었던 것이다.

슈코가 정신을 잃고 바닥에 널브러져 있는 것이 마치 해변에 밀려올라온 고래 같았다. 자이체프가 슈코의 배를 밟고 전화기를 들어 슈코의 다이얼을 끊고 오를로프의 집 번호를 돌렸다. 오를로프는 급히 달려왔지만 어떤 질문도 하지 않았다. 그들은 말레노프의 시체를 욕실에 끌어다 넣었다. 오를로프는 당직 장교를 다시 수배하고, 슈코가 오는 것을 목격한 검문소 초병을 교대시켰다.

이런 조치를 하는 동안 바닥에 떨어져있던 슈코가 약간 움직이자 자이체프가 그의 멱살을 잡고 일으켜 세웠다.

"집에 데려다 주겠다."

사령관의 말이었다.

"모든 것을 잊어버리겠습니다, 맹세합니다."

슈코가 더듬거리며 말했다.

"물론 그렇게 될 것이다."

자이체프의 억양에서 풍기는 그 무엇이 슈코를 더 격렬한 공포에 떨게 했다. 슈코의 숙소로 돌아온 자이체프는 술을 진열해 놓은 캐비닛을 쳐다보았다.

"자, 마시지! 내가 따라 주겠다."

자이체프가 강요하는 투로 말했다.

슈코가 고맙다고 인사하고 다 마시자 자이체프는 다시 잔을 채웠다.

"왜 이러십니까, 장군?"

그는 자신의 숙소에 돌아왔다는 사실에 어느 정도 안도감을 느끼는 것 같았다.

"자, 한 잔 더 마셔!"

자이체프가 부드럽게 권했다. 슈코는 전에는 이 사람이 웃는 모습을 한 번도 본 적이 없었다. 술이 내려가자 그의 위장이 뜨뜻해졌다. 석 잔을 연달아 마시자 갑자기 취기가 올라왔다.

"물론, 장군이 옳습니다." 슈코의 혀가 꼬였다. "말레노프는 바보죠, 장군과는 비교도 안 돼요. 장군께서 바르게 처리하셨고, 보고서도 좋게 올라갈 것입니다. 그는 술이 취해 트럭 밑으로 떨어져 죽었다고 할게요."

"아주 훌륭한 생각이다."

자이체프가 술잔을 치우고 슈코의 손에 술병을 쥐어주었다.

"자 벌컥 벌컥 마셔라."

슈코가 한 모금 마시자 구역질이 났다. 오를로프 중령이 다가와 병의 주둥이를 그의 입 안으로 찔러 넣었다. 보드카 방울이 그의 턱을 타고 뚝뚝 흘러내렸다.

"아니, 아니, 이만하면 충분합니다."

슈코는 거절하면서 안 마시려고 했다. 그런데 오를로프가 다시 다가와 그의 턱을 강제로 벌렸다. 술병에 남은 반 병 정도가 모두 내려갔다. 슈코가 기침을 하면서 침을 튀겼다. 그리고는 잔디를 뜯어먹은 고양이처럼 누렇고 푸르스름한 것을 토했다.

오를로프가 두 번째 병을 들고 기다리고 있었다.

"무엇하는 거야?"

슈코가 외쳤으나 그의 혀는 부었고 말은 알아들을 수 없는 쿨쿨 하는 소리가 되었다.

"마셔!"

슈코는 무엇인가 딱딱한 것이 아랫배를 찌르는 것을 느끼고, 다시 입을 벌렸다. 액체가 녹아내리는 불덩이처럼 목구멍을 내려갔다. 그는 그 속으로 빠져 버렸다.

그들이 차로 옮길 때 슈코는 의식이 희미해져 갔다. 차가 어디론가 달려가는데 반딧불처럼 어른거리는 기지의 불빛이 다가왔다. 그들이 슈코를 철제 사다리 위로 밀어 올리는데, 발아래에서 쨍그랑 쨍그랑 소리가 들렸다. 슈코는 벗어나려고 했지만 하나는 위에서 끌어당기고, 하나는 밑에서 밀어 올리는 것이었다. 그들은 그를 감자자루처럼 사다리 위로 거칠게 끌고 올라가 더 이상 땅이 보이지 않는 곳까지 이르렀다.

꼭대기에 도착하자 그들은 난간도 없는 조그만 발판에서 슈코가 이리 비틀 저리 비틀 흔들리게 내버려 두었다. 그곳은 이 세상의 꼭대기임이 틀림없었다.

"여기가 어디야……."

"슈코 소령, 귀관은 우리에게 너무 관심이 많았다." 자이체프가 말했다. "이제야말로 귀관이 진짜로 공수낙하 훈련을 할 때가 되었다."

그제야 슈코는 자기가 어디에 와 있는지 알았다. 그들은 지금 스페츠나츠 부대의 낙하훈련 탑 꼭대기에 올라와 있는데, 지상에서 70여 미터 이상이었다. 많은 신병들이 비행기에서 점프할 때보다 이 탑에서 뛰어 내릴 때 더 많이 뼈가 부러지는 곳이었다.

"오, 제발."

슈코가 울먹였다.

"이놈은 인간이라고 말할 수도 없습니다."

오를로프가 침을 뱉었다. 그들은 슈코의 머리를 아래로 향하게 하고 던져버렸다. 술에 취하면 때로는 높은 곳에서 떨어져도 도둑고양이와 같은 행운이 있을 수 있는데, 알코올로 인해 신경과 근육이 부드럽게 이완되기 때문이다. 그러나 슈코에게는 그런 행운이 없었다.

"조사가 있겠지요?"

오를로프가 물었다.

"그가 술을 병째 들이키는 자라는 것은 모두 알고 있다."

자이체프가 말했다. 그가 우려하는 위험은 그들 둘을 잡기 전에 말레노프가 슈코에게 전모를 다 이야기하지 않았을까 하는 것이었다. 니콜스키는 그에 관한 사실을 모두 파악하고 있을 것이다. 결국 어떤 형태로든 조사는 있을 것이다. 하지만 조사가 진행되기 전에 모든 것이 뒤집어질 수도 있다.

그들은 말레노프의 시신도 처리했다. 슈코의 제안에 따르기로 하고 밀고자의 시신을 컴컴한 도로 위에 끌어다 놓고, 그 위로 트럭이 지나가게 했다.

10.

사샤는 고골 대로에서 집으로 퇴근하는 길에 지그재그 코

스를 달렸다. 엘레인이 묵었다는 메트로폴 호텔 뒤로 돌아
갔는데, 왜 그러는지 자신도 알 수 없었다. 엘레인의 모습을
희미하게나마 볼 수 있으리라는 기대는 전혀 할 수 없는 상
황이었다. 그가 바라는 것은 다시 한 번 노상에서 그녀를 우
연히 만나는 것이었다. 그러나 자기가 알기로 그녀는 이미
모스크바를 떠났을 것이다. 그런데도 그녀의 존재를 쫓고
있었던 것이다.

그는 평소대로 시간을 계산하면서 지하철역에 도착했다.
그곳에서 니콜스키와 만나기로 약속했는데 2~3분 빨리 왔
다. 자이체프가 카프로프에서 발생한 사건을 전화로 대충
설명했다. 시급한 것은 현재 사실의 어느 정도까지 KGB 제
3국에 보고되었는지 파악하는 일이었다.

그들은 차 안에서 이야기를 나누었다. 사샤는 차 안에 도
청장치가 없다는 것을 확신했다.

"토프치는 전혀 모르고 있다." 펠릭스가 그를 안심시켰
다. "하지만 어떤 경우에도 조사는 진행될 것이다. 체키스
트가 낙하훈련 탑에서 추락했다는 사실을 들어본 적이 있
는가? 침대에서 떨어져 죽었다는 게 훨씬 더 그럴듯할 것이
다. 다만 증인이 없기만 바랄 뿐이지."

"조사가 시작되려면 얼마나 걸릴 것 같나?"

"토프치는 슈코의 후임을 지명할 것이고, 자네의 그 당당한 친구에게도 통보해줄 거다. 이삼 일은 걸리겠지. 토프치는 그렇게 조치하고 난 다음에 의심할 거다."

"좋아, 적어도 어느 정도 시간은 있군. 쿤트세포로부터는 들은 게 있나?"

펠릭스가 어깨를 으쓱했다.

"그 늙은이는 서명조차 할 수 없다네. 이미 아스키에로프가 다 쥐고 있어."

"그건 나도 알고 있네. 오늘 아침 원수와 이야기를 나누었지. 아스키에로프가 코카서스 출신 병력으로 완전히 새로운 보병사단을 창설하라는 명령을 내렸다고 하더군. 그가 명령을 내리면 바로 방아쇠를 당길 수 있는 그런 부대로 말일세. 그가 신임할 수 있는 자신만의 특별 병력이지."

"그들도 꽤 급하게 달리는 모양이군." 니콜스키가 냉소적으로 말했다. "그런데 어떻게 원수의 재가를 받았지?"

"원수에게는 말하지 않았다네. 아스키에로프와 국방장관 둘이 전부 처리했다는군. 그들은 토글리아티 사태를 교훈으로 삼아, 또 다른 노동자 시위가 발생한다면 완전히 믿을 수 있는 더 큰 예비 병력이 필요하다고 주장했다는 거야. 이것은 물론 그들의 친위부대를 창설하겠다는 것이지. 자네에게 무언가 상기시켜 주는 게 없나?"

펠릭스가 잠시 머뭇거리더니 외쳤다.

"베리야, 그 야전사단! 원수는 무엇이라 하시던가?"

"원수도 기억하고 계시지! 그 분도 인내심이 바닥나고 있어. 때만 오면 움직이실 준비가 되어있네. 그런데 매우 중요한 것이 있어, 펠릭스."

"뭔데?"

"우리는 모두 이 나라를 위해 무엇을 해야 하는가에 대해 각자의 생각을 가지고 있다. 우리는 이런 개개의 생각들을 통합해 하나의 종합적인 이념으로 만들어야 한다. 그렇지 않으면 지도도 없이 항해하는 것이나 마찬가지야."

"이 문제에 대해 자이체프와 논의해 보았나?"

"물론이지, 자이체프는 농업분야에 아주 탁월한 생각을 가지고 있다네. 원수께서도 승인하시리라 생각한다. 콜랴 블라소프에게도 이야기했네."

"블라소프라고 했나?"

"수족관에 있는 그 친구 말이야. 그는 탁월한 외교관이야. 자네는 자네 부서의 그 유능한 체키스트들을 어떻게 처리해야 하는지 생각해 두게나."

사샤는 시계를 들여다보았다.

"자, 이제 자네를 지하철역에 내려주겠네. 페티야가 잠들기 전에 가겠다고 약속했거든."

사샤는 차의 속력을 줄이고 니콜스키를 돌아보았다.

"관광부서에 친구가 있다고 했지. 지금도 있나?"

"미티크 말인가? 그 친구 아주 좋은 사람이지. 하지만 자네가 그리 진지하게 생각할 만한 친구는 아냐, 사샤."

사샤는 엘레인이 아직 모스크바에 머물고 있는지 조심스럽게 알아봐 달라는 부탁이 목구멍까지 올라왔지만 눌러 버렸다. 물론 펠릭스는 믿을 수 있지만, 이런 부탁은 KGB에 그녀의 조사를 요청하는 꼴이 될 것이기 때문이었다.

"아, 그렇지, 알았네."

사샤가 얼버무리자 펠릭스는 차를 내리면서 이상하다는 표정을 지었다.

그가 아파트 키를 돌리자 리디아가 문에 나타났다. 욕실 가운을 입고 얼굴에 화장용 팩을 붙여 석고상 같아 보였다. 그녀는 집안에서 사샤와 둘이 있을 때 자기가 어떤 모습으로 보일까에 대해서는 더 이상 신경 쓰지 않았다. 그러나 아직도 사교모임에 가기 전에는 준비에 몇 시간씩 걸렸다. 사샤는 젊은 장교들이 그녀에게 얼마나 아첨하는지 잘 알고 있었고, 자신이 도전 받는 느낌을 가질 것이라고 리디아가 생각한다는 것도 알고 있었다.

하지만 사샤는 그렇지 않았다. 그녀에게는 아무런 미움도 없었고 가식이나 허세는 더욱 없었다. 그들 부부는 자기들의 결혼생활이 되어가는 그대로 되고 있다는 것을 알고 있었다. 그것은 서로에게 편리한 일이었고, 가정은 각기 다른 목적지를 향해 출발하는 여행자들을 위해 마련된 터미널 같은 곳이었다.

드물기는 하지만 그들이 사랑의 행위를 할 때는 편안하고 부담이 없었다. 그러나 사샤가 엘레인을 데리고 방글라데시에 갔던 날 이후로는 잠자리를 같이 하지 않았다.

"오늘은 무슨 일이 있었는지 말해 주어야겠어요."

리디아가 팔짱을 끼었는데, 그것은 그와 맞서고 싶을 때 하는 자세였다.

"아빠가 화가 나서 집에 오셔서 취하도록 마셨어요."

"그럴만한 이유가 있으니까 그대로 따라요. 아스키에로프가 총참모부를 무슨 무덤처럼 취급하고 있으니까."

"아스키에로프라고요? 언제나 똑같은 바퀴벌레 놈이!"

비소트니 돔 아파트에서는 리디아도 아버지가 욕할 때 쓰는 비속어를 그대로 쓰고 있었다.

"오늘 카텐카와 차를 마셨는데, 그녀 말이 아스키에로프

가 여편네한테 준 에메랄드 목걸이가 이 만큼이나 큰 것이
었대요."

그녀의 엄지와 검지 끝이 붙으며 큰 원을 그렸다. 사샤의
주의력에 불이 들어왔다. 그는 카텐카를 아내의 친구 중에
서도 가장 멍청이로 생각하고 있었다. 그가 입을 열려고 하
는데 리디아가 덧붙였다.

"카텐카가 그러는데 그 에메랄드는 아프간에서 밀수한
것이라네요. 아프간에 에메랄드 광산이 있다는 게 사실이
에요?"

"그래요. 그곳에 있어요."

사샤는 자신에게 중얼거렸다.

*'아스키에로프 마누라 목에 그 하찮은 것을 걸어주기 위해 우리 병
사들이 죽어가고 있구나. 빨리 끝내야 한다, 이 길이든 저 길이든.'*

"우리는 벌써 저녁을 먹었는데 무엇 좀 데워 줄게요."

"페티야는 어디 있소?"

"TV 보고 있어요. 기다리고 있으라고 했거든."

페티야는 문을 닫고 있었다. 이 아이도 이제 자신만의 사
생활을 좋아했다. 방바닥에는 중대 병력의 장난감 병사들이
줄지어 서 있었다. 페티야가 달려와 아버지를 껴안았고, 사
샤가 뒤꿈치를 들고 한 바퀴 빙 돌자 목에 매달린 페티야가

원을 그리며 돌았다.

"파블릭 모로조프 영화 봤어요."

페티야가 미끄러져 내려오면서 흥분해서 말했다. 그것은 사샤가 좋아하는 주제가 아니었다. 파블릭 모로조프는 옛 소련공산당 소년소녀단의 전설적 영웅으로 소비에트 초상화의 인물 가운데 핵심이었다.

그는 밀고자로서 명성을 얻었다. 1920년대의 암흑시기에 어린 모로조프는 숨겨둔 양곡 때문에 추방당한 부유한 농부에게 그의 아버지가 위조서류를 거래했다는 사실을 알고, 당국에 아버지를 고발하고 재판에서 아버지에게 불리한 증언을 했다. 결국 아버지 동료들이 그를 숲속으로 끌고 가 칼로 찔러 죽였다는 이야기였다.

"그래, 파블릭 모로조프를 어떻게 생각하니?"

사샤가 물었다. 찌푸린 얼굴도 자신을 닮아서 아들의 조그만 얼굴에 나타난 주름살을 지켜보았다.

"잘 모르겠어요, 아빠."

페티야가 엄숙한 음성으로 대답했다.

"네 생각이 있을 게 아니냐?"

"나는 파블릭이 옳다고 생각되지 않아. 나는 아빠에게 그렇게 하지 못할 거니까."

사샤가 웃었다. TV에 나온 아나운서의 목소리에 묻히기는 했어도 그의 웃음소리는 의외로 크게 들렸다.

"너는 절대 그런 경우를 당하지 않을 거다."

페티야가 그에게 다가왔으나 얼굴을 똑바로 쳐다보지 않았는데, 무엇인가 묻고 싶은 것이 있을 때 하는 버릇이었다.

"할아버지가 오늘 탱크 하나 주셨어요. T-72인 거 같은데, 원격조정으로 운전할 수 있어. 할아버지가 나를 진짜 탱크에 태워 주시겠다고 했어요."

"네 방은 이미 전쟁터 같구나."

사샤가 부드럽게 불평했다. 원수가 손자에게 주는 장난감은 전부 군사 무기뿐이어서 플라스틱 탱크와 곡사포, 전투기, 기관총과 수류탄, 대대 규모의 모형 병정 같은 것들이었다. 사샤는 이런 선물에 불만은 없었으나 아들의 머리가 헝클어지듯이 자신의 마음을 헝클어지게 하는 것은 원수가 손자와 함께 하는 시간이 자기보다 훨씬 많다는 것이었다.

"페티야는 자네 아들이 아니라 내 아들 같다." 몇 주 전에 했던 원수의 말이 전적으로 농담으로 들리지 않았다. "저 녀석은 나를 닮았어. 흐르는 피가 그렇다는 거야."

"아빠, 내일은 나랑 같이 지낼 수 있겠어?"

아들이 물으면서 방바닥을 내려다보았다.

다음날은 일요일이었다. 지난 세월 동안 사샤의 생활은 한 주일의 어느 날이든 다른 날과 다른 날이 없었다. 사샤는 생각에 잠겼다.

'아이가 원하는 것이 이것이었구나. 나와 함께 시간을 가지고 싶다는 것.'

"그래, 너랑 같이 있을게. 우리끼리 어디 가자, 남자들끼리만."

성인 남자들의 꿍꿍이에 아들을 포함시키려는 듯이 말했다.

"아메리칸 힐에 가요."

아이가 기뻐서 소리를 질렀다.

"악마의 반지에는 안 가고?"

"오 예, 그곳에도 가보고!"

사샤가 웃었는데, 그 웃음소리가 좋았다. 어쩌면 그들 부자가 함께 보내는 마지막 일요일이 될 수도 있었기 때문이다.

*

고르키 공원 입구에는 거대한 석조 개선문이 있고 높은 철제 울타리가 이어져 있었다. 공원은 많은 사람들로 붐볐고, 사샤는 입장 티켓을 얻기 위해 15분이나 줄을 서서 기다려야 했다. 그리고는 롤러코스터를 타기 위해 또 줄을 섰다.

기다리는 동안 아이스크림을 샀는데, 초콜릿이 듬뿍 덮여있고 두껍고 단단히 얼어있었다.

줄이 앞쪽으로 가까워지자 아들의 눈은 흥분으로 빛났다. 활주차가 그들 앞에 끼익 하면서 멈추고 먼저 탔던 손님들이 내리자 페티야가 앞자리에 뛰어 올랐고, 사샤는 바로 뒷자리에 올라탔다. 10대 소녀 자매가 올라와 그의 옆 자리에 끼어 앉았다.

그들을 태운 궤도 활주차가 가파르게 나선형으로 상승하자 사샤는 놀이공원을 내려다보았다. 활주차의 다른 쪽으로부터 시끄러운 음악이 크게 울리고 있었는데, 볼륨을 높인 것은 그 비행접시가 회전하면서 공중으로 점점 더 높이 상승하자 사람들이 지르는 비명소리를 가리기 위해서였다. 사람들이 윙윙거리는 프로펠러 비행기의 조종석에 거꾸로 매달려 있었다. 상승의 꼭대기 정점에 이르자 사샤는 모스크바 강을 내려다보려고 목을 쭉 뺐다. 태양이 크림스키 다리의 케이블에 부딪쳐 은빛으로 빛나고 있었다.

그는 엘레인을 생각하며 그들이 다시 만날 수 없다고 말했을 때 그녀의 얼굴이 얼마나 처참했던가를 떠올렸다. 그녀에게 손톱만큼의 희망이라도 주었더라면 그녀가 자기를 기다리고 있을까? 만일 자신만을 위한 선택을 할 자유가 주어진다면 그녀를 찾을 수 있을까? 페티야가 그녀를 좋아할까, 아니면 원망할까? 이런 질문은 너무 괴로워 지워버리려고 했다. 그는 자신이 이제 와서 방심할 여유가 없다는 것을 상기시켰다. 카프로프 사건 이후 그가 가야할 길은 철로 위에 고정되어 있었기 때문이다.

그들이 탄 활주차는 가파른 하강 출발점에서 꽤 오랫동안 매달려 있었다. 하강 트랙은 곧바로 내리꽂히는 듯이 보였다. 그리고는 그들도 떨어지기 시작하는데, 속도가 가속화되자 옆자리의 10대 소녀들이 비명을 지르며 사샤의 팔에 매달렸고, 페티야도 비명을 지르는 소리가 들렸다. 옆자리 소녀들은 몸부림을 치고 울부짖으며 차에서 내리려고 하는 것이었다.

사샤 역시 갑작스러운 두려움을 느꼈는데 그것은 수직하강에서 오는 무중력의 두려움이었으며, 아무리 타보고 싶었던 것이지만 일단 탑승하면 종점에 도달할 때까지는 내릴 수도 없고 방향을 바꿀 수도 없다는 것을 알기 때문이었다. 페티야 옆의 어린 소녀가 좌우로 흔들리고 있었다. 사샤는 아이들의 어깨 위에 손을 얹고, 소녀들을 부드럽게 진정시켜 주었다.

마침내 지상에 도착하고 아메리칸 힐의 다음 코스를 향해 천천히 걸어갔다. 탑승이 끝나자 사람들은 안도감에서 서로를 바라보며 웃었다. 그렇지만 사샤의 느낌은 그의 인생에서 첫 고비의 상승만을 마쳤을 뿐, 자신의 앞에 열려 있는 바다에서 흔들리며 요동치고 있다는 것이었다.

"문제는," 사샤가 놀라던 소녀아이들에게 말했다. "한번 올라타면 내릴 수 없다는 것이다."

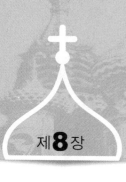

제8장

토프치 해법

미끼를 물면 물고기와 함께 놀아주어야 한다.
그러지 않으면 줄이 끊어진다. 의심에 시간을 낭비하지 말라.

─니콜라이 고골 《죽은 혼》에서

1.

유로프스키는 KGB 제2국장으로 인내심이 강한 태공이었다. 그는 그물 안으로 들어온 물고기를 끌어당기기 전에 가능한 한 오래 끌기를 좋아하는 사람이었다. 그의 특별 임무는 미국 관광객 감시였다. 관광국의 외국인 담당 간부들을 포함해 방대한 조직을 거느리고, 관찰 대상자는 누구도 그 물망을 빠져 나가지 않은 것을 확인하는 것이었다.

모든 외국인 관광객이 관찰대상이었다. 그리하여 얼마 전에는 미국 메릴랜드 주 베데스다 출신의 어떤 부동산 업자가 결혼한 지 16년이나 되었는데 아직도 남자를 좋아한다는 것이 밝혀졌다. 그의 파일에는 아주 흥미로운 워싱턴 고객 몇 명이 있었다.

유로프스키는 '엘레인 프란시스 워너'라는 미국 여성에 대한 보고에 강한 호기심을 느꼈다. 이 여자가 토글리아티 외곽 기차역에서 모스크바 행 열차에 탑승하는 것이 목격되었다는 것이다. 파업으로 치닫던 그 도시에 깔려 있는 정보원들은 이전부터 외국인의 존재를 조사해 왔는데, 그 안에 미샤 레프닌의 가족을 방문했던 여자가 워너의 인상과 부합된다는 보고가 들어있었다.

유로프스키는 그녀의 비자신청서 사본을 살펴보았다. 사본에는 비자신청을 처리한 영사의 메모가 첨부되어 있었다. 그녀도 유태인이었다. 아버지는 오데사 출신이고 시온주의자 소속으로 알려져 있었다. 그렇다면 그녀도 시온주의 운동과 관련이 있을 가능성이 있고, 이것은 선동 유인물을 몰래 들여왔다가 레닌그라드 공항에서 적발된 저 어리석은 컬럼비아대학생과 유사한 경우에 해당되는 것이었다.

다른 한 편으로 엘레인 워너는 지하 노동운동 지도자들과 접선을 하기 위해 토글리아티로 파견된 CIA 요원일 가능성도 있었다. 이 건은 조사해볼 만한 가치가 충분한 것으로 판단되었다. 그래서 그녀를 추방하는 대신 주의 깊게 관찰해왔고, 유효적절하게 감시하고 있었다.

20여 명의 요원들이 교대로 그녀를 미행했다. 유로프스키의 부서에 인력 부족이란 없었다. 그녀가 아무리 전문가라 해도 감시받고 있다는 사실을 눈치 채기는 거의 불가능했다. 그 작전은 이미 어느 정도 결실을 거두고 있었다.

그녀가 가이 해리슨이라는 자와 동반해 미국대사관 파티에 참석했는데, 이 자는 서방 특수요원일 가능성이 많았다. 다음날 밤, 그녀는 해리슨과 함께 극장 로맹의 공연에도 갔다. 그의 계산으로는 러시아 자유노조 솔리대리티를 주장하는 자들이 전체적으로 믿을 수 없다는 증거를 수집하는 것은 시간문제라고 생각했다.

이런 혐의를 가진 그녀를 자신이 직접 만나야겠다고 결심했다. 비록 변색된 비자용 사진이지만 그녀는 아주 매력적인 얼굴이었다. 그래서 그날 아침 호텔을 떠나는 그녀를 미행하는 여러 대의 차량들 중 하나에 올라탔다.

그녀의 행보는 처음부터 대단히 의심스러웠다. 지하철역은 한 시간 이내의 거리에 있는데, 그녀는 마르크스 거리를 따라 한참을 걷다가 스베르들로바 지하철역으로 사라지는 것이었다. 그 길 건너편에서 어슬렁거리던 유로프스키의 부하 하나가 재빨리 거리를 횡단해 그녀를 따라 내려갔다. 그녀는 녹색선 전철을 타더니 다음 역에서 내려 승강장을 바꾸어서 왔던 길로 다시 돌아오는 것이었다. 그녀는 두 번을 더 타고 내리더니 택시를 잡았다. 잠시 후, 그녀가 강가의 주차장 안으로 들어갔다는 무전 연락을 받았는데, 그곳은 비소트니 돔에서 멀지 않은 곳이었다.

'비밀스러운 만남이구나. 무엇이 있는 게 틀림없어.'

그가 결론지었다. 그는 비소트니 돔을 향해 달리라고 지시했다. 그들이 중간쯤 왔을 때 또 다른 무전 연락이 왔는데, 말이 끊어졌다 이어졌다 했다.

"그 여자가 누구에게 다가가고 있는데……, 군복을 입었고…… 준장으로 보입니다."

"준장이라고?"

유로프스키는 믿을 수 없다는 듯이 대꾸했다.

"네, 별 하나…… 지금 이야기를 하고 있습니다. 장군도 여자를 알고 있는 듯합니다. 안으로 들어가 볼까요?"

"아니다, 방향지향성 마이크로 무엇 좀 들을 수 없나?"

"시도하고 있는데 전파장애가 많습니다. 그들은 지금 다투고 있는 듯합니다. 그녀는 누구를 만나야 한다고 말하고 있고, 그 장군은 '델리'라고 하는 것 같습니다."

"델리라고 했나?"

"인도의 뉴델리를 말하는 것 같습니다."

"그게 어디 있는지는 나도 알아."

"그가 그녀와 헤어져 차로 돌아갔습니다."

"번호판을 잘 보아라."

"여자는 다른 방향으로 떠나고 있습니다. 그녀도 화가 난 듯합니다. 미행할까요?"

"그들 두 사람 다 쫓아라."

유로프스키는 주차장에 너무 늦게 도착해 장군을 직접 목격하지는 못했다. 소련군 장군이 토글리아티 사태에 연루된 유태계 미국인 여자와 만난다는 사실은 믿기 어려운 것이었다. 좋다, 이 자가 누구인지 찾아내기란 어려운 일이 아니다. 비소트니 돔 인근에 거주하는 소련 육군 준장이 그렇게 많은 것은 아니니까.

*

그날 밤 방글라데시에 모인 그룹은 이전보다 규모가 컸다. 사샤, 니콜스키, 자이체프, 지금은 수족관에서 고위층에 속하는 콜랴 블라소프, 공수특전단의 젊은 장군과 전략로켓군에서 나온 대령이 참석했다.

"사람들이 말하는 것을 자네도 알고 있겠지," 펠릭스가 사샤에게 강조했다. "모스크바에서 비밀회동을 하는 데에는 세 사람도 너무 많다는 것을."

맞는 말이었다. 두 사람이 만났다가 배신을 당한다면 누가 밀고자인지 확실히 알 수 있기 때문이다.

회의 중에나 그 이후 내내 사샤의 표정이 평소보다 훨씬 심각해, 니콜스키는 그 이유가 모임의 규모 때문이 아니라는 것을 알았다. 펠릭스가 농담으로 분위기를 띄우려고 하자 블라소프와 공수특전단 장군은 웃었지만 사샤는 그렇지 않았다.

"시간이 많지 않습니다." 사샤가 회의를 이끌었다. "서기장이 쿤트세포로 이송되었다고 합니다. 원수께서 염려하는 것은 아스키에로프가 사망진단서를 기다리지 않고 후계자를 위한 최종준비를 하고 있다는 것입니다. 여러분도 코카서스에서 들어온 소식을 들었을 것입니다."

그것은 사실이었고 온 나라를 들썩이게 했다. 참모총장인 조토프 원수와 상의도 하지 않고 국방장관이 코카시안 2개 사단 창설 명령에 서명했다는 소식은 수많은 러시안 장교들을 공개적으로 분노하게 했다. 이것이 아스키에로프의 발상이라는 것을 의심하는 자는 아무도 없었다. 자신에게만 전적으로 충성하는 '야전사단' 창설을 총리가 추진해왔던 것이다.

사샤가 말을 이어 나갔다.

"더욱이 원수께서 보고 받은 정보에 의하면, 이 야전사단들을 모스크바 근교로 이동시킨다는 것입니다."

"모스크바로 이동시킨다고?" 자이체프가 폭발했다. "이 깜둥이 새끼들을? 그렇게는 할 수 없지!"

하지만 모든 참석자들은 그것이 기정사실이라는 것을 알고 있었고, 그들이 내린 결론은 사태가 훨씬 더 급박해졌다는 것이었다.

참석자들이 모두 떠난 뒤, 니콜스키가 말했다.

"오늘 밤 집시의 노래나 들으러 가야겠다. 자네도 같이 가지 않겠나? 우리가 언제 다시 그 곳을 찾게 될지, 신만이 알겠지."

사샤는 고개를 저었다.

"자네, 무엇인가 잘못 되어가는 게 있지, 그렇지?"

펠릭스가 압박하자 사샤는 순간적으로 자신의 심적 부담을 나누어볼까 생각했지만 재빨리 그런 기분을 털어버렸다. 자기들이 그토록 공을 들인 거사계획이 엘레인 때문에 위험에 처하게 되었다는 사실을 누구에게 털어놓는단 말인가?

주차장에서 엘레인이 몰래 그를 기다리고 있다가 CIA의 메시지를 전달했는데, 자기들과의 거래를 거부한다면 가지고 있는 증거를 이용해 그를 파멸시키겠다는 협박이었다. 엘레인이 그가 반복해 강조한 내용을 제대로 이해했는지는 알 수 없었다. 그러나 그 말의 의미란 아무것도 아니었다.

그는 시간을 벌기 위해 그녀의 배후조종자들과 모스크바에서 만나는 것은 불가능하고 다음 해외 방문 때 만나는 것에는 동의한다고 했다. 그럴 경우, 3주일 후로 예상되는 원수의 뉴델리 방문에 수행할 것을 생각하고 있었다. 아마 CIA도 그때까지는 자신을 그대로 둘 것이다. 상황이 진행되는 속도로 보아 이것은 충분한 시간으로 여겨졌다.

"펠릭스, 자네 혼자 집시에게 가게." 그는 니콜스키의 어깨를 툭 쳤다. "그러나 머리는 언제나 맑게 유지하도록!"

서기장의 근황에 대한 소식은 모두 그로부터 나오는 것이었다. 니콜스키와 토프치의 친밀한 관계 덕분에 아스키에로프의 움직임에 대해 아주 정통한 내부정보를 얻을 수 있었다. 그들은 펠릭스가 전하는 정보에 의존해 행동에 돌입하는 시기를 기다리고 있는 중이었다.

*

니콜스키는 다음 날 늦은 시각에 루비얀카에 도착했다. 그는 이른 새벽까지 집시클럽에 머물러 있었는데, 그곳의 음악이 자신을 격렬한 흥분 속으로 완전히 몰입시키더니 다음에는 절묘한 우울함이 뒤따르는 것이었다. 그것은 이 세상에서 가장 위험한 음악으로 알코올이나 하시시 같은 마약보다도 위험한 것이었다. 그것은 인간의 여력을 파괴시키고, 수목 없는 대초원처럼 끝없는 갈망을 열어놓는 것이었다.

모스크바 시내 중심가에서 차로 한 시간 거리에 있는 그 클럽은 관광객을 위한 곳이 아니었다. 그곳을 아는 사람들만의 클럽이었다. 사람들은 그곳에서 아직도 옛날식으로 챠로츠키를 마시고 있었다. 그 위대한 가수 타마라 페도로프스카야가 펠릭스 앞에 놓인 접시에 커다란 샴페인 잔을 여러 번이나 가져다 놓았고, 그녀가 노래를 열창하면 다른 사람들도 따라서 합창을 했다.

사람들이 그렇게 하고 있을 때, 니콜스키는 그 밤이 다 가도록 불안정하게 일어섰다가 고개를 숙이곤 하면서, 단번에 술잔을 비우고는 잔을 거꾸로 세우기도 했다. 술이 한 방울도 남아 있지 않다는 것을 보여 주려는 것이었다.

그러나 니콜스키는 자기 임무에는 소홀하지 않았다. 그가 집으로 돌아온 시각은 너무 늦어서 잠을 잘 수 없었다. 아이들과 아침식사를 마치고 오랫동안 뜨거운 김이 나는 목욕을 했다. 사무실로 출근하는데 마음이 차분하게 가라앉으면서 진 술잔에서 꺼낸 레몬조각처럼 달콤 씁쓸하지만 유쾌한 슬픔이 가득히 차오르는 것이었다.

토프치는 출근시간을 엄격히 고집하는 편은 아니었지만 그가 찾을 때면 즉시 달려가는 것이 신상에 이로웠다. 그날 아침에 토프치가 니콜스키를 찾았다. 그는 분명히 흥분해 있었는데, 화가 났다기보다는 의기양양해 있었다.

"알렉산드르 세르게이요비치 프레오브라젠스키," 그가 니콜스키를 맞이하면서 말했다. "자네는 그 자를 뉴욕에서부터 알고 있었다고 했지?"

"두어 번 같이 마신 적이 있습니다." 펠릭스가 시인했다.

"아주 재미없는 사람입니다. 어떻게 그런 목석같은 자를 알고 계십니까?"

"내가 그의 파일을 들추어 알아보고 있는 중인데 아직 명백하게 밝혀지지 않은 그 무엇이 있다. 추르킨이라는 우리 요원이 프레오브라젠스키가 CIA와 접선했다는 보고를 해왔다. 자네도 그에 대해 아는 것이 있는가?"

"믿을 수 없는 말입니다." 니콜스키가 조심스럽게 말했다. "추르킨이 보상을 바라고 하는 짓이 아닌가 생각됩니다. 그런 경우는 종종 있으니까요. 제 기억에는 추르킨은 아주 곤란한 경우로 귀국했거든요."

그는 토프치가 왜 갑자기 사샤를 조사하기로 결심했는지 알아내려고 필사적으로 노력했다. 카프로프에서 어떤 누설이 있었단 말인가?

"자네가 이 추르킨을 찾아가서 무엇이라 말하는지 알아보게. 즉시 가봐. 낭비할 시간이 없다."

펠릭스가 자기 사무실로 돌아오자 달콤했던 집시의 숙취는 공포로 바뀌었고, 사샤에게 이 메시지를 어떻게 전달할 것인가 생각했다. 그러다가 토프치가 어디까지 알고 있는지 냄새를 맡을 때까지 기다리는 게 좋겠다고 결정했다. 그는 기록계에 전화를 걸어 추르킨에 대한 조회를 부탁했다.

자기들 운이 좋다면 그 똥개는 아프가니스탄에서 총격을 받고 죽었어야 한다. 그러나 쉽게 죽는 사람도 있지만 그렇지 않은 사람도 많았다.

구세인 아스키에로프는 정오경, 로시야 호텔에 있는 그의 화려한 집무실에서 토프치를 맞이했다. 이 집무실은 이런 종류의 비밀 회담을 위해 그의 아르메니안 동지들이 마련해 준 것이었다. CIA 요원으로 의심되는 미국인 여자와 조토프 원수의 사위가 만났다는 토프치의 설명에 귀를 기울이던 총리의 눈이 반짝였다.

"어떻게 그 사실을 알아냈소?" 아스키에로프가 설명 도중에 물었다. "유로프스키의 부하들이 여자를 미행하고 있었답니다. 그들이 우리 부서에 그 장군의 신원조회를 요청해 왔거든요."

"유로프스키는 용의주도한 수사관이오."

아스키에로프가 담담한 어조로 말하자 토프치는 그 말을 반대로 해석했다.

'그는 우리 사람이 아니다.'

"이 건을 제가 담당했으면 합니다." 토프치가 청했다. "이는 제3국 소관 임무이기 때문입니다."

그는 추르킨의 보고서를 포함해 이 사건의 특수성을 언급했다. 또 추르킨의 증언이 가족을 보호하려는 조토프에 의해 제지당하고 있다는 말도 넌지시 비추었다.

"내가 전모를 파악하도록 좀 두고 봅시다."

아스키에로프가 손가락을 뾰족하게 세우면서 말했다.

"이 여자는 일반 여행객이 아니고, 서방 정보기관과 연관되어 있다는 정황증거도 있습니다. 제가 듣기로, 그녀는 한 번 이상 프레오브라젠스키와 비밀 만남을 가졌다는 것입니다. 그는 조토프의 사위일 뿐 아니라 그의 두뇌 역할을 하고 있다는 것도 염두에 두셔야 합니다. 그는 원수의 책상 위에 있는 모든 극비사항에 제한 없이 접근하는 사람입니다."

"그 말의 의미는," 아스키에로프가 추궁하듯이 물었다. "조토프가 간첩 방조자이거나 그의 직책에 너무 부적격하다는 말 아니오?"

"이 건이 그렇게 보인다는 것입니다."

"그렇다면 우리가 이 사건을 그 방향으로 이끌고 갈 수 있을까?"

"며칠만 시간을 주십시오."

"우리에게는 시간이 그렇게 많은 게 아니오."

아스키에로프는 그의 안락의자에서 도마뱀처럼 똬리를 풀고 일어서더니, 서두르는 기색 없이 술병이 있는 테이블로 옮겨 향긋하게 거품이 이는 것을 한 잔 마셨다.

"오늘 오후, 쿤트세포에 갈 예정이오."

토프치는 아무 말도 하지 않았다. 쿤트세포에서는 서기장이 일주일 이상이나 집중치료를 받고 있었다.

"내가 말하고자 하는 것은 내 말이 이 사무실 밖으로 나가서는 안 된다는 것이오." 아스키에로프는 토프치에게 시선을 고정시키고 말했다. "내일 아침 정치국 비상대책회의가 열려요. 새 조타수의 손이 필요하다는 것이지. 지금으로서는 시신이 차갑게 식을 때까지 기다릴 수 없다는 말이오. 서기장은 지금 내가 무엇을 내밀어도 서명을 할 것이오. 그런데 우리에게 공공연히 반대하는 유일한 자가 있소. 내일 아침 회의에서 내가 그를 몰아내고, 그 자리에 우리가 믿을 수 있는 자를 앉힐 계획이오. 내가 하는 말을 이해하오? 조토프 원수는 내일 회의를 마치면 더 이상 참모총장이 아니란 말이오."

아스키에로프는 그의 잔을 전부 비웠다. 토프치는 그것이 액상 오물 같아 보였다. 자신도 목이 말라 위스키와 보드카 술병을 쳐다보았지만 아스키에로프는 아무것도 권하지 않았다. 아마 지난 번 시리아 여행 이후, 아스키에로프는 토프치의 가족이 한 때 모슬렘이었다는 것을 기억하고 있는 듯

했다.

"당신 이야기가 사실일 가능성이 충분히 있소. 우리의 동지 조토프 원수는 장교집단에서 매우 인기가 높은 자요. 그러므로 그의 계급장만 떼어내는 것은 너무 위험한 일이오. 그래서 특히 토글리아티 사태 이후 장교집단에서 레이부턴 같은 새로운 순교자를 만들어내야 하오. 우리는 조토프 뿐만 아니라 그의 사상까지도 깨버려야 하는데, 이는 스탈린이 미하일 투카체프스키를 처리했던 방식이오. 당신이 그 수단을 제공해 줄 수 있을 것 같소. 그렇지만 나는 당신에게 20시간밖에 줄 수 없는데, 가능하겠소?"

"자백이 있어야 합니다."

토프치가 말했다.

"누구의 자백 말이오? 프레오브라젠스키의 자백?"

토프치는 그의 귓불을 만지작거렸다. 그의 경험에 의하면 적절하게 관리만 잘하면 어떤 자는 쉽게 자백을 하기도 했다. 그들 같은 사회에서 가장 커다란 성과 중 하나는 피의자들은 언제나 죄의식을 느낀다는 것이었다. 토프치가 요청했다.

"저에게 이 사건 조사의 전권이 필요합니다."

아스키에로프가 손가락으로 누르자 인터폰에 아르메니안 부관이 나왔다. 그 부관은 잡다한 집안일을 처리하고 있었는데, 이를테면 크리미아의 총리 별장에 시멘트를 탁송하는 일부터 스웨덴에서 밀수한 도색영화를 상영하는 일까지 여러 가지였다.

"체트베리코프를 연결해 전하라. 토프치 대령이 그 미국인 여자 사건을 담당하게 되었다고. 이는 군사보안에 관한 것이기 때문이다. 토프치 대령이 필요한 만큼 체포영장을 발급하도록 조치하라."

그가 토프치를 돌아보았다.

"몇 장이나 필요하겠소?"

"조사 결과에 달렸습니다."

"우선 여섯 장이다. 영장의 성명 난은 공백으로 두도록 하고, 그 외에 또 있소?"

토프치는 술병 테이블을 부러운 눈으로 쳐다보았다.

"마시고 싶은 대로 마셔요. 우리는 서로 잘 통하지 않소?"

토프치가 바닥이 묵직한 유리잔에 스카치를 따르는데 그가 계속했다.

"내가 당신 수고를 잊지 않겠소. 당신을 제3국장으로 내정하려고 하는데, 거기는 별 몇 개와 맞먹는 자리 아니오?"

토프치의 얼굴에 미소가 떠올랐다가 안면경련처럼 사라졌다.

"무엇을 더 바라는 거요? 체트베리코프의 자리?" 아스키에로프가 그를 바라보았다. "친구여, 너무 성급히 굴지 마오. 모든 일에는 때가 있는 법이오."

*

그 날 오후, 니콜스키는 추르킨이 현재 알마아타에 주재하고 있다고 토프치에게 보고했다. 그러면서 그 놈을 면담하러 그곳으로 날아가라는 명령을 내리기를 내심 기대했다. 그런데 토프치는 추르킨에게는 흥미를 잃은 듯이 보였다.

"문을 닫게, 펠릭스."

토프치는 총리 앞에서 마신 스카치가 평소보다 더 그를 유쾌하게 만들어 주었지만 니콜스키는 그 냄새 때문에 뒤로 물러섰다. 지난밤에 한 잠도 자지 못하고 마신 챠로츠키의 후유증이 나타나기 시작했다.

"내가 말했지? 자네가 나에게 붙어있으면 좋은 일이 있을 거라고." 토프치는 이전에 했던 말을 상기시켰다. "그래, 내일이 지나면 내 말이 빈 말이 아니라는 것을 알게 될 것이다."

"무슨 일이 있습니까?"

토프치가 그의 손가락을 입술에 댔다.

"한 마디도, 명심하게, 단 한 마디도 안 된다는 것을. 내가 그 사건 조사에 최고 권한을 부여 받았다. 그리고 정치국 비상대책회의가 내일 아침 8시에 열린다. 큰 바람이 일어날 것이다. 두고 보게, 펠릭스."

그런 다음 그는 정색을 하고 다시 공식적인 업무를 지시했다.

"우리가 카프로프로 보낸 그 신임 과장에 대한 서류를 가져오게. 슈코의 후임자로 보낸 놈 말이야. 내가 직접 그 서류를 고골 대로에 전해주려고 한다. 이 개자식들이 어떻게 나오는지 보고 싶다."

니콜스키가 토프치의 방에서 나오는 길에 스크보르쵸프를 지나쳤는데, 그 자가 무장한 것을 알았다. 그는 제3국의 전형적인 인물로, 거만한데다 말이 잡스러운 자였다. 토프치는 그의 더러운 임무에 이놈을 활용하고 있었다.

토프치가 요구한 서류를 제출하자마자 펠릭스는 루비얀카를 나와 도청되지 않을 안전한 전화를 찾았다. 그들에게 주어진 시간은 17시간도 되지 않았다.

*

이런 일들이 있기 하루 전, 엘레인은 비소트니 돔 근처의 주차장에서 비틀거리며 걸어 나와 차가운 진눈깨비가 내리는 제방 둑을 걷고 있었다. 머리에 아무것도 쓰지 않아 그녀는 머리가 젖어 헝클어졌다. 강물은 퇴색한 백랍 같은 회색이었고, 하늘은 광막한 철판 뚜껑처럼 도시 위를 누르고 있었다.

사샤가 자기를 쳐다보는 순간 그의 얼굴에서 자신이 이곳에 온 것이 얼마나 잘못된 일인가를 알 수 있었다. 글래든의 메시지를 정확히 반복해 전해주자 그는 궁지에 몰린 동물과 같은 표정이었고, 그의 눈은 사방을 둘러보면서 도망갈 곳을 찾는 듯 했다.

"그 뜻을 제대로 알고나 있는 거요?"

사샤가 물었다. 그들은 서로 옆으로 돌아서서 모르는 사람들이 각기 다른 파트너를 기다리고 있는 것처럼 마주 쳐다보지 않았다.

"내가 경고했잖소, 이 같은 상황이 올 것이라고."

그제야 엘레인은 자신의 어리석음을 깨닫고, 얼마나 후회가 되는지 자기가 한없이 미워졌다. 글래든은 그녀를 속인 것이다. 그 문건을 작성한 것은 글래든네 사람들이었다. 사샤가 예측한 대로 그들은 그를 협박하기 위해 가짜 문건을 만들었고, 공갈협박을 전하는데 그녀를 이용한 것이다. 엘레인은 더듬거리며 미안한 마음을 전했다.

"그만 해요," 그가 제지했다. "시간이 없어요. 당신이 조금만 지혜롭게 생각했더라면 오지 말아야 했소. 하지만 무엇이 당신을 이곳으로 이끌었는지는 나도 잘 알고 있소. 나 역시 그런 감정이니까."

그 말이 가벼운 포옹처럼 느껴졌다. 그러나 다음에 이어지는 마지막 말은 날카롭고도 매정했다.

"그 사람들에게 전하시오. 내가 그들의 조건을 수용하고 동의한다고 말이오. 그러나 여기 모스크바에서는 절대 만날 수 없고, 3주일 후에 뉴델리에서나 가능하다고 전해요."

말을 마치자 그는 발길을 돌려 자신의 차로 걸어갔다. 엘레인은 차를 타고 멀리 사라지는 그를 바라보았다.

그 제방은 이상하리만큼 썰렁해 보였다. 우산을 쓰고 벤치에서 신문을 읽고 있는 남자 이외에는 아무도 없었고, 그녀는 자신이 노출되었다는 느낌에 소름이 끼쳤다. 그녀는 파란 불이 켜진 택시를 발견하고 거리로 달려가 손을 흔들어 차를 세웠다. 그리고 가이 해리슨의 아파트 구역으로 달렸다.

그곳은 주로 외국인 특파원들이 거주하는 곳인데, KGB의 하나로 보이는 자가 계단 중간에 웅크리고 앉아 있었다. 그 자는 그녀가 지나가도록 몸을 피해 주어야 하는데도 전혀 움직이지 않아, 그를 피해 돌아서 올라갔다. 그녀가 안으로 들어가는데 등 뒤에서 그 놈이 영어로 상스러운 욕을 하는 것이었다.

"야, 이 쌍년아!"

그녀가 뒤를 돌아보자 그 자의 부러진 이빨이 보이는데, 가이의 책상 위에 있는 해포석 담배파이프처럼 누렇게 보였다.

"야, 이 더러운 놈아!"

그녀가 해리슨의 아파트 앞에서 고함을 지르자 해리슨이 문을 살짝 열었다. 그의 눈 가장자리가 붉고 흰색 반점들이 섞여 있었다. 이 자도 늙은 사냥개처럼 보였다.

"진정해요."

그가 말했다. 해리슨이 차를 끓이는 동안 그녀는 헝클어진 소파에 앉아 사샤와의 만남을 설명했다.

"그래서 뉴델리에서 만나자, 그런 말이오?" 엘레인이 말을 마치자, 그가 말했다. "조토프 원수가 계획하고 있는 그 방문에서 무엇인가 건질 수 있다는 생각이 듭니다. 그렇다면 글래든 경께서도 그쪽에서 무엇인가 건질 수 있겠고."

"루크에게 전해줘요, 내가 그를 개자식으로 생각한다고요."

그녀는 자기 심정을 제대로 표현할 단어를 찾을 수가 없었다.

"그 전에 전화가 있을 거요."

그녀는 코로 담배를 피우는 그를 쳐다보았다. 이 사람은 영국식 기행(奇行)을 하는 데에는 걸어 다니는 박물관 같은 사람이었다. 그는 심하게 기침을 하더니 얼룩진 손수건을 그의 주먹코에 갖다 댔다. 이전에도 이런 목적으로 손수건을 사용하고 있었던 모양이다.

"이제까지 사샤가 그렇게 놀라는 모습을 본 적이 없었어요. 그는 죽음의 행렬에 서있는 사람 같아 보였는데, 글래든이 나를 이렇게 이용해 먹을 줄은 상상도 못했어요."

"그 사람도 명령을 수행하고 있는 거요."

"전에도 그렇게 말한 적이 있지요."

"나는 대사관에 가봐야 하겠어요. 내 집처럼 쉬어요. 뜨거운 목욕을 하는 게 좋아 보이는데."

"가이, 뉴욕으로 돌아가겠어요. 내가 여기 남아있어야 할 이유가 아무것도 없어요. 오늘 바로 떠나고 싶은데, 주선 좀 해주실래요?"

"알아보죠."

해리슨은 몇 군데에 전화를 걸었다. 그녀를 태워 보낼 첫 항공기를 찾으려고 자신의 아는 모든 사람들을 동원했고,

그 중에는 에어로 플로트의 여직원도 있었다. 그 여직원은 서방에서 수입하는 최신 펄프 페이퍼백을 좋아했다.

그렇지만 그 날 항공편은 없고 다음 날 떠나는 것만 있었다. 그가 돌아와 그 소식을 전하는데, 엘레인이 커튼 뒤에서 거리를 내려다보고 있었다. 해리슨도 그녀의 시선을 따라가 보았더니, 어떤 자가 가로등에 기대어 서서 〈프라우다〉를 읽고 있었고, 또 다른 자는 정문 옆에 서 있는 것이었다.

"뭐 평범한 놈들 같은데, 미행당했다는 생각이 듭니까?"

"잘 모르겠어요."

"글래든네 사람들이 그 만남을 지켜보았답니다. 저쪽 사람들이 어떤 낌새를 맡았다면 개입하고 나설 것입니다. 그런데 내일 아침까지는 이곳에 머물러야 하겠네요. 메트로폴 호텔은 대단히 위험할 것 같아요."

"내 소지품들을 챙겨 와야 하는데요."

"돌아오면서 당신 물건을 가져오겠소. 이곳은 방도 여러 개 있고, 더 안전할 거요."

그녀는 희미한 미소를 지었다. 가이가 방을 나가는데, 바지에서 허리띠를 빼듯 가벼운 발걸음이었다. 몇 시간 동안 그녀는 해리슨의 단파 라디오를 들으면서, 자신과 사샤가 자유롭게 사랑하고 살 수 있는 세상은 없을까 생각하다 깜박 잠이 들었다.

*

이튿날 해리슨은 직접 엘레인을 공항까지 데려다 주겠다고 했다. 그녀는 제네바에서 뉴욕으로 연결되는 스위스 항공으로 귀국 스케줄이 잡혀 있었다. 뉴욕으로 직항하는 소련 항공기는 결코 타지 않겠다고 거절했다.

엘레인은 좌우로 닦고 있는 차창의 와이퍼를 바라보고 있었고, 잔잔한 싸락눈 알갱이들이 산탄조각처럼 차의 지붕을 두드렸다.

"글래든에게 당신 말을 전했어요." 해리슨이 말했다. "다른 방법이 없었다고 전하라고 합니다. 그가 사샤에 대해 언급한 것은, 도움이 필요하다는 의미라고 하더군요."

엘레인은 아무 말도 하지 않았다. 셰레메티예보 국제공항으로 가는 길 중간까지 왔는데, 해리슨이 백미러를 들여다보는 횟수가 점점 많아지는 것을 알아차렸다.

"지금 추격당하고 있는 거예요?"

그녀는 고개를 돌려 뒤따라오는 차를 바라보았다. 검정색 볼가로, 그날 밤 교량 옆에서 막아섰던 사샤의 차와 같은 것이었다. 차안에는 네 명이 타고 있는데, 모두 모자를 쓰고 있었다.

"환송 파티로군." 해리슨이 푸념을 했다. "저놈들 목표가 우리라면 아주 노골적으로 나오는데."

그 차가 갑자기 도로 중앙선으로 넘어가자 반대편 차선으로 달려오던 차들이 황급히 한쪽으로 쏠렸다. 볼가 운전자가 경고도 없이 갑자기 그들의 진로를 가로막으며 방향을 바꾸자 해리슨은 욕설을 하면서 급히 브레이크 페달을 밟았다. 해리슨의 차는 미끄러지면서 어쩔 수 없이 도로 경계석에 충돌하고 말았다. 세 명이 볼가에서 뛰어나오더니 그들을 에워쌌다.

"저들이 누구예요, KGB?"

엘레인이 속삭이듯 물었다.

"이 가이 아저씨에게 맡겨요."

해리슨은 여느 때와 같이 말은 태연했으나 흐르는 땀을 주체하지 못해, 차에서 내리면서 손 등으로 이마를 닦고 있었다. 엘레인은 그가 러시아 말 몇 마디를 하는 소리를 들었다. 그리고는 외국어로 떠들면서 그들 말을 알아듣지 못하는 척했다. 그가 큰 소리로 서방국가 저널리스트의 권리에 대해 언급하는데 검정색 오버코트를 입은 거한이 몸을 낮추더니 주먹으로 그의 복부를 가격했다. 해리슨은 비틀거리면서 숨을 헐떡이더니 곧바로 쓰러졌다.

엘레인은 즉시 차에서 뛰쳐나와 도로 가장자리를 따라 차량 흐름의 반대편으로 무작정 달리기 시작했다. 차량 몇 대가 경적을 울렸다. 누군가 오버코트를 당기다가 느슨해지더니 몸이 비틀거렸다. 머리가 뒤로 젖혀지며 머리카락이 뿌리째 뽑히는 듯 했다. 그녀가 중심을 잃고 뒤로 넘어지자 가이에게 굉장한 주먹을 날렸던 거한이 허리를 떠받쳤다. 그녀는 비명을 지르며 발버둥을 쳤으나 머리채를 야비하게 잡혀 볼가의 뒷자리에 처박혔다.

문이 쾅하고 닫히며 차량이 속도를 올리는데 갑자기 어떤 사람이 차의 전면에 나타났다. 흐릿한 차창을 통해서 보니 가이 해리슨이 팔을 올리고 서있는데 깊은 바다에 빠졌다가 떠오른 사람처럼 부어있었고, 흐릿하고 분명치 않았다. 운전사가 가속페달을 밟자 가이가 한쪽으로 튕겨져 나가는 것이 보였다. 그 자들이 양쪽에서 끼고 있어서 엘레인은 뒤를 돌아보지도 못했다.

2.

'이 자들이 토글리아티 건을 알아냈구나.'

엘레인은 합당한 변명을 찾으려고 했다.

'그 기사로 나를 추적하고 무엇인가 자백을 받으려 하겠지.'

그런데 루크와 사샤에 대해 알고 있다면 어떻게 할 것인가? 이것은 그녀를 가장 두렵게 하는 공포였다. 그녀는 꿈속에서 본 사샤가 떠올랐다. 수많은 사냥개들에 둘러싸여 나무에 기대어 쓰러지는 모습을.

'무슨 일이 있어도 당신을 배신하지는 않을 거예요.'

그녀는 사샤를 제외한 그 어떤 것에 마음을 집중하려고 했다. 토글리아티 학살과 동생의 결혼, 아버지와 함께 말을 타고 달리는 것 등등.

그들은 모스크바 중심가로 달려가더니 그녀가 알지 못하는 거리의 어느 집으로 들어갔다. 그녀는 정복을 입은 자에게 말했다.

"나는 미국 시민이고, 미국 영사관에 통보해 주기를 요구합니다."

거기 있는 모두가 재미있는 장면이라고 생각하는 것 같았다. 그들은 엘레인의 입을 열 수 있는 것으로 추정되는 어떤 약물을 먹였으나 낡은 양탄자 위에 토해버렸다. 그런 다음 어떤 자가 러시아 말로 질문을 던지는데, 그녀가 그토록 두려워하던 사샤에 관한 것이었다. 그녀가 그의 러시아 말을 잘 알아듣지 못하는 것이 도움이 되었다.

그녀는 자기가 기억하는 로버트 프로스트의 시를 암송하

려고 마음을 모았다. 그 시구를 기억해내고, 그들이 다른 조사관을 데려오자 그것을 암송했다. 조사관의 영어는 억양이 너무 투박하고 어휘도 부족해서 알아들 수 없다고 거짓말을 할 필요도 없었다.

그렇지만 한 마디는 놓치지 않았다. 그 말은 전체 신문을 통해 계속 되풀이되었다.

"네가 CIA 요원이라는 것을 알고 있다."

그들은 루크 글래든에 대해서는 전혀 묻지 않았다. 이들이 전모를 파악하지는 못했다는 의미였다. 어둠이 내리자, 그녀를 밀폐된 호송차에 싣고 다른 장소로 이동했다. 그런 후, 강간범 같은 시선을 가진 자의 감시 아래 조잡한 사무실에서 기다리게 하는데, 옆방에서 다투는 듯한 소리가 들렸다. 그 소리에서 그곳이 루비얀카라는 것을 알게 되었다.

'웃기는 일이야.'

그녀는 생각했다. 베리야의 사망 이후, 죄수들을 루비얀카로 데려오는 것은 중단되었다는 이야기를 읽은 적이 있었다. 엘레인은 이상스럽게도 이 상황에서 자신이 분리된 듯한 느낌을 받았는데, 심지어는 자신의 육체로부터 정신이 이탈된 것 같은 느낌까지 들었다. 놈들은 그녀를 다른 방으로 옮겼고, 그녀는 수 없이 반복해 자신에게 다짐했다.

'사샤, 당신을 배반하지 않을 거예요. 나는 당신을 만난 적이 없어요.'

모든 것이 희미하게 초점이 잡히지 않았다. 그녀는 책상 뒤에 서있는 남자를 바라보았다. 그의 모습이 흐릿하고 혼란스러워 보였다. 화가 난 어린이가 바닥에 내팽개친 세공용 점토 같은 머리를 하고 있었다.

그가 몇 가지 질문을 던졌다. 그녀가 언제부터 사샤를 만났으며, 사샤는 언제부터 CIA를 위해 활동했는지 등이었다. 그의 러시아 말은 이해하기 어려웠고, 그녀의 주의력은 오락가락했다. 그녀의 머리는 어질어질하게 흔들리고 있었다. 토프치가 그녀의 정신을 차리게 하려고 뺨을 때리자 윗입술이 터졌다.

"다른 주사를 놔봐."

토프치가 스크보르쵸프에게 지시했다. 그는 스클로포민 주사기를 들고 있었다.

"펠릭스를 데려와 통역시켜라! 그는 이 계집을 달랠 수 있을 거다."

그때 엘레인에게 주사한 약물이 효력을 나타내기 시작했다. 의식이 돌아오자 그녀는 잠시도 입을 다물고 있을 수가 없었다. 말의 설사라도 걸린 환자처럼 입을 나불댔다. 그녀는 사샤와 모스크바를 제외한 다른 것을 지껄이려고 했다. 그녀가 재잘거리는 것은 그녀가 살고 있는 미국 뉴욕 주의 그레이트 넥, 가족, 뉴욕 출판업자와 가졌던 불화에 관한 것들이었다.

*

펠릭스는 사무실에서 사샤의 거사계획이 성공했을 경우 제거되어야 할 인사들의 명단을 검토하면서 내부 인명록을 훑어보고 있었다. 물론 거사 후에도 여전히 정보기관은 존속되어야 할 것이다.

그는 몇 년 전 런던에서 공연한 프랑스 연극을 본 기억이 떠올라 미소를 지었다. 그 연극 속에서 혁명이 일어났는데 수도권의 고위 관리들이 모두 창녀 집에 피신해 있었다. 혁명군이 정권을 인수하자 예전 자리를 지킨 사람은 비밀경찰의 우두머리뿐이었다. 그렇지만 새로운 러시아에서 토프치가 서 있을 자리는 없을 것이다. 그때 스크보르쵸프가 들어왔다.

"보스께서 신문을 도와 달라고 하십니다."

"신문이라고, 여기서?"

니콜스키는 토프치의 사무실에서 목격한 장면에 더욱 놀랐다. 토프치가 고함치며 묻는 말에서 즉시 사건의 요점을 파악했다. 그 여자는 어떤 식으로든 사샤와 연관되어 있고, 토프치는 그녀를 이용해 사샤를 파멸시키려 하는 것이었다.

만일 그렇게 해서 그녀가 자백이라도 해버리면 어떻게 할 것인지, 펠릭스는 묘안이 떠오르지 않았다. 그녀가 사실을 진술하기 전에 무엇인가를 알아내야만 했다. 토프치가 그 기회를 제공해 주었다. 화장실에 가겠다는 것이었다. 펠릭스가 그를 따라 나와 손을 엉덩이에 대고 소변기 앞에 서 있는 그를 쳐다보았다. 그는 마치 자기가 얼마나 위대한 인물인지를 온 세상에 알려 인정받으려 하는 듯 했다.

"그 여자 용모가 나쁘지 않습니다." 펠릭스가 옆 칸 용변기에 올라서면서 조심스럽게 말했다. "프레오브라젠스키가 그녀와 엮여 있다고 생각하십니까?"

"그런데 그것이 불지를 않아." 토프치가 대답했다. "그년이 그 개자식의 CIA 끄나풀이라는 것을 곧 자백해야 해. 그것들 둘이 함께 있는 사진을 가지고 있다."

"이곳 모스크바에서 말입니까?"

펠릭스는 믿을 수 없다는 듯이 물었다. 그토록 용의주도하고 조심스러운 사샤가 이런 어리석은 짓을 했으리라고는 믿을 수가 없었다.

"그것들이 어디에서 붙었다고 생각하나?" 토프치가 바지

지퍼를 올리면서 말했다. "자, 가서 그년을 쥐어짜 보자."

펠릭스는 사샤와 그 미국인 여자 사이에 무슨 일이 있었는지 분석할 만한 여유가 없었다. 그들은 스콜로포민을 사용하는데, 이전에 그 효력을 직접 목격한 적이 있었다. 그녀에게 그 약을 주사했다면 그녀는 곧 자신이 알고 있는 것은 무엇이든지 다 털어놓을 것이다. 어떠한 대가를 치르더라도 그 상황은 막아야만 했다.

*

엘레인은 어떤 남자가 몸을 구부려 자기를 바라보는데, 그의 눈은 부드럽고 영어가 완벽하고 차분해서 순간적으로 가이 해리슨이라고 생각했다.

"왜 뉴델리에서 논의해 보자고 했는가?"

그가 묻자 그제야 이 사람은 저 책상 뒤에 있는 독종을 위한 통역이라는 것을 알았다. 그런데 그가 말하면서 그녀의 손을 잡았고, 이런 접촉과 그의 전체적인 존재가 안정감을 주었다. 책상에 앉아 있는 자가 노트에 메모를 하고 있었고, 다음 순간 통역자가 몸을 구부리는데 너무 가까워 귓불에서 호흡의 따스한 바람을 느낄 수 있었다.

"대답하지 말아요."

그가 속삭이듯 말하자 엘레인은 입을 벌린 채 그를 바라보았다. 그러자 통역자가 큰 소리로 신문을 계속했다.

"네가 프레오브라젠스키 장군과 CIA의 비밀스런 만남을 뉴델리에서 주선했다는 게 사실이 아니지?"

그녀는 대답하고 싶은 욕망을 주체할 수가 없었다. 그가 팔로 그녀의 목둘레를 감쌌는데 마치 그녀를 편안하게 해주려는 듯 했다. 그러나 그는 목을 감은 팔에 점점 힘을 가하기 시작했다. 그녀는 숨을 쉴 수 없어 의식이 몽롱해져 갔다. 그녀는 러시아어로 지껄이는 성난 목소리를 들었지만 수 마일 밖에서 들려오는 소리 같았다. 그녀가 있는 방이 환한 외과수술실과 같은 색으로 바래지더니 자색으로 바뀌었고, 그 다음에는 캄캄해지는 것이었다.

"이 빌어먹을 새끼야, 그 년 목을 졸라 죽이려는 거야?"

엘레인이 의식을 잃자 토프치가 고래 같은 고함을 질렀다.

"그년한테서 떨어져!"

그가 달려들어 니콜스키의 어깨를 잡아 끌어냈다.

"죄송합니다. 너무 흥분했던 모양입니다."

펠릭스가 변명을 했다.

"여기는 네놈이 그 야릇한 섹스를 하는 장소가 아니란 말이다."

토프치가 으르렁댔다.

"의식이 돌아오도록 해봐."

그가 스크보르쵸프에게 지시했다.

"기절했습니다."

스크보르쵸프가 보고하면서 니콜스키를 이상하다는 듯이 곁눈질로 쳐다보았다.

"저년을 기절시키기 전에 무어라고 귀엣말을 지껄인 거야?"

펠릭스는 대수롭지 않다는 듯이 손으로 주먹을 살짝 치면서 암시하듯 말했다.

"내 호의를 보여주고 싶었을 뿐이야."

바로 그때 토프치의 의구심이 일어났다.

"이전에 너와 프레오브라젠스키에 대해 이야기를 나눈 적이 있지? 내 기억으로는 네가 그를 옹호한 것 같은데, 왜 그를 자꾸 감싸주는 거야?"

토프치가 큰 소리로 물었다.

"터무니없는 말씀입니다."

펠릭스가 항의했다.

"너희는 친구 사이 아닌가, 그렇지?"

"함께 근무한 것뿐입니다, 그게 다입니다."

"그 자를 마지막으로 만난 게 언제야?"

"몇 년 되었지요."

펠릭스가 대수롭지 않다는 듯이 대답했다. 그러나 스크보르쵸프의 얼굴에 나타나는 쾌재의 표정에서 자기가 실수한 것을 알았다.

"스크보르쵸프는 거리에서 네가 그 자와 같이 있는 것을 보았다던데?"

"아, 그건."

스크보르쵸프가 자신을 미행했다면 방글라데시인지 스베르들로바 전철역인지 의아해하면서 펠릭스가 다시 변명했다.

"우연한 만남이었어요. 두어 마디 인사 정도만 나누었습니다."

"야, 펠릭스, 너는 생각만큼 영리하지 못하구나. 스크보르쵸프는 아무 말도 하지 않았어. 네가 설명해야 할 게 많은 것 같다."

토프치가 소리를 질렀다.

"이 자도 신문해봐야 합니다."

스크보르쵸프가 흐뭇한 미소를 지었다.

의식이 돌아온 엘레인이 눈을 떠보니 상황이 이해하기 어려운 방향으로 전개되고 있었다. 자기 목을 잡고 귀엣말을 지껄이던 익살맞은 얼굴의 통역이 갑자기 피의자가 되어 팬

츠까지 벗겨져 거꾸로 매달려 있고, 다른 자들이 그의 발바닥과 신장 부위를 집중적으로 때리는 것이었다.

그의 고통스러운 신음에 응답이라도 하듯이 벽에 걸린 시계가 종소리를 울리자 올려다보았다. 의식을 흐려놓기 위한 그들의 노력에서 어떤 요소가 잘못 되었다고 그녀는 스스로에게 중얼거렸다. 시계를 보니 가이가 공항을 향해 출발한 후 12시간 이상이 지났기 때문이었다.

"펠릭스, 나는 오래 끌고 싶지 않다."

신문하는 자가 매달린 사람에게 하는 말이 들려왔다.

"솔직히 말해 시간도 충분치 않다. 너는 이 취조를 망치려 들었고 그 이유가 아주 명백해졌다. 너는 그 놈과 함께 반국가 음모에 가담했다. 너희 두 놈과 저 갈보 같은 년은 CIA를 위한 공작활동을 하고 있었다. 우리가 알고 있는 혐의가 확인만 되면 이 힘든 짓거리를 끝낼 수 있다."

매달려 있는 자의 대답은 힘들게 호흡하는 것뿐이었다. 강간범 같은 자가 말했다.

"그에게도 주사를 놓아야 하지 않겠습니까?"

"아니야, 더 빠른 방법이 있어. 그 놈을 묶은 보호대를 풀어라."

그녀의 눈앞에서 전개되는 장면은, 자신도 거기에 포함

된 일원이지만, 너무도 생생한 공포영화였다. 어떤 자가 그의 계급을 불러 알게 되었는데, 대령은 책상으로 돌아가더니 서랍을 확 잡아 당겼다. 그들은 펠릭스를 끌고 가서 책상 위에 사지를 벌려 붙들어 매고, 열린 서랍 위에 그의 고환이 닿도록 갖다댔다.

"한 번 더 묻겠다." 대령이 소리쳤다. "네놈과 프레오브라젠스키가 미국 중앙정보국에 포섭되었다는 것을 자백하겠는가?"

토프치가 서랍을 쾅하고 닫으려는 동작을 취하자 펠릭스는 "예!"라고 하는 듯한 비명을 질렀다. 토프치는 압력을 느끼게만 하고 다시 풀어 주었다.

"이제 자백할 준비가 된 것으로 알겠다. 네놈이 마누라를 다시 만나게 될지 모르지만 어쨌든 마누라가 안심이 되겠다."

그는 잠시 중단하고 녹음테이프가 돌아가는지 확인했다.

"자, 저쪽 의자에 묶어!"

토프치가 그를 서랍에서 풀어주고 의자에 결박해 앉혔지만 옷은 돌려줄 기미가 없었고, 펠릭스의 표정에는 아직도 공포가 가득했다. 그의 몸 전체가 떨고 있었고, 신장부위에 엄청난 통증을 느끼는 듯 했다.

그러나 그의 두뇌는 다시 움직이기 시작했다. 거사계획 자체가 위협 받지 않는 한, 무엇이든 동의해 주리라고 작정했다. 이제까지 토프치의 말을 종합해보면 거사계획에 관해서는 아는 게 아무 것도 없었다. 이 자는 아스키에로프를 위해 정적들을 공격하는 데에만 전력을 기울이며, 자신과 우연히 만나게 된 동기가 무엇인지 모르고 있었다. 저 미국인 여자는 토프치를 암흑 속에 묶어두는 데에 실제로 도움이 되었다.

니콜스키는 토프치가 묻는 모든 혐의에 순순히 자백했다. 미국 스파이인가? 예. 그와 사샤가 매월 스위스 계좌로 돈을 지급 받았는가? 예, 예, 예. 그의 고분고분한 자백으로 약물 사용은 중단되었다. 자칫하면 약물 처방으로 그의 자제력이 측정될 뻔 했다.

후일, 모든 것은 고문에 의한 것이라고 부인할 수 있다. 거사계획이 비밀에 쌓여 있는 한, 싸울 기회는 있는 것이다.

3.

"프레오브라젠스키의 소재를 파악하라."

모든 신문에 만족할 만한 답변을 받아내자 토프치가 스크보르쵸프에게 지시했다. 그러나 그 장군은 집에 없었다. 그는 온 밤을 고골 대로에서 지새웠는데 그것이 다시 토프치의 의구심을 건드렸다. 정치국 비상대책회의가 열리기 몇 시간 전까지 이 미국 스파이가 총참모부에서 무엇을 하고 있었단 말인가? 말끔히 치우고 있었던가? 조사가 진행될 경우, 자신과 장인에게 적용될 만한 서류나 파일을 소각하고 있었던가? 프레오브라젠스키는 바보가 아니라는 생각이 들었다.

이 자는 이미 정치국회의가 어떻게 진행될 것인지 예상하고 그 결론에 대한 준비를 하고 있다는 사실에 의심의 여지가 없었다. 니콜스키가 자백한 것들 중에 절반이라도 사실이라면 그 젊은 장군이 치우고 정리해야 할 작업은 엄청나게 많을 것이다.

그가 받아낸 자백에 대한 토프치의 판단은 자신의 디자인에 대한 상업 예술가의 그것과 같이 자기가 제시한 상품이 완전무결하다고 믿을 필요는 없었다. 니콜스키의 진술은 너무 엄청나 무시무시할 정도였다. 그것은 토프치의 목적을 경이로울 정도로 손쉽게 이룰 수 있게 해주는 것이었지만, 토프치는 혹시라도 자기가 빠트린 것이 없는지 살펴보았다.

사건의 전모가 애초에 의심했던 것보다 훨씬 더 심각하다는 것을 알게 되었다. 제3국에 사람을 심어놓고 스파이 활동을 해온 그들의 근거지가 바로 자신의 사무실이었다니! 카프로프에서 발생한 기이한 사건에 대해 보고한 자가 니콜스키라는 것도 기억났다. 어느 날 펠릭스가 평소보다 훨씬 더 고분고분했던 것도 기억나고, 수요일 저녁 경마의 세 번째 레이스에서 화끈한 정보를 주면서 자신을 즐겁게 해주었던 것도 생각났다.

"카프로프 사건에 대해 너무 걱정하지 마십시오." 니콜스키의 말이었다. "모든 것이 손안에 있듯이 명백합니다."

그 사고에 어떤 불법적인 흔적은 없다고 펠릭스는 주장했다. 슈코가 주정뱅이라는 것은 모두 알고 있는 것이었고 증인도 여러 명 있었다. 그중에는 슈코가 어찌해보려고 했던 여점원도 있어서, 추락해 사망한 그날 밤 슈코는 폭음을 해 악취가 심했다고 증언했다.

"목이 졸리지는 않았습니다, 그 불쌍한 놈이."

니콜스키가 요약해서 말했다. 토프치는 당시 슈코의 추락 사고에 이상한 냄새가 난다고 생각했지만 펠릭스에 의존하는 습관에 젖어 자신의 머리에서 그 건을 밀어내 버렸다.

어제 오후, 고골 대로의 참모총장 집무실에서 카프로프 사건을 꺼냈을 때, 눈을 멍하게 뜬 채 그 자리에 서있던 프레오브라젠스키를 생각하자 그제야 목 뒤를 스멀거리는 기분 나쁜 감각이 일어서는 것이었다.

'KGB 요원이 스페츠나츠 기지에서 목이 부러졌다. KGB 내부에 심은 군의 스파이……, 미국첩보원……, 이 모든 것이 어디로 향하고 있다는 말인가?'

프레오브라젠스키가 공통분모였다. 이 자에 대해서는 어딘가 낯이 익은 구석이 있고 매우 석연찮은 것이 있었지만, 토프치는 그 점을 꼭 집어낼 수가 없었다.

스크보르쵸프가 들어와 무엇을 암시하듯이 눈썹을 껌벅이면서, 그의 목 언저리를 손으로 치는 것이었다.

"왜, 안 되겠나?" 토프치가 맞장구를 쳤다. "우리가 필요한 건 다 얻었는데?"

토프치도 피곤했다. 좌골신경통이 다시 도지기 시작했다. 이런 경우를 대비해 그의 금고에는 술이 몇 병 보관되어 있었다. 빌어먹을 규칙? 그 규칙은 부국장을 위해 만들어진 것은 아니었다. 그는 보드카의 병마개를 따고 목구멍으로 벌컥벌컥 쏟아 넣고, 스크보르쵸프에게 넘겨주었다. 그는 병의 주둥이를 닦아내고는 거침없이 들이키고, 만족스럽다는 듯이 트림을 했다.

토프치는 눈을 비비면서 벽에 걸린 시계를 보았다. 새벽 3시 12분을 가리키고 있는데, 그보다 훨씬 많은 시간이 지난 듯 했다.

그런데 자신의 손목시계는 멈추어 있었다. 그는 걸게 욕을 했다. 그 수정시계는 금으로 도금되어 있었고, 글자판에는 스위스의 유명한 시계회사 상표도 새겨져 있었다. 그것은 아스키에로프의 단짝 친구인 아르메니안으로부터 받은 선물이었다. 그 시계는 한 번 충전하면 몇 년은 작동하는 것이라고 들었는데, 재충전한 지 6주일밖에 되지 않았다. 분명히 폐품이거나 가짜였다.

이런 생각이 들자 케이스가 14캐럿 금인 것은 맞는지 의심이 생겼다. 그리고 보니 그것도 약간 변색이 된 듯 했다. 그는 자신보다 먼저 아스키에로프와 아르메니안이 엄청난 대가를 치르는 것을 보고 있는 듯 했다.

그는 스크보르쵸프의 술병을 잡아챘다.

"빌어먹을, 지금 몇 시야?"

5시가 지났다. 두어 시간이 지나면 정치국위원들이 대형 리무진을 타고 올드 스퀘어로 모여들 것이다. 토프치는 왼쪽 다리에 쥐가 나는 고통을 느꼈고, 이어 등의 아랫부분에도 통증이 와서 술병을 들고 다시 벌컥벌컥 마시는 것으로 통증을 치료했다. 그리고는 책상 위의 전화기를 바라보며 망설였다.

기대 이상으로 확보한 이 기쁜 소식을 아스키에로프에게 전화로 전할까? 이 증언이라면 조토프의 사위는 물론 조토프 자신까지도 처형하기에 충분한 것이었다. 그런데 왜 귀찮게 해? 그는 자신의 질문에 스스로 답을 했다. 아스키에로프가 잠에서 깨어 일어나면 좀 더 진땀을 흘리며 고심할 것이다. 그렇게 고심을 하던 중에 원하는 것을 얻게 된다면 그는 훨씬 더 고마워 할 것이다.

총리가 올드 스퀘어로 출발하려는 순간, 자신이 그의 관저에 도착하는 장면을 그려보았다. 그것은 꽉 잡아야 할 완벽한 순간이었다. 그것은 제3국장으로 승진하는 지름길이었다. 빌어먹을, 아스키에로프는 자기를 KGB 의장으로 만들어 줄 수도 있는데. 이런 영상이 그를 굉장히 들뜨게 했다. 술병을 스크보르쵸프에게 돌려주자 그는 목이 말라 죽어가던 사람처럼 좋아했다.

토프치는 주머니에서 서류 한 장을 꺼냈다. 그것은 프레오브라젠스키의 처리에 필요한 모든 권한이 주어진 체포영장이었다. 그는 피의자의 이름만 써넣으면 되었다. 각료회의 의장이자 총리인 아스키에로프와 맺어진 개인적인 연줄이 그 영장 발행을 수월하게 해 주었던 것이다.

"이렇게 하면 어떨까, 판파니치?" 그가 스크보르쵸프에게 물었다. "고골 대로에 가서 그 개자식들 엉덩이에 바늘을 꽂아줄까 하는데."

"안될 게 뭐 있습니까?"

스크보르쵸프가 바보처럼 희죽이 웃는데, 낡은 배관에서 바람이 빠지는 소리 같았다. 그런데 토프치가 얼굴을 찌푸렸다. 그가 잊을 뻔한 것이 무엇인가 있었는데, 무엇이더라? 피로와 보드카가 그의 두뇌에 구름을 몰고 왔다. 아, 그렇지, 카프로프! 그곳에 무엇인가 아주 잘못된 것이 있었다. 그것을 확인해야 했다.

"카프로프에 전화를 연결해 봐."

그가 스크보르쵸프에게 지시했다.

"내가 그놈과 통화를 해봐야겠다."

토프치의 발음이 분명치 않았다.

"누구라 하셨습니까?"

"스페츠나츠 여단에 있는 우리 측 그 자식 말이다. 슈코 후임으로 간 놈 말이야. 빌어먹을, 그 새끼 이름이 뭐야?"

스크보르쵸프는 어느 것도 기억나는 것이 없었다. 그것이 그가 한 모금 더 마시고, 전화를 연결하는 데에 상당히 긴 시간을 소비하게 했다.

전화선 저쪽에 있는 자와의 통화에도 문제가 있었다. 토프치가 그로부터 수화기를 빼앗아 들고 고함을 질렀다.

"누구야?"

저쪽의 목소리가 거의 들리지 않았다. 토프치는 그 자가 아직 잠에서 덜 깨어났다고 생각했다.

"정신 똑바로 차리고, 내가 지시하는 대로 해!"

토프치는 전화기에 대고 으르렁거렸다.

"슈코의 사망 원인에 대해 전부 보고하라, 새로운 보고서 말이다. 알아들었나? 오늘 정오까지 내 책상에 도착하도록 하라. 슈코의 사망 원인이 사고사가 아니라는 전제에서 새로운 방향으로 조사가 진행 중이란 말이다. 그래, 그게 내가 말한 것이다! 귀 먹었나? 무엇이라고?"

토프치는 수화기에서 쿨쿨거리는 동물 소리 같은 것만 들을 수 있었다. 그것은 여러 선이 공조해 울리는 소리였다.

"들린다, 뭐? 그곳에 무엇인가 비정상적인 상황이 일어나고 있다고? 아무래도 바르게 보이지 않는다고? 뭐야, 그게? 그래, 네놈이 밖에 나가서 확인해봐! 야, 이 빌어먹을 새끼야, 너는 군의 동태를 사찰하는 체키스트야. 일상적인 것이 아닌 무엇이 있거든 즉시 전화하라! 알아들었나?"

그가 전화기를 쾅 내려놓고 스크보르쵸프를 쳐다보니, 보드카를 다 마시고 병을 거꾸로 들고 희죽이 웃고 서있는 모

습이 바보처럼 보였다. 토프치가 이런 녀석을 바라보고 있
자니 구역질이 났다. 그런데 이놈이 금고 문을 열더니 두 번
째 병을 꺼내는 것이 아닌가.

"그만하고 가서 다른 자들을 깨워! 모두 무장했는지 확인
하고."

그는 스크보르쵸프에게 지시하면서 금고의 철문을 닫고
는 자신의 봉인을 더듬어 찾았다. 그의 서류와 마지막 남은
소중한 보드카를 확인하고는 단단히 봉인을 했다.

옆 사무실의 니콜스키를 들여다보니 아직도 의자에 묶여
널브러져 있었다. 그의 몸은 부어오른 듯 했고 탈진한 모습
이었다. 그 계집 역시 정신이 나간 듯 했지만, 결박을 당하
고도 눈동자는 움직이는 것을 볼 수 있었다. 그녀에게 약간
고개를 숙여 살펴보았다.

후르체프 소령이 두 사람을 감시하고 있는데, 권총을 팔
꿈치 아래 테이블에 올려놓고 서있는 모습이 펠릭스 만큼이
나 창백해 보였다. 그는 이런 임무에는 전혀 어울리지 않는
자라고 토프치는 생각했다. 후르체프를 좀 더 적합한 다른
업무, 이를테면 그가 곧 소유하게 될 별장의 화단을 관리하
는 등의 업무로 전속시켜야 하겠다고 생각했다.

"내가 오래 걸리지 않을 것이다."

토프치가 말하자 후르체프는 이미 기립 자세로 윗입술을 떨고 있는데, 두려움 때문인지 분노 때문인지 알기 어려웠다.

"의사를 불러주셔야 하겠습니다. 니콜스키는 응급치료가 필요합니다."

그가 말했다.

"너는 집을 지키며 아이를 돌보는 사람이지, 유모는 아니다."

"그는 한 시간 이상이나 의식불명입니다."

후르체프가 계속했다.

"그놈은 그보다 훨씬 더 오래 버틸 것이다."

자신의 발언을 극적으로 강조하기 위해 후르체프에게 술병을 흔들어 보였다.

"소령 동무, 우리는 지금 반역사건을 다루고 있다. 귀관도 그 범죄에 관한 이야기를 들었지? 몇 명의 거물들, 아, 그래, 진짜 고위 장교들이 조사 결과에 따라 스스로 무릎을 꿇게 될 것이다. 그래서 귀관이 해야 할 임무란 저기 책상에 앉아 저들을 잘 감시하고, 만일 나 이외의 누가 저 범인들에게 접근하려 하면 사살해 버리는 것이다, 알았나?"

후르체프의 입이 딱 벌어졌다.

"오늘 낮에 모종의 사건이 일어난다."

토프치가 만족한 듯이 말했다.

"정말 대단한 사건이다. 나는 지금 나가서 군화 냄새를 맡아 보아야겠다. 기운 내라."

그는 생색을 내면서 통통하고 수염도 없는 후르체프의 볼을 살짝 때렸다.

"우리의 세상이 열릴 것이다."

토프치는 복도로 나와 뽐내며 걸었다. 난로에서 뜨거운 열기의 바람이 나오듯이, 거칠고 들뜬 기분이 그를 감싸고 있었다. 그런 기분은 정상적인 규칙을 지키는 사람이 아무도 없던 옛날 그 시절의 향수로 되살아났다. 타고난 권력자처럼 체키스트의 가죽코트를 입고, 동 프러시아의 파괴된 마을을 헤집고 다니던 젊고 강건한 자신의 모습이 회상되었다.

루비얀카에서 처음 근무를 시작하던 초기에는 누구도 그곳을 정화할 생각을 하지 않았고, 술에 취한 체키스트들이 한밤중에 감방에서 감방으로 돌아다니며 죄수들을 두들겨 패고 그들의 골통을 부수기도 했다.

그를 회상에서 일깨운 것은 스크보르쵸프 일당의 요란한 농담이었다. 물론 후일 설명이 있어야 하겠지만 그때가 되면 이 사건은 단단하게 봉합이 될 것이고, 프레오브라젠스키와 그의 장인은 목조 인형처럼 부서지고 모스크바는 새로운 지도자를 맞이하게 될 것이다.

그는 위층에 있는 넓고 호화로운 사무실에서 펠릭스 제르진스키의 후계자가 되어 앉아있는 자신의 모습을 그려보았다. 그 집무실은 마호가니 패널로 벽면이 장식되었고 화려한 동양제 융단으로 바닥이 처리되었다.

그런데 뜨거운 석탄 덩어리가 그의 창자를 훑고 지나가는 것과 같은 타는 듯한 고통을 느끼고 급히 화장실로 달려갔다.

4.

볼가 차량이 7층 건물의 안쪽 정원에 대기하고 있었다. 그 건물은 최초의 루비얀카였다. KGB 본부 뒤편 골목길로 나가는 거대한 철문이 열렸다. 토프치는 술병을 돌려가며 마시게 하고, 볼가 앞자리에 앉은 스크보르쵸프는 뒤를 돌아보며 러시아식 팬케이크라 할 블리니를 권했다. 때때로 토프치는 그에게 소리질렀다.

"닥쳐라, 이 오줌싸개 같은 자식아!"

욕설 같았지만 책망하는 뜻은 없었다. 토프치는 아주 기분이 좋았다. 내장을 비우고 나니 그렇게 산뜻한 기분이었다. 그들의 차량 대열이 인적이 드문 거리를 달릴 때, 과거의 또 다른 장면이 머리에 떠올랐다. 그가 죽인 사람들의 얼굴이 보이고, 사람 죽이는 것을 즐기던 자신의 모습도 떠올랐다.

특히 매우 오만하고 당당하던 한 러시아군 장교의 모습이 떠올랐다. 전쟁이 끝나갈 무렵 동 프러시아의 어느 이름도 기억나지 않는 마을에서, 그는 어떤 독일 소녀의 운명에 대해 지껄이고 있었다. 대량학살이 자행되는 전쟁 속에서 어느 한 사람, 그것도 아군의 적인 독일 소녀의 생명이 무슨 큰 문제나 되는 듯이 떠들었다. 권총이 자신의 손 안에서 반동을 일으켰고, 그 장교의 어깨 뼈 사이에서 검붉은 피가 번져 나오는 것을 보았을 때, 그는 거의 전율과 같은 희열을 느꼈었다.

그 바보 같은 자식이 자초한 일이라고 회상했다. 그놈은 황제와 같은 KGB 장교의 특권에 도전한 진짜 개새끼였다. 바로 저 거만한 자식, 프레오브라젠스키와 같은 놈이었다.

싸늘한 정적 속에서 총참모부 종합청사와 거대한 통신 탑 위로 솟은 무수한 안테나, 위성용 접시안테나들도 평소보다 기세가 꺾인 듯 이 보였다. 토프치는 정문 앞에 차를 세우게 하고는 재산 처분권을 거머쥔 자와 같은 태도로 점잔을 빼며 당당하게 걸어 들어갔다. 특수경비대의 붉은 완장을 찬 초병이 그들의 KGB 신분증을 모두 확인하려고 했고, 토프치에게 출입자 명부에 서명을 요구하면서 인터폰으로 당직 장교에게 보고했다.

"알았다. 내가 확인해 보겠다."

KGB 사람들이 프레오브라젠스키 준장을 방문하러 왔다고 보고하자 당직 장교의 딱딱한 음성이 들려왔다. 초병이 수화기를 내려놓았다.

"무엇 때문에 이렇게 지연되나?"

엘리베이터를 향해 그냥 통과해 들어가려는 동작을 보이면서 토프치가 초병을 무섭게 노려보았다.

"장군이 어디 계신지 확인해야 합니다." 초병도 뻣뻣한 말투였다. "잠깐이면 됩니다."

잠시 후 엘리베이터가 내려오더니 문이 열리고, 당직 장교가 온 얼굴에 웃음을 지으며 나타났다.

"대령 동지, 제가 안내해 드리겠습니다."

그 소령이 상냥하게 말했다.

"나도 알고 있다."

"그래도 정말, 제가 하겠습니다."

토프치가 소령을 의아스럽다는 듯이 쳐다보고는 어깨를 으쓱했다. 이 자는 내부 규정을 따르는 것이 분명했다. 군의이 돌대가리들은 자기들 복무규정 준수에는 얼마나 충실한 놈들인가!

임무수행 중인 KGB 대령을 간섭하는 육군소령은 있을 수 없었다. 토프치와 스크보르쵸프, 그리고 요원 둘이 당직 장교와 함께 엘리베이터를 타고 7층으로 올라갔다. 그리고 소령을 따라 흰색 벽면의 긴 통로를 지나 보좌관실로 들어갔는데, 그곳은 가죽으로 싼 '베리야의 문'이 사샤의 집무실을 막고 있었다. 바깥의 비서실에 또 다른 소령이 앉아 있다가 토프치가 들어가자 차렷 자세로 일어섰다. 그리고는 사샤의 집무실 문을 노크했다.

"들어오라."

안에서 사샤의 목소리가 울렸다. 문이 열리고 문턱을 넘어 안으로 들어가면서 토프치는 피의자가 책상 위에 김이 오르는 커피 잔을 놓고, 의자에 기대어 축 늘어져 앉아 있는 것을 보았다. 집무실에는 라디오가 켜져 있었고, 사샤가 영국의 BBC 월드뉴스를 듣는 것을 알고는 놀랍고도 기뻤다. 한 가지 혐의가 더 추가되는 것이었다.

"아, 대령," 사샤가 그를 맞이하며 인사를 했다. "보안위원회 동지들이 이렇게 새벽 일찍 일어난 것을 보니 반갑습니다."

"당신도 일찍 일어난 것 같소."

"소식을 들었으리라고 생각합니다만."

사샤가 말하면서 고개를 라디오로 돌렸다. 서기장의 건강 상태에 관해 모스크바에서는 아직까지 아무런 발표도 없었다. 그러나 서방국가의 보도에는 그가 말기 뇌졸중을 앓고 있고, 후계자에 대한 다툼으로 지도층에서 칼부림이 있었다고 전했다. 〈런던 타블로이드〉는 지난 날 브라질에 숨어 있던 나치 잔당 마르틴 보만을 찾아내 유명해졌는데, 그 신문에 실린 모스크바 발 기사의 내용 중에는 서기장이 쫓겨난 당 간부의 아들에게 총격을 받아 사살되었다는 소문도 들어 있었다.

사샤가 요약해서 말했다.

"내가 의아스럽게 생각하는 것은 서기장이 이미 사망했다고 누가 발설했느냐 하는 것입니다. 당신은 어떻게 생각하시오?"

"그것이 사실이라면 변화가 있을 거요."

토프치는 문 앞에서 망설이고 있었다. 이 기쁨의 순간을 급하게 밀어붙이고 싶지 않아서였다.

"그런데 당신은 모든 뉴스를 BBC로부터 듣는 거요?"

"꼭 그렇지는 않아요. 이따금 '미국의 소리' 방송도 듣지요. 그렇지만 나는 영국 아나운서의 억양을 좋아합니다. 아, 그런데, 자리에 앉지 않겠습니까? 커피 드릴까요? 우리가 드리는 커피는 아주 강한 것뿐이라 죄송합니다만."

그는 주인 행세를 하면서 자신의 커피 잔을 들었다.

토프치는 의자에 몸을 던지면서 스크보르쵸프와 다른 요원들이 그의 등 뒤에서 문을 지키고 있다는 것을 생각하고 자신의 안전에 대해서는 마음을 놓았다.

"아, 아주 좋습니다, 장군." 그가 사샤에게 말을 던졌다. "여기, 당신 앞에서 당신이 주는 커피를 마시는 것 말이오. 당신도 시간을 넉넉히 가지고 천천히 한 모금씩 맛을 보시오. 이게 마지막 커피가 될 테니까."

"무슨 말씀인지 이해가 되지 않는데."

사샤는 아주 느긋하게 앉아서 그의 군복 상의가 걸쳐진 의자 뒤쪽으로 오른팔을 내린 채 흔들거리고 있었다.

"당신을 레포르토포로 연행해 오랜 시간 멋진 대화를 할 거야."

토프치가 말했다.

"나를 체포하겠다는 말이오? 무슨 혐의인지 물어도 되

겠소?"

"법 64조, 조국의 배신, 그 처벌은……."

"그 처벌은 나도 알고 있소."

사샤가 표정 하나 변하지 않고 내뱉었다. 토프치는 극심한 실망감을 느꼈다. 이 자가 왜 반항하지 않고 이렇게 태연한가?

"총살이다." 토프치가 그에게 알려 주었다. "그렇지만 우리 신문에 답변할 때까지는 집행이 유보된다. 원한다면 오늘 밤, 내가 처형할 수도 있고."

말하면서 그의 마카로프 권총 손잡이를 여봐란 듯이 만지작거렸다.

"누구 권한으로 이 체포를 집행하는 것이오?"

사샤가 전혀 동요 없이 물었다. 눈에 띄게 짜증을 내면서 토프치가 영장을 꺼내 책상 위에 던졌다. 빌어먹을, 저 프레오브라젠스키는 어떻게 이토록 태연하게 앉아 있을 수 있는가?

사샤가 왼손으로 영장을 집어 들고 자세히 훑어보더니 천천히 말했다.

"토프치 대령, 당신 지금 실수하는 거야. 이따위 종잇조각은 이 건물 안에서는 아무런 효력이 없어."

이것은 토프치에게 너무나 엄청난 말이어서 고함을 지르며 의자에서 벌떡 일어났다.

"허튼 수작 하지마라! 우리는 너에 대한 물증을 가지고 있어! 이 빌어먹을 것, 지금 우리와 같이 간다, 판파니치!"

토프치가 총을 꺼내면서 스크보르쵸프를 불렀다. 그러나 아무런 반응이 없자 고개를 돌려 뒤를 돌아보았다. 스크보르쵸프는 아직도 문을 막아서고 있었지만 눈알이 튀어 나오고, 혓바닥은 입 밖으로 빠져나왔으며, 널찍한 얼굴은 화를 내는 듯이 홍조에서 자색으로 시퍼렇게 변해 있었다.

군용 야전 전화선인 삐삐선으로 그의 목을 조용하고 능숙하게 조르고 있던 병사가 선을 풀자 스크보르쵸프는 그냥 하나의 덩어리가 되어 털썩 무너졌다.

토프치가 사샤에게로 고개를 돌리자 그 사이에 두 번째 병사가 뒷문을 통해 조용히 나타나 자신을 향해 자동소총을 겨냥하고 있었다. 토프치는 횡설수설 양치질하는 소리를 내면서 기가 죽었다.

"그의 총을 회수하라." 사샤가 경호원에게 명령했다. "다른 자들도 처리하라. 이 자는 내가 직접 처리하겠다."

사샤는 의자에 걸쳐진 군복 상의 주머니에서 오른손을 꺼내더니 P-6권총으로 토프치의 가슴을 겨냥했다.

"당신이 이럴 수는 없어."

그들 두 사람만 남게 되자 토프치가 다시 버둥거렸다.

"그 말은 이 자리에 어울리지 않는다."

"무슨 말인가, 빌어먹을?"

"모두 설명하자면 너무 길다."

사샤가 권총의 안전장치를 풀었다. 그의 어조는 변함이 없었고 완전히 초연한 목소리였다. 그런 어조는 스크보르쵸프가 당하는 장면에서 받은 충격과 공포를 뛰어넘어 토프치에게 너는 이제 죽은 자라는 것을 말해주는 것이었다.

토프치는 얼굴에서 핏기가 싹 사라지면서 사샤로부터 멀어지려고 어깨를 활처럼 구부렸다. 바닷가의 게처럼 옆걸음으로 도망치는 토프치의 안색은 더 늙고 창백해 보였다.

"돌아서라." 사샤가 냉정하게 말했다. "네놈이 내 아버지를 살해한 것처럼 등 뒤에서 쏘고 싶지는 않다."

토프치가 돌아서는데 그의 공포는 호기심과 뒤섞였다.

"네 아버지라고? 그게 무슨 말이냐?"

"네놈이 똑똑히 기억하고 있을 것이다. 동 프러시아에서 있었던 사건이다. 몇 년이 지난 후, 네놈이 강제노동수용소에서 어떤 사람을 죽였는데, 그 사람이 네놈이 한 짓을 목격했기 때문이다."

"이런 일은 도저히 있을 수 없는 일이다."

토프치가 입을 딱 벌리고 그를 쳐다보았다.

"네놈이 수용소에서 살해한 사람은 포병중위 이바노프였다. 그리고 네가 동 프러시아에서 권총을 쏘아 피를 싸늘하게 만든 그 분, 포병대위 세르게이 미하일로비치 프레오브라젠스키는 소련의 영웅이셨다."

"당신 아버지라고?" 토프치가 손으로 얼굴을 비볐다. "당신을 어디선가 본 적이 있다고 생각했다. 언제부터 알고 있었나?"

"어릴 때부터, 내 인생 전부에 걸쳐!"

"그들이 전부를 다 말해줄 수는 없었을 텐데."

토프치는 빈틈을 발견하고, 그 틈으로 빠져나가 보려고 안간힘을 썼다.

"당신 아버지는 훌륭한 장교였다. 그것은 커다란 실수였고, 그런 착오는 전쟁터에서 일어날 수 있는 것이었다. 사람들의 신경은 예민해져 있었고 이성의 한계를 벗어나기도 했다. 전방 일선에서의 상황이 어떤지, 경험하지 못한 사람들은 상상할 수도 없을 것이다."

"네놈이 최전방 일선에 직면한 것은 너의 일생에서 이것이 처음일 것이다."

그의 말은 못이 관 뚜껑을 파고 들어가듯이 분명하고 용서가 없었다. 지체하지 않고 사샤는 오른팔을 쭉 뻗어 권총으로 토프치의 미간을 조준하고 왼팔은 뒤쪽으로 접는 것이, 마치 결투시합이라도 하는 자세였다.

마지막 순간, 토프치가 옆으로 급히 피하는 바람에 총알은 약간 빗나가 오른쪽 눈을 관통했다. 쓰러지면서 그의 머리통이 폭발했고, 피와 뇌가 튀어 그의 뒤편 벽을 더럽혔다. 그 벽 위에는 이전에 서기장의 초상화가 걸려 있었다.

사샤는 죽은 토프치의 몸을 밟고 넘어가면서 평생 짊어지고 있던 멍에를 벗어던진 듯 홀가분함을 느꼈다. 문을 열어젖히고 부관에게 말했다.

"원수의 집무실로 옮긴다. 이 전쟁이 끝날 때까지 그곳에 있겠다."

제**9**장

쿠데타, 불시의 일격

그런 사건이 발생한다는 것은 불가능하고,
그러므로 그 쪽으로는 주의를 기울일 필요가 없다고 생각하는 바로
그 순간이 사건이 발생하는 찰나가 되는 것이다.

─페트로 그리고렌코 장군

1.

모스크바 도시철도의 모든 노선은 수레바퀴의 살처럼 수도의 중심부로 향하고 있다. 새벽 5시 30분, 전철 차량운행이 시작될 무렵 자이체프의 선발대가 공항 북쪽의 보드니스타디움과 소콜니키 지하철역에 2명 또는 3명씩 도착하기 시작했다.

날씨도 그들 편이었다. 겨울의 냉기가 공기를 물어뜯고 있어서 외출할 때 오버코트나 파카를 입는 것은 당연했고, 이런 두꺼운 겉옷은 대원들이 휴대장비를 숨기기에 용이한 수단이 되었다. 휴대장비는 말리시 소형 기관총, P-6권총, 대검, 마그네슘 수류탄 등이었다.

6시 2~3분 전에 오를로프가 제르진스키 지하철역에 도착해 키로바 거리 저편에서 보행자 전용 지하도에 나타났다. 원형교차로의 중심에는 '철의 펠릭스'로 불리는 제르젠스키의 동상이 서있고, 동상 뒤편은 한때 러시아보험회사가 입주해 있던 회색의 석조 건물이 서있었다. 그 건물이 KGB 본부였다.

거리는 거의 비어 있었고, 루비얀카 정문 주변에서 어슬렁거리는 사복 차림의 KGB 경비원을 식별해내는 것은 그리 어려운 일이 아니었다. 이 경비원들은 KGB 제9국 소속으로 모두 건장한 체격에 딱딱한 표정을 하고 있었다. 오를로프는 건물 전면에서 두 명을 찾아내고 인근에서 세 번째 놈을 확인했다. 신청사 뒤편과 주위에는 더 많은 경비원이 있을 것이다. 신청사는 원래 제2국이 사용하기 위해 신축된 것이었다.

오를로프는 포장도로를 따라 천천히 걸으면서 자신의 부대원들이 제 위치에 서있는지 확인했다. 부하 둘은 어린이용 백화점인 데츠키 미르의 창문을 들여다보고 있었고, 다른 대원들은 마르크스 거리를 따라 한가롭게 걷고 있었다. 그들은 몇 구역 떨어진 스베르들로바 전철역에 도착한 첫 번째 그룹이었다.

오를로프는 그의 굵은 팔목에 찬 오래된 시계를 흘깃 쳐다보고는 걸음을 계속해, 제르진스키 거리에서 갈라지는 곳에 이르렀다. KGB 바로 옆에 있는 가스트로놈 마트 앞에는 사람들의 줄이 아직 시작되지 않았다. 그 마트는 식품 질이 좋은 것으로 알려져 있었고, 오전 8시에 문을 열어 한 시간 반이 지나면 모든 선반이 깨끗이 빈다는 곳이었다. 오를로프는 그 마트 밖에서 어슬렁거리는 두 명의 스페츠나츠 대원을 별 관심 없이 흘깃 쳐다보았다. 광장에 있는 KGB 경비원들은 느긋해 보였다.

오를로프가 루비얀카를 향해 다시 돌아가면서 바라보니 경비원 하나가 동상 청소하는 여자에게 농담을 하고 있었다. 경비원의 주요 임무는 테러 공격으로부터 건물을 방어하는 것이었지만 그 건물로 들어가려고 시도한 자는 이제까지 아무도 없었다. 우크라이나 출신, 크리미안 타타르, 출국 금지된 유태인 등이 주요 관찰 대상이었지만 지금까지는 조용했다.

사람들이 기억하는 가장 유사한 테러 공격은 1976년 술 취한 아르메니안이 샴페인 병을 창문으로 던진 사건이었다. 그 병은 당직 장교의 책상 위에 깨지지 않고 떨어졌는데, 그 장교는 놀라기는 했겠지만 아마도 고마워했을 것이다.

그때 오를로프는 자기가 기다리던 것을 보았다. 대형 녹색 군용 앰뷸런스가 흰색 원형 바탕에 붉은 색 십자 마크를 하고, 키로바 거리에서 소리를 내며 올라오고 있었다.

대령이 손목시계를 들어 귀에다 댔다. 이는 마치 시계가 정지되어 있는지 확인하는 것처럼 보였는데, 이 신호를 본 대원들은 각자의 위치로 움직이기 시작했다. 오를로프는 루비얀카의 옆으로 돌아 6번 정문으로 걸어갔다. 이 문은 제1 국장과 국경경비대장 전용으로 지정된 두 개의 문 중 하나였다.

그는 KGB 경비원 앞에 잠시 멈추었고, 경비원은 그를 바라보았으나 말은 하지 않았다. 경비원은 관광객들을 닭 쫓듯 쫓아내지 말라는 지시를 받았는데, 이는 국가보안위원회의 이미지를 보호하기 위한 조치였다.

"담배 한 대 피우시겠소?"

오를로프가 아주 쾌활한 목소리로 물었다. 경비원이 사양하는 말을 하려는 동시에 오를로프가 머리 동맥을 겨냥해 턱 옆에 일격을 가하자 그대로 나가떨어졌다. 두 번째 경비원이 무슨 일인가 싶어 돌아보는데 그가 무어라고 말도 꺼내기 전에 오를로프의 부하가 목에 대검을 꽂아 버렸다.

그 칼은 스페츠나츠 대검이라 하여 아주 교묘한 무기였다. 스위치를 누르면 칼날이 화살처럼 발사되어 몇 야드 떨어진 목표물에 정확하게 꽂히는 것이었다. 오를로프가 그 대검에 대해 설명해 주지 않아서 대원들은 그 것을 프랑스 대검이라고 불렀다. 원산지가 어디든 그것은 이미 토착화된 스페츠나츠 무기가 되었다.

앰뷸런스는 블라소프가 여러 시간 전부터 당직을 보고 있는 코딘스크 공군기지에서 빌려 온 것으로, 도로 가장자리 경계석에 대놓고 첫 번째 시신이 뒤쪽으로 실렸다. 차량이 루비얀카를 천천히 선회하면서 뒤편의 급한 각도로 굽은 길을 나올 즈음에는 KGB 경비원들의 시신이 통나무처럼 잔뜩 쌓여 있었다.

임무가 완료되자 운전기사는 코딘스크로 돌아갔고, 도중에 그 군용차량을 방해하는 자는 아무도 없었다. 경적을 울리는 자도 없었고 이른 아침 차량 흐름의 소음만 있을 뿐이었다. 이것은 그 도시가 기지개를 켜고 잠에서 완전히 깨어났다는 신음소리였다.

부하 두 명이 밀착해 뒤를 따르는 가운데 오를로프는 자기 집에 들어가듯이 루비얀카 정면의 높은 이중문을 통과해 들어갔다. 동시에 다른 분대도 2번 출입문을 제외한 나머지 모든 출입문으로 달려들었다. 2번 출입문은 영구적으로 폐쇄되어 있었다. 어떤 문은 잠겨 있었지만 그럴 경우를 대비해 모든 문을 열 수 있는 마스터키를 미리 준비했다.

정문 안쪽에 조그만 초소가 있는데, 그곳은 두 번째 문 앞에 작은 유리창이 달려 있고, 그 안쪽에서 정복 경비원들이 건물로 들어가려는 사람들을 창문으로 내다보았다.

오를로프가 유리창 뒤에 있는 경비원에게 고개를 끄덕이며 문을 밀어 열고, '안녕하세요'라고 정중히 인사했다. 신분증을 꺼내려는 듯이 코트 안으로 손을 넣더니 신분증 대신

방음 장치가 달린 P-6권총을 꺼내 경비원의 얼굴을 향해 방아쇠를 당기자 커다란 몸이 책상 너머로 쿵 떨어졌다. 총알이 관통한 머리 뒤쪽으로는 흉측하게 찢어진 별 모양의 구멍이 생겼다. 현관에서 떨어져 숙소에서 잠을 자고 있던 나머지 경비원들을 처리하는 데에도 그리 오랜 시간이 걸리지 않았다.

스페츠나츠 대원 하나가 죽은 경비원의 몸에서 KGB 정복을 벗겨냈다. 재킷의 팔 아래가 너무 조였지만 핏자국은 보이지 않았다. 정복을 입은 그가 죽은 경비원을 대신해 정문의 그 자리에 앉았다. 이와 비슷한 유형의 진입 작전은 다른 출입문에서도 별 저항 없이 진행되었다.

오를로프는 소수의 특수 팀을 지하실로 보내 점령하도록 했다. 지하실에는 KGB 배전판과 통신센터가 위치해 있었다. 이른 아침 그 시각에 통신사 둘이 당직을 서고 있었지만 누구에게도 경보를 울릴 시간이 주어지지 않았다. 군 기술병이 곧바로 당직을 인수했다.

다른 팀은 안쪽 문을 돌파해 루비얀카 안의 정원으로 진입했다. KGB 본부 근무자들은 그 정원을 '우물'이라고 불렀다. 우물은 사방이 꽉 막힌 장소로, 예조프, 야고타, 베리아와 같은 스탈린 대숙청의 수많은 희생자들에게는 지옥의 로

비였다. 작은 길로 나가는 거대한 철문에 서있던 보초병도 신속하게 제거되었다.

4층에 있는 국가보안위원회 의장 집무실을 점령하는 영예는 젊은 중위 미하일로프에게 돌아갔다. 넓은 집무실 바닥은 동양 융단에 벽은 마호가니 패널로 되어 있고, 루비얀카의 고대와 현대 부문을 보여주는 장식으로 되어 있었다.

미하일로프는 벽에서 제르젠스키와 서기장의 초상화를 떼어내고, 의장의 전용금고를 부수어 열었다. 2명 1조로 된 분대들이 루비얀카의 복도를 배회하고 있었다. 모든 복도가 착각할 만큼 비슷했다.

벽에는 오크나무와 비슷한 색의 페인트가 칠해져 있고, 조각나무 바닥은 리놀륨으로 덮여 있는데 닳아 해져 있었으며, 노란색 계통이 더러워져 갈색으로 변해 있었다. 불빛은 금속 막대에 매달린 커다란 백색 전구에서 흘러내리고 있었다.

모든 사무실이 동일한 형태였고, 페인트도 동일한 색상으로 약한 청색 위에 흰색으로 덧칠해졌으며, 표준비품 이외에는 텅 비어 있었다. 표준비품이란 서류작업용 책상, 커다란 철제 금고로 야간에는 잠겨 왁스로 봉인되는 것이었다. 부서장들의 사무실에는 회의용 긴 테이블이 있었다.

오를로프는 자기가 가야할 곳을 정확히 알고 있었다. 사령관 자이체프와 열두 번 이상이나 설계도를 검토했던 것이다. 그는 왼쪽으로 돌아 두꺼운 철문이 달린 엘리베이터를 지나 넓은 계단을 두 계단씩 뛰어 올라갔다. 자이체프는 그에게 특별임무를 맡겼는데, 그것은 제3국의 기록물을 확보하는 것이었다. 특히 군 내부에 잠입해 있는 KGB 스파이들의 목록이 중요했다. 그가 부여 받은 또 다른 임무는 펠릭스 니콜스키라는 체키스트를 만날 수도 있는데, 어떠한 상황에서도 그를 다치게 해서는 안 된다는 것이었다.

2층에 있는 제3국은 KGB 본부의 다른 어느 부서보다 일찍 깨어 일어난 듯 했다. 오를로프 조는 당직 장교의 제지를 받자 곧바로 사살해 버렸다. 그러자 두 번째 당직 장교가 복도 끝의 문에서 뛰어나오며 여러 발의 권총을 발사했다. 오를로프는 몸을 굴려 등을 벽에 붙였다. 뒤를 따르던 부하가 숨을 가쁘게 몰아쉬었다. 팔꿈치에 관통상을 입은 것이다. 오를로프가 낮게 욕지거리를 뱉었다. 이 건물에서 경비요원 이외에는 무장한 자가 없을 것이라고 들었다.

1979년 이전에는 KGB 본부 장교들은 개인화기를 금고에 보관하는 것이 허용되었다. 그런데 어떤 KGB 장교가 권총을 집으로 가지고 가서 자기 아내와 그녀의 정부를 쏘아 죽였다. 그 이후 새로운 규정이 나왔지만, 제3국에는 적용되지 않았던 모양이다. 오를로프가 팔꿈치에 부상을 입은 부하를 돌아보았다.

"그것을 다오."

그가 마리시 기관총을 잡으면서 쉿 소리를 냈다. 그리고 그 분대의 세 번째 대원에게 손짓하며 속삭였다.

"다른 길로 돌아가라. 양쪽에서 공격하자."

권총과 비슷한 소형 기관총을 집어 들자 오를로프는 몸을 낮추고 복도를 따라 지그재그로 뛰어갔다. 복도 끝에서 그림자를 보고는 짧게 한 방을 쏘았다.

그리고는 문이 쾅하고 닫히는 소리를 들었다. 그런데 전혀 예기치 못한 일이 발생했다. 어떤 여자가 비명을 지르더니 금방 숨이라도 넘어 가듯이 격렬하게 소리 내어 울기 시작하는 것이었다. 그 울음소리는 구석진 곳의 커다란 사무실에서 들려왔는데, 오를로프의 짐작에 그 사무실은 제3국장이나 고위간부가 사용하는 곳으로 생각되었다. 그는 세 번째 대원이 복도 끝에서 그에게로 뛰어올 때까지 기다렸다.

두 사람은 사무실 문 양쪽 벽에 등을 기댄 채 잠시 기다렸다. 그런 다음 오를로프가 신호를 했다.

"들어가자."

스페츠나츠 특공대, 사병 출신의 강인한 지휘관으로서 아프가니스탄 전투에서 적 20명 이상을 사살해 용맹을 떨친 오를로프는 앞으로 뛰어들며 군화발로 문을 차서 열었다. 즉시 배를 바닥에 깔고는 사무실 안쪽으로 화력을 쏟아 부었다. 사람의 키보다 몇 인치 위쪽이었다. 이렇게 함으로써 사람은 다치거나 죽이지 않고 저항감각만을 마비시키는 공격이었고, 그런 다음 실내에서 진행되는 상황에 대처를 하는 것이었다.

오를로프가 앞으로 돌진해 그들 뒤쪽으로 다가갔다. 사무실에는 네 명이 있는데 하나는 발가벗긴 채 의자에 묶여 있고, 두 번째 포로는 여자였다. 복도에서 대항하던 당직 장교는 싸울만한 심장이 아니었던지 총을 버리고 신경질적으로 손을 들었다. 오를로프의 시선은 사무실 끝에 있는 자에게로 옮겨갔다.

처음에는 후르체프 소령의 불룩한 두개골만 보였으나 그가 책상 뒤에서 고개를 들자 앞이마로 내려온 머리카락이 희미하게 보였다. 후르체프는 한 손에 전화기를 들고 있었고, 다른 손은 보이지 않았다. 오를로프가 고함을 질렀다.

"일어섯! 손을 목 뒤로 올리고!"

후르체프는 그의 명령에 순응하듯이 서서히 움직이더니

책상 옆으로 미끄러지는 것이었다. 발가벗은 포로가 경고의 고함을 지르면서 자신이 묶인 무거운 의자를 사무실 저편으로 끌고 가려는 듯이 움직였다. 오를로프는 후르체프의 권총을 보자마자 발사했는데 후르체프의 동작보다 빠르지 못했다. 그런데 후르체프의 조준 목표는 스페츠나츠 군인이 아니라 묶인 남자 포로였다.

오를로프의 마리시 기관총이 그 소령의 가슴에 누더기 같은 대각선 모양의 바늘땀을 수놓았는데, 마치 그가 가시 철망에 걸려 있는 듯 했다. 후르체프는 물이 배수구로 빠지는 듯한 소리를 내면서 죽었다.

오를로프가 포로에게 달려가자 의자에 묶인 채 옆으로 쓰러져 있었다. 열려있는 상처에서 뽕나무 열매인 오디 같이 짙은 색의 피가 주먹만 한 크기로 쏟아져 바닥으로 퍼져나갔다. 오를로프는 전에도 그와 같은 부상을 입은 사람을 여러 번 본 적이 있어서 그런 상태는 극복하지 못한다는 것을 잘 알고 있었다.

"당신 누구요?"

죽어가는 사람의 귀에 입을 누르듯이 대고 물었다. 그는 이미 말문을 닫은 듯 했다. 오를로프는 대검을 꺼내 묶은 끈을 조심스럽게 자르고 포로의 등을 평평한 바닥에 눕혔다.

"당신은 누구야?"

그는 여자 포로에게도 똑 같은 질문을 했고, 그녀는 외국인 이름을 딱딱한 억양의 러시아어로 대답했다.

"미국인이야?"

그녀는 고개를 끄덕이면서 자기 역시 풀어주기를 기다리고 있었다.

"저 사람은 뭐야?"

오를로프는 바닥에 누워있는 사람을 어깨로 가르키며 물었다.

"그들이 펠릭스라고 부르는 소리를 들었어요. 그의 옷이 옆 사무실에 있을 거예요."

오를로프의 부하가 가더니 니콜스키의 KGB 신분증을 가지고 돌아왔다.

"저 사람이 나를 도우려 했어요."

엘레인이 중얼거렸다.

"모를 일이군."

오를로프가 혀를 차자 그녀는 신음소리를 내면서 말했다.

"이것 좀 어떻게 해 주시겠어요?"

포승줄 안에 있는 발목과 손목을 비틀면서 오를로프를 바라보았다. 오를로프가 잘라내고 풀어주자 그녀는 일어서려고 했지만 다리가 마비된 듯 했다. 혈액순환이 이루어지자 그녀는 찌르는 듯한 고통을 느꼈다. 오를로프가 그녀의 팔을 잡고 부축해 주었다. 잠시 동안 그녀는 그가 니콜스키라고 생각했다. 얼굴이 연속적으로 흐릿하게 보이는 것이었다. 오를로프는 그녀가 절뚝거리며 걸어가도록 놓아두었다. 그녀는 죽어가고 있는 니콜스키에게 허리를 굽히더니 머리를 쓰다듬는 것이었다.

오를로프는 이 미국인 여자에 대해서는 지시 받은 바가 없었다. 그렇지만 이 여자는 니콜스키와 연관되어 있었고, 그는 니콜스키를 보호하라는 명령을 받았으니 자이체프가 올 때까지 여자를 붙잡아 두어야 했다. 그가 결정하리라.

바닥에 누워 있는 사람으로부터 전율할 듯한 소리가 터져 나왔다. 그 소리는 벽에 붙은 오래된 냉장고 문을 쾅하고 닫는 소리와 같았다.

"의사를 데려올 수 있어요?"

여자가 물었다.

"너무 늦었소."

오를로프가 대답하면서 생각했다.

'저 불쌍한 사람을 쏘아 주는 게 더 편안하게 보내는 것인데.'

"어떻게 좀 해봐요." 그녀는 원망스럽다는 듯이 말했다.

"이 사람이 죽었다고 생각하면 안 돼요."

눈물이 그녀의 볼을 따라 흘러내려 니콜스키의 이마에 떨어졌다.

"그가 아무런 고통도 느끼지 않기를 바랄 뿐이오."

*

니콜스키는 이런 대화를 들을 수 없었다. 그는 이미 혼수상태에 있었기 때문이다. 몸의 어느 부분에서 날카롭게 인두로 지지는 듯한 통증을 느꼈지만 그것은 순간이었고, 그에게 찾아온 것은 어느 넓은 강, 아마 모스크바 서쪽을 흐르는 드네프르 강 위에 등을 대고 반듯이 누워 햇살이 눈부시게 비치는 바다로 떠내려가고 있는 듯한 느낌이었다.

강의 제방은 토프치 사무실의 벽과 유사했지만 강물의 폭이 넓어지면서 바깥쪽으로는 쭉 뻗어 있었고, 뒤쪽으로는 아득하게 멀어지고 있었다.

그런 다음 그를 이동시켜 가는 것은 더 이상 강물의 흐름이 아니고 음악의 율동이었으며 아득한 제방은 거대한 콘서트 홀의 벽이 되었고, 그 안에서 모스크바 심포니 오케스트라가 공연준비를 하면서 악기들을 조율하고 있었다. 니콜스키는 지휘자가 지휘봉을 들어 올리는 모습을 보았다. 그런데 그 지휘자가 멈추고 돌아서더니 첫 번째 줄에 앉아있는 니콜스키를 쳐다보는 것이었다. 그리고는 무슨 영문인지 지휘자가 하얀 머리에 검정 타이를 맨 남자가 아니고 황홀한 집시가수였다.

그는 그 가수가 누구인지 알고 있다는 느낌이 들었다. 물론이었다. 그녀는 집시가 아니고 마야, 마야 아스키에로바였다. 그녀가 굽어보면서 미소를 지었고, 칠흑 같은 검은 머리가 흘러내려 얼굴을 가리면서 텐트처럼 자기를 감싸주고 있었다. 오케스트라가 요란하게 집시 멜로디를 연주하고 그녀는 가슴이 터질듯이 노래를 불렀다. 그녀의 목소리는 매처럼 솟구치다가 급강하하면서 자기를 들썩이게 했다. 그런 다음 그녀는 고개 숙여 인사하고는 무대 뒤로 물러났고, 그도 그녀를 따라가고 싶어 일어섰다.

그때 누군가 뒤에서 그의 어깨를 톡톡 두드리는 사람이 있어 돌아보니 부드럽고 파란 눈을 가진 할머니가 보이는 것이었다. 그는 할머니가 그 홀에 있을 리 없다는 것을 알고 있었다. 할머니는 오래전에 돌아가셨기 때문이다. 할머니는 친절하셨지만 고집도 강한 분이셨다. 할머니가 그를 부르고 있었다.

"펠릭스야, 모두가 우리를 기다리고 있단다. 더 이상 이곳에 머물러 있을 수가 없단다."

그가 보챘다.

"그렇지만 할머니, 저 여자에게 해야 할 말이 있어요."

"얘야, 너무 늦었단다. 우리는 지금 가야 해. 보아라, 여기 그룹첸코 씨도 있지 않느냐?"

정말로 그곳에는 작지만 둥글고 환한 얼굴이 있었다. 도대체 그가 어디에서 나타났단 말인가?

"약간의 불법적인 것이 있었지."

그가 말했다. 할머니가 그의 소매를 잡아당기자 저항할 수 없는 역류처럼 강하고 유연한 움직임으로 끌려갔다. 콘서트 홀의 벽이 아득히 멀어지면서 사라졌고, 음악소리도 멀리 흡수되어 버렸다. 집시가수의 모습도 점점 더 희미해졌고, 마침내 그 가수와 오케스트라, 그리고 콘서트 홀이 압축되더니 하나의 떨어지는 빛으로 변하는 것이었다.

*

오를로프가 손으로 엘레인의 어깨를 잡고 부드럽게 그녀를 니콜스키에게서 끌어냈다.

"그는 갔소."

"당신은 누구에요?"

엘레인이 작은 소리로 물었다.

"오를로프."

그가 약간 고개를 숙이면서 대답했다.

"KGB는 아니란 말이에요?"

"나는 소련 육군 중령이오."

오를로프가 으쓱하면서 말했다.

"무슨 일인지 알 수가 없군요."

"그 무엇도 이야기해줄 수 없소. 걱정하지 마시오. 곧 밝혀질 것이니."

그녀는 사샤에 대해 묻고 싶었으나 이 냉혹하고 입이 무거운 사복차림의 군인을 어디까지 믿어야 할지 알 수 없었다. 이 사람은 자기로서는 전혀 짐작조차 할 수 없는 이유로 무기를 들고 KGB 본부를 침입해 들어왔던 것이다.

전화가 울렸다. 그것은 KGB 스위치보드를 통한 일반전화가 아니라 특수회로 전화였다. 오를로프가 전화기를 응시하는데 마치 정체불명의 동물을 보는 듯 했다.

"토프치."

엘레인이 입을 열자 오를로프는 같은 시선으로 그녀를 돌아보았다.

"토프치 대령, 이곳은 그놈 사무실이에요."

그녀가 자세히 말해 주었다. 그리고는 다시 훌쩍이며 우는데, 토프치가 책상 서랍을 밀어붙일 때의 모습을 떠올리며 그날 밤의 공포를 지우려 했다. 그녀는 현기증 같은 것을 느끼며 벼랑 끝에서 흔들리고 있는 듯 했다.

오를로프가 뺨을 찰싹 때리자 따끔한 감각에 제 정신으로 돌아왔다.

"조용히 해요!"

대령의 말에 그녀는 고개를 끄덕였다. 전화벨은 아직도 울리고 있었고, 오를로프가 수화기를 들었다.

"당직 장교입니다."

그가 대답했다.

"토프치 대령을 대라."

전화선 저쪽의 목소리는 굵고 낭랑한 게 귀에 익었다. 오를로프는 며칠 전 TV로 방영된 그의 연설을 기억하고 있었다. 그 목소리를 확인하고 보고했다.

"토프치 대령께서는 공무로 바깥의 먼 곳에 계십니다. 전해드릴 메시지를 제가 받아도 되겠습니까?"

"아니다."

그렇게 말하고는 전화를 끊었다. 오를로프는 미국인 여자를 쳐다보며 왜 아스키에로프 총리가 이른 아침 6시 30분에 KGB 대령에게 전화를 했는지 의아스러웠다.

2.

카프로프에서 모스크바 중심지까지는 정상적인 교통흐름에서 차로 4시간 내외가 걸리는 거리였다. 정확히 오전 1시가 지나자 자이체프는 스페츠나츠 여단의 절반 병력인 500명을 인솔하고 기지를 출발했다. 500명은 12대의 우랄 병력 수송차에 나뉘어 빼곡히 끼어 앉았다. 구름을 통해 보이는 달은 거의 보름달이었고, 첫눈이 내리는 것과 같은 하얀 가루 같은 달빛이 소나무 위에 모래조각처럼 내리고 있었다.

자이체프는 그 대열의 선도 지프에 부관, 통신병과 함께 타고 있었다. 그 부관이 슈코의 시체를 처리했다. 그들은 카프로프 읍내를 관통해 모터사이클과 기관총 생산 공장의 물건을 쌓아 놓은 빅토리아 야적장을 통과했다.

군부대의 야간 기동훈련은 폐쇄된 도시 카프로프에서는 이상할 게 아무것도 없었다. 세 시간 반이 되자 그들 대열은 교통경찰의 외곽 검문소를 피해 볼로코람스키 쇼세의 모스크바 링 로드를 통과했다.

모스크바 출신이 아닌 자이체프는 레닌그라드 프로스팩트로 가는 갈림 길에서 바른 길을 찾기 위해 모스크바 노선 지도를 확인해야 했다. 그러다 코딘스크 공군기지가 가까워지자 눈에 익은 표지판을 보았다. GRU 본부와 공항 입구는 경비가 삼엄했고, 자이체프의 호위군단은 처음으로 제지를 당했다.

검문소 당직 장교는 참모총장 서명으로 발행된 명령서에 만족하지 않고, 전화로 확인하러 가서 그들은 기다려야만 했다. 초병 하나가 지프의 뒤를 돌아 순찰을 하면서 통신장비와 방수포 아래 적당히 덮어 숨겨 놓은 중기관총을 이상하다는 표정으로 쳐다보았다. 자이체프는 자기 부하들이 예민해지는 것을 눈치 챘고, 중위가 손을 내려 칼라시니코프 자동소총을 움켜쥐는 것을 보았다.

"진정하라."

그가 나지막하게 명령했다. 당직 장교가 돌아오더니 더욱 정중한 태도로 말했다.

"블라소프 장군께서 여러분을 기다리고 계십니다."

그는 초병에게 옆으로 비켜서라는 몸짓을 하고는 지프 옆자리에 올라타고 자신이 직접 GRU 건물을 옆으로 돌아 주차장으로 그들을 인도했다. 주차장은 활주로 가장자리에 있었다.

*

사샤는 조토프 원수 집무실 책상에 홀로 앉아 오늘 아침

이 시각에 얼마나 많은 모스크바 시민이 잠에서 깨어 일어나 있을까 생각했다. 권총 방아쇠를 당겨 토프치를 처리한 이후로 의무감과 속박에서 벗어난 해방감을 느꼈고, 속이 후련하다는 기분까지 들었다.

더 이상 망설이거나 주저할 여지는 없었다. 이 상황이 그를 어디로 이끌고 가든지 그가 가야할 방향은 정해져 있었다. 이전의 자기 존재로 되돌아가는 것은 발사된 총알이 총구로 되돌아가는 것보다도 불가능한 일이었다.

아직도 그를 괴롭히는 의문들이 있었다. 왜 토프치가 오늘 새벽에 이곳으로 자기를 찾아왔을까? 그에게는 자살행위나 다름없는 행동이었다. 토프치는 절대 단독으로 행동하는 자가 아니었다. 누가 그의 체포영장을 승인했을까? 토프치의 심복인 니콜스키는 왜 자기에게 경고해주지 않았단 말인가? 그가 배신이라도 한 것일까?

니콜스키가 즐겨 부르던 비소츠키의 노래 한 구절이 그의 뇌를 스치더니 손이 닿지 않는 곳이 가려운 것처럼 떠나지 않는 것이었다.

'높게 비상하는 새를 멈추게 하는 것은 새 자신이지 총알은 아니잖아.'

첫 번째 의문에 대한 답을 추측해 보았다. 토프치의 얼굴에서 의기양양한 표정을 보았고, 그 다음에는 비소트니 돔 근처의 주차장에서 엘레인과 함께 서 있는 자신을 그려 보았다. 그때 놀라움과 눈물이 뒤범벅이 된 그녀가 그들 두 사람의 운명을 손에 쥐고 있었던 것이다. 토프치가 엘레인을 찾아냈음이 분명했다. 원수의 책상 위에 있는 전화기를 응시했다.

그녀의 호텔로 전화해볼까? 그러나 그 전화는 분명히 감청당하고 있었다. 그리고 그녀가 그곳에 없다면 자기가 할 수 있는 것이 무엇이란 말인가? KGB는 어느 곳엔가 그녀를 증인으로, 또는 인질로 잡아 놓았을 것이다. 그곳은 레포르토포나 부테르키가 아니면 루비얀카 안에 있는 자체 감방일 것이다. 그녀가 위험에 처해 있다 해도 지금으로서는 자신의 도움을 받을 수 있는 거리를 벗어난 것이다.

몇 시간이 지나면 그들은 함께 일어서거나 아니면 함께 추락할 것이다. 지금은 기필코 수행해야 할 실제적인 상황이 전개되고 있었다.

*

상황을 루진 장군에게 설명한 것은 콜랴 블라소프였다. 전날까지도 루진은 GRU의 부국장이었고, 그 정보기관에서는 가장 많은 경력을 가진 군인이었다. 오늘부터 그는 국장대행이 되었고, 콜랴는 작전참모가 되었다. 사샤와 같이 콜랴도 준장으로 진급되었다. 사샤와 다른 것은 그가 전 경력을 군 정보기관에서 보냈다는 것이다. 기갑사단의 탱크부대가 처음부터 계속되는 동경의 대상이었는데, 아주 짧긴 했지만 기갑사단에 근무한 적도 있었다.

그러나 서부 아프리카에서 추방당한 이후 콜랴는 거의 전 경력을 본부에서 근무해왔다. 그런 본부 근무가 그의 경력에 아주 해로운 것은 아니었다. 펠릭스와 다른 것은 그도 사샤 조직의 다른 멤버들처럼 아프가니스탄에서 근무한 기간이 있었고, 그곳에서 조직이 뭉치게 될 때 뜻을 함께 하게 되었던 것이다.

사샤와는 가족끼리 만나 마시기도 하고 저녁식사도 같이 했다. 사샤가 콜랴에게 무엇보다 감사하게 생각하는 것은 그들의 결혼을 중매해 주었고, 그로 인해 조토프 원수와 인연을 맺게 해준 것이었다. 말로 표현한 것보다 표현은 하지 않았지만 더 고마운 것은 그들 멤버의 일원이 되었다는 것과 수족관에서 인간관계가 아주 좋기 때문에 특별히 유용하리라는 것을 알았을 때였다.

콜랴는 쿠데타 며칠 전에야 방글라데시에 초대되었다. 그는 즉각적인 지원을 서약했을 뿐 아니라 거사계획 전모를 세밀하게 완성하는 것을 도와주었다. 예를 들면 그가 사샤에게 알려준 것으로, 뉴욕에서 사샤의 보스였던 루진은 조토프 원수를 굉장히 존경하며, KGB에서 넘어온 수족관 국장과는 견원지간이라는 것이었다.

또 하나 그가 강조한 것은 군 정보총국이 있는 수족관은 모스크바의 작전센터로서 아주 놀랄만한 잠재력이 있다는 것이었다. 코딘스크 공군기지는 어느 지역보다 경비가 삼엄하고 은밀하며, 수족관 지하에서 크렘린 지하까지 직통으로 달리는 도시철도가 있다는 것도 가르쳐 주었다.

"나에게 맡겨 두시오."

수족관을 점령하려면 얼마나 많은 병력이 필요하겠느냐고 자이체프가 묻자 콜랴가 해준 대답이었다.

"루진 장군이 우리에게 모든 가능한 협조를 제공할 것이오. 내가 필요한 것은 원수의 서명으로 발행된 작전명령서요. 루진 장군은 그것만 있으면 기꺼이 작전을 수행할 것이오. 내가 이것만은 자신 있게 말할 수 있소."

콜랴는 또 하나의 빛나는 아이디어를 제공했다. 탱크사관학교의 젊은 교장 역시 원수를 존경하고 따르는 장군이라는 것이었다. 그는 쿠르스크 전투에서 조토프와 함께 근무한 적이 있었고, 원수의 친서 한 장만 있으면 그 부대 역시 지원을 다할 것이라는 말이었다.

쓸모없는 사람은 없었다. 맥주 바 쥐굴리의 웨이터이며 니콜스키의 친구인 파우크도 스페츠나츠 팀에 배속되어, 고르키 거리의 거대한 내무성 인근에 위치한 중앙전화국을 접수하는 임무를 맡았다. 파우크는 자기가 애송이 기사 시절에 모질게 대했던 개새끼들 위에 군림하게 된다는 사실에 굉장한 기대를 가지고 있었다. 그것은 쥐굴리에서 술값을 매기는 일보다 훨씬 큰 흥미를 약속해 주는 것이었다.

또 다른 부대들은 국영방송국과 주요 공항 점령의 임무를 맡아 이미 목표물에 접근해, 지정된 시각에 작전에 돌입할 만반의 준비가 되어 있었다. 필요한 모든 목표물을 장악하기에는 그들의 병력이 충분하지 않았다. 그러나 첫 단계 작전이 계획대로만 진행된다면 전부를 다 장악할 필요도 없는 것이었다.

3.

중앙위원회 건물의 맞은 편 공원에는 산책하는 사람이 아무도 없었다. 그곳은 잔디를 밟지 못하게 되어 있었기 때문이다. 그곳의 지형은 언덕의 발치에 있는 세로바 통로에서 올드 스퀘어로 가파르게 솟아 있었다.

그 언덕을 올라가려는 주정뱅이가 여러 번이나 손과 무릎으로 기어서 꼭대기까지 올라갔다. 바싹 마른 낙엽이 그의 발에 걸리는 소리가 뻣뻣한 갈색 종이를 찢는 소리 같았다. 그는 상표가 없는 술병을 품에서 꺼내 한 모금 마셨는데, 아마 집에서 담근 밀주 사모곤인 것 같았다. 그것은 보드카보다 값은 싸지만 훨씬 독한 술이었다.

그리고는 비틀거리며 걸어갔는데, 광장에는 평소보다 많은 내무성 경찰들이 나와 교통정리를 하면서 차들이 중앙위원회 빌딩 정문을 옆으로 돌아가게 하고 있었다. 주정뱅이는 길가에서 순찰하는 경찰에게 다가갔다. 주차장에는 정부 고관들이 주차할 자리 몇 군데만 남기고, 대부분이 고급승용차인 검정색 차이카스로 채워져 있었다.

"한 모금 드시겠소?"

주정뱅이가 권하자 경찰은 씩 웃으며 손가락을 좌우로 흔들었다. 주정뱅이가 물었다.

"설명 좀 해보시오, 경찰나리. 왜 이른 아침에 높으신 분들이 모이는 거죠? 유태인을 감금시킨다는 것이 사실이오?"

경찰이 미소를 지으며 쉿 하고 그를 쫓아 보냈다. 거의 아침 8시가 되었고, 마지막으로 요인용 고급승용차 질의 대열이 서기장 전용 통로를 뱀처럼 돌아 중앙위원회 빌딩 안쪽 L

자 모양의 정원으로 들어섰다. 이곳은 이 도시에서 가장 특별한 주차장이었다. 정문의 초병은 군기가 엄한 크렘린 경비대 소속으로, 모스크바 최고위 요인용 승용차인 질과 롤스로이스만 통과시켰다.

구세인 아스키에로프의 리무진이 마지막으로 도착했다. 평소 온화하고 화사하던 총리의 얼굴은 방금 전 그 주정뱅이의 얼굴만큼이나 잿빛이었다. 그 주정뱅이는 지금 온 내장이 뒤집히는 듯한 요란한 소리로 가래 끓는 기침을 하고 있었다.

총리는 옷깃이 목을 조이기라도 하는 듯 턱 아래의 늘어진 피부를 손으로 비비고 있었다. 그가 불안한 시선으로 사방을 둘러보는데, 서기장 전용 출입문에 배치된 크렘린 경비대와 수수한 사복차림의 신변 경호원들이 관용차 주위를 배회하고 있는 것이 눈에 띄었다.

아직까지도 토프치의 보고가 없어서 그는 잔뜩 긴장하고 있었다. 이미 한 시간 전에 심복에게 토프치를 찾으라고 명령했는데, 아직까지 한 마디도 보고가 없으니 모스크바가 두 사람을 집어삼키기라도 한 듯 했다. 아스키에로프는 루비얀카로 두 번이나 전화를 했지만 토프치는 돌아오지 않았고 그의 심복도 도착하지 않았다는 것이었다.

아스키에로프는 아직도 약속된 물증을 입수하지 못했는데, 그것은 조토프를 CIA의 앞잡이로 몰아 매장시킬 수 있는 것이었다. 갑자기 토프치가 이중 플레이를 하고 있는지도 모른다는 의심이 들었다. 어쩌면 조토프에게 귀띔해 주었을 수도 있다. 그렇다면 조토프는 어떻게 나올까?

총리는 차에서 내리면서 자문했다. 중앙위원회 빌딩의 견고한 벽에 둘러싸이자 조금은 안정감을 느꼈다. 그는 걸음을 빨리해서 지금 막 서기장 전용 문으로 들어가는 땅딸막한 키에 짧은 머리를 한 자를 따라잡았다. 그가 부르자 세르디우크는 멈추어 서서 그가 다가오기를 기다렸다.

"무슨 소식 없소?"

아스키에로프가 숨죽인 목소리로 다급하게 국방장관에게 물었다.

"허락 받지 않은 군부대의 이동 같은 것 말이오?"

"안심하세요." 세르디우크가 그의 팔을 잡았다. "모든 부대는 그대로 있습니다. 모스크바 군구에 내가 직접 확인했습니다."

"타만 경비대는 어떻습니까? 칸테미로프 사단은?"

아스키에로프는 모스크바의 수비를 담당하는 것으로 유명한 이들 사단에 특별한 의구심을 가지고 있었다.

"완전경계 태세를 갖추게 하고 부대 막사에 묶어두었습니다."

국방장관이 그를 안심시켰다.

"코카시안 사단들은 어떻게 되고 있습니까?"

"선발대는," 세르디우크는 금으로 도금된 자신의 롤렉스 시계를 들여다보았다. "아마 지금쯤은 도착해 수송기에서 내리고 있을 것입니다. 후속부대는 오후 중반쯤 3~4시 전후에 도착할 것이고요. 걱정하지 마세요. 도전할 자는 아무도 없습니다. 모스크바는 우리가 장악하고 있습니다."

2층에 이르자 두 사람은 다른 위원들처럼 대기실을 통해 회의실로 곧바로 들어가지 않고, 보좌관실을 통해 서기장의 밀실로 들어갔다.

그곳에 잠시 머물면서 아스키에로프는 세 번째로 토프치와 통화를 시도했다. 이번에는 직통전화 라인에 아무런 응답이 없었다. 윗면이 녹색 펠트로 처리된 커다란 데스크 뒤의 서기장 의자에 앉아서 아스키에로프는 불안함을 느꼈다.

그는 크림색 전화기인 크렘레프카 회선을 집어 들었다. 그는 그 아르메니안과 통화를 하고자 했다. 그는 자신과 토프치, 양쪽을 연결하고 있어서 토프치에게 무슨 일이 있는지 알고 있을 것 같았다. 아스키에로프는 네 자리 숫자를 돌리기 전에 그 크렘레프카 회선이 죽어 있다는 것을 알았다.

"왜 그러십니까?"

총리의 입이 굳어지는 것을 보고 세르디우크가 물었다.

"이거, 당신이 해 보시오."

아스키에로프가 그에게 수화기를 넘겼다. 납득이 안 가는 일이었다. 그 크렘레프카 회선은 네 자리 전화선으로, 승용차 질과 마찬가지로 특권층의 편의를 위해 KGB 기술병에 의해 24시간 운영되는 것이었다. 서기장의 사무실에 앉아 두 사람은 서로를 쳐다보았다.

"체트베리코프를 데려오시오." 아스키에로프가 국방장관에게 명령했다. "누구에게도 말하지 말고."

"무슨 일입니까?" 세르디우크와 함께 돌아온 KGB 의장이 물었다. "모두 기다리고 있습니다."

"조토프 원수도 있습니까?"

"조토프도 물론 왔고요, 그는 깨어있기보다는 졸고 있습니다."

아스키에로프는 신음을 했다. 조토프의 참석은 길조다. 크렘레프카 회선이 죽어 있는 것을 발견한 잠시 동안, 그는 아주 괴상하고 불안한 예감을 경험했다. 그것은 원수가 자신의 계획을 알아채고 선제공격을 감행하고 있는 것이나 아닌지 하는 것이었다. 물론 그것은 말도 안 되는 어리석은 짓이었다.

소련에서 군부는 당의 충실한 손과 발이었다. 조토프가 설마하니 보나파르티스트 경향이 있었던 그의 전임자들에게 무슨 일이 있었는지를 잊지는 않았을 것이다. 자만심이 대단한 주코프는 유고슬라비아를 유람하러 수도를 떠나 있는 동안 비루조프에게 밀려났고, 그 비루조프도 몇 년 후, 그의 비행기 안에서 처참하게 살해되었던 것이다.

어찌되었든 총리는 이성을 되찾았다. 만일 조토프 원수가 음모를 꾸미고 있다면 이 특별한 날 아침 정치국회의에 참석함으로써, 자신을 인질로 제공할 만큼 어리석지는 않을 것이기 때문이었다.

"무슨 일인지 알아보시오."

총리가 체트베리코프에게 지시를 하자 그는 가족과 자신의 개인용으로 지정되어 있는 백색전화로 집에 있는 부관을 불렀다. 5분쯤 지나자 KGB 의장은 돌아와서 기술적인 문제가 있다는 이야기를 했고, 한 시간 이내로 수리될 것이라고 했다.

"그럼 되었지요?" 국방장관이 아스키에로프를 재촉했다. "망설일 게 뭐 있습니까? 밀어붙입시다."

아스키에로프의 정적들이 경악하는 소리를 들어보면, 이 자는 위험에 처하게 되었을 때, 미리 그 냄새를 맡은 적이 여러 번 있었다는 것이다. 언제인가 아제르바이잔의 수도 바쿠에서 아스키에로프는 무엇인지 확실히 모르지만 위험 하다는 직관만으로 회의에 참석하지 않았는데, 그 회의실에 는 그에게 돈을 강탈당한 블랙마켓 전주들에게 고용된 자객 이 숨어 그를 기다리고 있었다는 것이다.

지금은 두려워해야 할 이유가 아무것도 없었다. 조토프 가 중앙위원회 회의실에 나타나지 않은 것도 아니고, 자기 가 지시한 대로 투표할 당 관료들이 모여 있고, 그의 명령에 따라 발포할 무장요원들이 곳곳에 배치되어 있는데도, 말로 표현할 수는 없지만 비합리적인 본능이 마치 얼굴에 걸리는 거미줄처럼 그를 뒤로 잡아당기고 있었던 것이다. 이런 느 낌을 세르디우크와 체트베리코프에게 알아듣게 설명할 수 없어서 그가 말했다.

"우리가 모두 준비되었다고는 할 수 없습니다. 내가 약속 한 조토프에 대한 증거 말입니다. 그걸 아직 입수하지 못했 습니다."

"증거는 무슨 얼어 죽을 증거란 말입니까." 체트베리코프 가 콧방귀를 뀌었다. "갑시다, 증거는 후일 찾으면 되지요.

자, 지금 바로 들어갑시다."

회의실로 들어가는 문을 향해 어깨를 내밀면서 그가 계속했다.

"모든 위원들이 저곳에 다 모여 있습니다. 만일 지금 여기서 미룬다면, 그래요, 나 자신부터 후일을 보증할 수 없어요. 조토프는 확실히 무엇인가 꾸미고 있습니다. 그러나 그는 일주일 정도는 여유가 있다고 생각하고 있습니다. 단 하루라도 그에게 시간을 주는 실수를 범해서는 안 될 것이니 지금 바로 잡아야 합니다."

세르디우크가 고개를 크게 끄덕이며 동조했다. 아스키에로프가 서기장의 화장실에 들어갔다 나오면서 한숨을 쉬며 말했다.

"갑시다."

26명의 정치국위원들이 회의실 중앙에 놓인 길고 윤이 나는 목조 테이블에 둘러앉아 있었다. 서기장 전용 출입문 위에는 레닌의 초상화가 걸려 있는데, 그 문을 통해 아스키에로프와 그의 수행원들이 입장했다. 왼쪽으로는 보좌관용 테이블이 있고, 그 위에는 가지각색의 전화기가 놓여 있었다. 두 번째 테이블은 두 명의 여자 속기사용이었다. 그 뒤편으로는 쿠이비세프 거리를 내려다볼 수 있는 높은 창문에 갈색과 황금색 휘장이 둘러져 있었다.

회의실 벽면은 아스키에로프의 눈높이까지는 엷은 색의 목조 패널이고, 그 위에 조화가 되는 페인트칠이 되어 있었다. 벽면을 따라 의자들이 죽 놓여 있는데, 이는 중간 간부들을 위한 것으로 이들은 정치국위원도 아니고 장관급도 아니며, 내각이나 군부의 최고위층에 속하지도 않는 사람들이었다. 아스키에로프가 여기서 결정된 사안이 광범위한 지지를 받았다는 것을 과시하기 위해 불러들인 사람들이었다.

아스키에로프는 비어 있는 서기장 의자 오른쪽에 앉아, 적갈색 가죽 표지의 서류철을 앞에 펴놓았다. 뒤집어진 버섯처럼 천정에 매달린 네 개의 샹들리에에서 내려오는 눈부신 불빛도 테이블 둘레에 앉은 사람들을 돋보이게 하지는 못했다.

아스키에로프는 참석자들의 얼굴을 천천히 둘러보았다. 부서지는 얼음 같은 얼굴, 여러 날 불면의 밤을 지새우면서 짓눌리고 뭉개진 베개 같은 얼굴, 지치고 냉소적인 생존자의 얼굴들이었다. 참석자들 중 가장 젊은 갈라예프까지도 자기 나이보다 훨씬 늙어 보였다. 로마노프의 얼굴은 오늘 아침에는 오렌지색인데 햇볕에 지나치게 태운 탓이었다.

그 회의실에 참석한 사람들 중에 아스키에로프를 좋아하

는 사람은 아무도 없었지만 그를 두려워해야 할 이유는 모두 가지고 있었다. 어떤 자는 도저히 답례를 할 수 없을 만큼 많은 선물을 받고 그의 끈적끈적한 인정의 사슬에 걸려들었고, 또 다른 자는 KGB 의장 체트베리코프 장군의 요시찰 명부에 포함될까 두려워하는 경우도 있었다. 처신을 깨끗이 해온 소수의 사람들도 아스키에로프에 밀착되어 있는 두 사람, 국방장관과 KGB 의장에게 집중되어 있는 권력에 기가 죽어 있었다.

총리의 시선은 조토프 원수에게 건너가 깜박이고 있었다. 원수는 바로 맞은편에 앉아서 눈꺼풀은 닫히고, 손은 넓은 배 위에 포개져 꾸벅꾸벅 졸고 있는 듯 했다. 그 모습이 햇살이 따사로운 양지에서 양을 지키며 졸고 있는 늙은 개처럼 악의가 없어 보였다. 그러나 아스키에로프는 속지 않았다. 조토프야 말로 이 회의실에서 그 힘을 깨뜨려야 할 유일한 강적이었다.

아스키에로프가 회의를 시작했다.

"제가 지금 막 서기장 각하를 뵙고 왔습니다. 각하의 상태가 매우 위중하다는 보고를 드리게 되어 유감입니다. 오직 며칠을 더 가느냐 하는 문제일 뿐입니다. 그러나 각하께서는 영명하시옵게도 조국에 대한 사랑을 말씀하시면서 정치국에 대한 유언을 받아쓰게 하셨는데, 그것을 지금 여러분께 읽어드리고자 합니다. 그 분이 여러분께 전해달라고 저에게 요청한 것은, 이 내용은 단지 우리 모두가 심의할 문제에 대한 참고사항일 뿐이라는 것입니다. 각하의 관심은 이 어려운 시기를 잘 헤쳐 나가 현 체제의 영속성을 유지하는 것입니다. 허락해 주신다면."

그는 말을 중단하고 감히 누가 반대하는지 살펴보았다. 원수가 몸을 약간 뒤척이는 움직임이 있었는데, 눈꺼풀은 조금 열려 있었다. 그는 자세를 바르게 당겨 앉아 자기 시계를 들여다보았다.

'걱정하지 마라.' 아스키에로프가 머릿속으로 그에게 선언했다. *'이제 너는 곧 끝장날 것이니까.'*

물론 유언장에 나타난 서기장의 소망을 어느 정도 자유롭게 해석하는 것은 필요했다. 서기장의 건강 상태는 최근 몇 주 사이에 심하게 악화되었다. 그는 심지어 소변조차 조절하지 못하지만 유언장 하단의 서명은 진짜였고, 바르게 되어 있었다.

*

아스키에로프가 창설한 코카시안 '야전사단' 중 제1여단이 안토노프 수송기로 코카서스에서 모스크바로 수송되어

왔다. 그런데 기장에게는 놀랍게도 모스크바 관제탑은 그들을 코딘스크 공항으로 돌리는 것이었다. 램프가 내려지고 병사들이 내리기 시작했다.

인솔 장교들이 병력을 소대와 중대로 편성하느라 우왕좌왕하고 있는 바로 그때였다. 활주로 근처에 있는 건물에서 대여섯 대의 탱크가 포신을 나란히 하고 나타났다. 탱크들은 각기 제작연대가 다른 것들로 모양도 각양각색이었다. 이 탱크들은 모스크바 탱크사관학교에서 빌려온 것들인데 모델이 여러 종류였다. 그 학교는 수도권 내에서 영구적으로 탱크를 보유하도록 허락된 유일한 군부대였다.

탱크들이 코카시안 여단을 향해 전후좌우로 전진하며 공격 자세를 취하자 그 효과는 아주 극적이었다. 콜랴 블라소프 준장이 장갑차를 타고 다가와 대령인 여단장을 앞으로 불렀다.

"참모총장의 명령으로 귀 여단의 임무를 해제한다. 병사들이 휴대한 무기를 모두 내려놓도록 지시하라."

그가 짤막하게 선언했다. 동시에 탱크들이 일제히 포신을 머리 높이까지 내리는 것이었다. 모스크바로 이동하라는 명령이 처음부터 그들에게는 이해가 되지 않았고, 코카시안 병사들은 탱크와 전투를 벌일 생각은 전혀 없었다. 그들은 휴대한 무기를 무더기로 쌓아놓고, 둘러앉아 담배를 피우면서 이야기를 하다가 근처에 있는 창고 건물로 이동되었다.

코카서스에서 열차로 출발한 주력부대는 모스크바 남쪽 40마일쯤 되는 병참 종착역에서 105공수부대 병력에 의해 저지되고, 참모총장이 발행한 명확한 작전명령서가 하달되었다. 이들 역시 무장 해제되었다. 그들의 사단은 해산되었고, 병사들은 타고 온 열차를 타고 집으로 돌아가도록 허락되었다. 그러나 장교들은 모두 구속되었다.

KGB 직할부대인 제르진스키 사단이 주둔해 있는 모스크바 서남쪽 20마일 지점과 수도 사이의 도로에는 제2공수사단이 포진되어 있었다. 완전히 기계화되고 탱크와 장갑차로 무장된 제르진스키 사단은 이번 쿠데타에서 가장 위협적인 저항부대였다.

코카시안 부대를 코딘스크로 수송한 항공기가 카프로프에서 더 많은 병력을 수도로 수송하는 데에 사용되었다. 수도 경비사단인 칸테미로프와 타만 경비대 사령관은 최고의 경계태세를 갖추고 대기하라는 참모총장의 명령을 받았다.

자이체프는 이번 작전의 가장 핵심적인 역할을 수행하기 위해 여러 가지 제복과 위장복을 착용한 수백 명의 대원을 루비얀카 안에 있는 정원에 집합시켰다.

아스키에로프는 정치국위원들에게 서기장의 유언장이라고 밝힌 문서를 절반쯤 읽었다. 그는 잠시 중단하고 물을 한 잔 마신 후 맹렬한 어조로 다시 읽어나갔다.

"군국주의는 마르크스-레닌주의 전통과는 반대되는 것입니다. 우리의 군은 언제나 세계평화와 프롤레타리아의 국제화를 위해 공헌해 왔습니다. 군 지휘부와 당 사이에 어떠한 불화도 있어서는 안 됩니다. 당은 군의 지도자이며 안내자입니다."

그는 서류철 너머로 조토프 원수를 노려보았다. 원수의 관심은 시계에 집중되어 있는 듯했는데, 마치 이 회의가 빨리 끝나기를 분 단위로 세고 있는 것 같았다.

아스키에로프가 계속했다.

"그러나 불행하게도 소련 인민을 분열시키고 약화시키려는 외국 특수기관의 끊임없는 공작에 의해 보나파르티즘이 팽배하고 있습니다."

조토프는 이를 받아들이는 기색이 없었다. 실제로 하품까지 하면서 오만하고 태연하기만 했다. 아스키에로프는 다시금 토프치가 약속한 증거 문건이 아쉬웠다. 그러나 상관없다, 그것이 없어도 저놈을 깨뜨릴 수 있으니까.

그는 나머지를 다 읽었다. 그리고는 그 회의실에서 가장 나이가 어린 갈라예프의 얼굴에 나타나는 놀라움과 기쁨을 지켜보았다. 갈라예프가 서기장의 직위를 계승하기로 되어 있었으니 그에게는 동 트는 새벽이 돌아왔던 것이다.

그러나 권한은 없는 직위뿐이었다. 아스키에로프는 바보가 아니었다. 그는 러시아 출신도, 우크라이나 출신도 아니었고, 그의 등 뒤에서 자기를 검둥이 새끼 또는 바퀴벌레라고 부르는 자가 원수만이 아니라는 사실을 잘 알고 있었다. 누구든 다른 사람을 무대 위에 올려놓고 주목을 받게 하자, 그러나 실권은 자기가 쥐겠다, 이것이 그가 다다른 결론이었다.

미리 예상한 상황이긴 하지만 서기장의 지나친 독선이라고 탓할 수는 없었다. 테이블 주위에 침묵이 흘렀다. 참석자들은 생수로 목을 축이면서 메모지에 낙서를 했다. 갈라예프의 얼굴은 홍조를 띠우고 환하게 밝아서 행복한 돼지 같았다. 오로지 원수만이 무표정했다.

'이제 너를 잡겠다.'

아스키에로프가 생각했다.

갈라예프가 낯간지러운 즉석연설을 시작하기 전에 아스키에로프는 주머니에서 쪽지를 꺼내더니 회의가 질서 있게 진행되도록 해달라고 요청했다. 그리고는 다시 이어나갔다.

"우리 군에 팽배해 있는 보나파르티즘에 대한 서기장 각하의 관심은 명백합니다. 토글리아티의 반정부 파업 이후 잇따르는 일련의 사태에 대해 외람되지만 여러분의 주목을 끌고자 합니다. 존경하는 참모총장께서도 우리와 우려를 함께하시리라 확신합니다."

말을 탄 투우사처럼 그가 다른 창으로 찔렀지만 그 황소는 흥분해 덤비기를 거부했다. 아스키에로프는 조금 더 대담하게 나왔다.

"원수 동지, 당신이 토글리아티와 아프가니스탄, 그리고 다른 중대한 문제에 대한 당의 정책에 부정적인 당신의 입장을 장교단의 일부 반 소비에트 핵심 분자들에게 선동하고 있다는 이야기가 들려오고 있습니다."

그의 목소리는 참깨와 꿀로 만든 터키 과자 할바처럼 달콤했다. 창은 표적을 찾았다. 조토프가 자리에서 몸을 움직이더니 속삭이는 것보다는 조금 더 큰 쉰 목소리로 말했다.

"누가 그런 말을 했든, 그건 개똥같은 소리일 뿐이오."

거침없이 나오던 아스키에로프의 공격은 지척에서 들리는, 콩을 볶는 듯한 소총 소리에 중단되었다. 총리와 다른 여러 위원들이 자리에서 벌떡 일어섰다. KGB 의장 체트베리코프가 권총 손잡이에 손을 가져갔다. 조토프 원수도 다른 사람들처럼 어리둥절한 표정이었다.

그때 모자를 비스듬히 쓰고, 체구가 우람한 군인이 문으로 머리를 들이밀었다. 크렘린 경비대장 로스토프 장군이었다. 그는 광부의 아들로 조토프 원수와는 옛날 학교 동창이었다.

"무슨 일이야?"

아스키에로프가 그에게 호통을 치면서 완전히 침착함을 잃었다. 로스토프도 테이블에 둘러앉은 사람들과 똑같이 혼란스러운 표정이었다. 그가 중얼거리듯이 하는 말은 신원이 밝혀지지 않은 반동분자들이 이 건물을 공격하려 한다는 것이었다.

"그들이 누구인지 곧 밝혀내겠습니다."

이때 로마노프는 서류철을 팔에 끼고 벽을 따라 서기장의 밀실을 향해 미끄러지듯이 빠져나가고 있었다.

"당신, 지금 어디 가는 거야?"

아스키에로프가 그에게 날카로운 소리로 호통을 쳤다. 호통을 칠만한 자가 있다는 것이 조금은 기껍기도 한 듯 했다.

"자리로 돌아가시오!"

햇볕에 아무리 태웠어도 로마노프는 창백한 얼굴을 숨기

지 못했다. 특히 눈언저리의 피부는 찢어진 모조지처럼 보였다. 로스토프가 다시 문에 나타났다.

"어떻게 됐어?"

아스키에로프가 급히 물었다. 총소리는 더 크게 들렸고, 점점 가까워지고 있었다.

"그들이 누구인지 알 수가 없습니다." 로스토프가 더듬거렸다. "그들은 정규군 전문가들이고 자동화기를 갖고 있습니다. 지원 병력을 요청하려고 하는데."

"그런데?"

"내무성 본부나 제르진스키 사단과 접촉이 안 됩니다. 전화선이 모두 죽었습니다."

아스키에로프는 크렘레프카 회선이 끊긴 것을 떠올렸다. 결국 그것은 허위의 경고음이 아니었던 것이다. 그는 넥타이의 매듭을 만졌는데, 타이는 목에 잘 메어져 있었다.

"모스크바 군구를 부르시오."

그가 명령했다.

"그곳도 역시 호출했습니다. 그런데 참모총장의 직접 확인 없이는 병력을 보낼 수 없다는 것입니다."

두 사람은 조토프 원수를 바라보았다.

"이게 당신 짓이야?"

아스키에로프가 원수에게 고함을 질렀다. 조토프는 가슴에 팔짱을 낀 채 무표정하게 앉아 있었다.

"부하들에게 돌아가야 합니다."

크렘린 경비대장은 스스로 송구스러워했다. 그가 이중문을 열자 직물이 타는 듯한 매캐한 냄새가 밀려들었다. 건물 어디엔가 불이 난 것 같았다. 알 수 없는 폭발음도 들리고 폐가 튀어 나오는 듯한 무서운 비명소리도 들려왔다.

아스키에로프가 국방장관 세르디우크에게 모스크바 군구 사령관을 전화에 불러내라고 지시했다.

"당신이 어떻게 되는지 알고 있겠지?"

주머니 안에서 조그만 권총을 만지작거리며 아스키에로프가 조토프를 위협했다.

"이게 당신 짓이라는 것을 알고 있어."

원수는 이런 위협에 아무런 관심도 나타내지 않고, 험악한 표정으로 메모장에 낙서를 했다. 세르디우크는 아직도 응답이 없는 전화국 교환에게 으르렁거리고 있었다. 바로 그때, 높은 위쪽 창문이 폭발하더니 창문 유리가 천여 개의 칼날이 되어 날아들었다.

"앗, 맞았다, 빌어먹을!"

국방장관이 비명을 질렀다. 날아온 유리 파편이 그의 관자놀이를 찌르자 솟구치는 피가 그의 눈으로 들어갔다. 그는 전화기를 내던지고 출혈 부위를 손수건으로 감쌌다.

그러자 이번에는 따끔따끔한 노란색 가스가 실내로 너울지며 날아들었다. 사람들은 모두 기침을 하며 숨이 막힐 지경이 되었다. 볼을 타고 흘러내리는 눈물과 고통스러운 기침에 시달리면서 아스키에로프는 여러 명의 희미한 모습들이 로프에 매달린 채, 깨진 창문을 통해 발을 흔드는 것이 보였다. 그들은 악몽에 나타나는 귀신들의 모습이었다. 온통 검정색 복장에 얼굴에는 검정 스키 마스크를 하고, 눈과 입만 열려 있었다. 그들은 공수부대원들로 순식간에 창문을 통과해 실내 바닥으로 가볍게 뛰어내리더니, 즉시 자동소총으로 사격자세를 취하며 부채꼴로 산개하는 것이었다.

"스페츠나츠!"

누군가 중얼거렸다. 자신의 지위를 의식해 아스키에로프가 숨을 헐떡이면서 더듬거리는 어조로 말했다.

"이게 무슨 짓인가?"

"고개 숙여!"

O자형 걸음걸이로 테이블을 돌고 있던 단단한 근육질의 사나이로부터 고함소리가 터져 나왔다.

"여러분, 모두 손들엇!"

체트베리코프가 명령에 따르지 않고 권총을 꺼냈다. 그러나 그가 권총을 들어올리기 전에 그 스페츠나츠 지휘관은 단 한 방으로 그를 쓰러뜨렸다. 그때 누군가 회의실 문을 두드렸다. 지휘관이 고개를 끄덕이자 검정 옷 둘이 사격자세를 취하고 문 양쪽에 벌려 섰다. 스페츠나츠 사령관은 계속해서 테이블을 돌면서 한 사람 한 사람 얼굴을 살펴보았다. 그가 아스키에로프를 오랫동안 쳐다보는데 그 시선이 총리에게는 이상할 정도로 번쩍거리는 듯이 보였고, 정글 속 고양이의 그것처럼 동공이 커 보였다.

마침내 그 검정 마스크가 조토프에게 다가왔다. 원수도 다른 사람들과 똑같이 손을 들고 있었다. 테이블 건너편으로 체트베리코프의 죽은 몸이 보이는데 뒤쪽 벽에 넘어져 있고, 의자가 엎어져 있었다.

조토프는 감정을 보이지 않으려고, 깊고 고르게 호흡했다. 그로부터 두 걸음 떨어진 앞에서 스페츠나츠 지휘관은 단정하게 차렷 자세를 취하면서 경례를 했다. 그리고는 검정 마스크의 아래를 잡고 턱과 코 위로 벗어 올렸다.

"준장 자이체프!" 그가 마치 연병장에 서있는 것처럼 꼿꼿하게 신고했다. "스페츠나츠 여단 사령관, 원수 동지의 명령을 기다리고 있습니다."

"조토프, 당신이었어!"

아스키에로프에게서 고함이 터져 나왔다. 자주 빛 안색이 된 총리는 원수에게 손가락을 흔들어댔다.

조토프의 행동에 신중하지 않은 모습이란 없었다. 천천히 일어서서 자이체프의 경례를 받고는 테이블을 돌아 아스키에로프의 자리로 뚜벅뚜벅 걸어갔다. 원수의 커다란 손이 어깨를 움켜잡고 자리에서 끌어내 그를 앞세우고 문으로 밀고가자 총리는 두려움과 분노로 몸을 떨었다.

멀지 않은 곳에서 요란한 자동화기 발사음과 장거리포를 발사하는 듯 쾅쾅 소리가 들려왔다. 아스키에로프를 인간 방패로 삼아 조토프가 출입문으로 다가섰다.

"문을 열어라."

경비를 서고 있는 스페츠나츠 병사들에게 명령했다. 문이 밖으로 열렸다. 뒤에서 문이 거칠게 열리자 밖에 서있던 KGB 초병이 중심을 잃고 넘어지면서 그의 발치에 웅크리고 있던 동료의 어깨를 쏘았다. 이 오발이 정치국위원들이 모여 있는 곳을 향해 방에서 방으로, 통로에서 통로로 전진해 오던 공격군의 응사를 불러오고 말았다.

문 밖에는 10여 명의 KGB 병사들이 대기하고 있었는데, 참모총장이 총리를 마치 헝겊인형처럼 움켜쥐고 총리의 발로 바닥을 긁는 광경에 어찌할 바를 몰랐다.

특무상사의 구령 붙이는 소리와 같은 조토프의 명령이 그들의 머리 위로 떨어졌다.

"로스토프!"

군복은 걸레처럼 찢어지고 얼굴은 갱도를 기어 나온 사람처럼 시커멓게 된 크렘린 경비대장이 문을 향해 비틀거리며 걸어왔다.

"로스토프 장군!" 원수가 옛 학교 동창에게 공식적으로 명령했다. "모든 상황은 통제되고 있다. 귀관의 부하들에게 즉시 사격을 중지하도록 명령하라."

비록 KGB 직속부대를 지휘하고 있기는 하지만 로스토프도 결국은 군인이었다. 그는 잠시만 망설였을 뿐이다. 총격이 멎자 원수가 명했다.

"참모총장으로서 명령한다. 이 사람들을 경호하는 귀관의 책임을 면제한다."

'*이 사람들*'이 누구인가를 가르쳐주듯이 원수는 아스키에 로프를 잡고 흔들었다.

"부하들에게 무기를 내려놓도록 명령하라. 누구도 다치지 않을 것이다. 내가 직접 보장한다."

로스토프는 그의 명령을 확인했다.

"자이체프는 어디 있는가?"

원수가 어깨 너머로 돌아보자 스페츠나츠 장군이 급히 달려왔다. 원수가 로스토프에게 지시했다.

"로스토프 장군은 자이체프 장군의 명령에 따르도록 하라."

턱이 원수의 팔목에 잡혀 있는 총리는 반대할 만한 입장이 아니었다.

"무엇이든 따르겠습니다, 알렉세이 이바노비치." 로스토프의 목소리가 심하게 떨렸다. "그런데 지금 총장이 하는 일을 확실히 알고 계십니까?"

원수는 아스키에로프를 밀가루 부대처럼 집어 던지는 것으로 대답을 대신했다.

4.

그들은 자작나무 숲속의 병원에서 임종을 맞고 있는 그 사람도 잊지 않았다. 자이체프가 이끄는 팀이 중앙위원회 건물을 포위하고 있을 그 시각에 메트코프라는 젊은 소령이 인솔하는 5명씩 2개 팀이 쿤트세포에 위치한 스탈린의 옛 별장을 향해 모스크바 교외를 남쪽으로 달려갔다.

그들의 차량과 제복은 루비얀카에서 차출한 것이었다. 세룬 강의 교량을 지나서 모든 빛을 다 삼켜버린 숲속의 꼬불

꼬불한 도로를 달려가고 있었다. 선두차가 높은 철문 앞에 정지했다. 문은 전기로 열고 닫는 것인데, 선명한 간판이 이 곳이 보건성 제4의료국 심장병원임을 말해 주었다.

당직 장교는 차량과 제복만을 보고는 바로 문을 열기가 충분치 않았던 것 같았다. 어떻든 그 병원의 환자 중에는 소련 공산당 서기장이 포함되어 있었기 때문이다.

당직 장교가 걸어 나오더니 금속 차단기 너머로 고함치듯 말했다. "서면으로 된 증명서를 보여주시오."

메트코프 소령이 차에서 뛰어내려 그의 요구에 기꺼이 응 하는 듯 했다. 소령이 문에 바짝 붙어 서서 아주 부드럽게 말하자 당직 장교는 그의 말을 들으려고 앞쪽으로 몸을 기 울였다. 그 순간 메트코프가 그의 귀를 잡고 칼로 배를 찔렀 는데, 그가 칼끝의 날카로움을 느낄 만큼만 찔러 넣었다. 메 트코프가 이빨 사이로 으르렁댔다.

"문을 열어! 안에 있는 놈들에게 말해!"

문이 열리자 장교가 도망치기 시작했다. 메트코프가 그 를 향해 칼의 스위치를 누르자 칼날이 총알처럼 똑바로 날 아가 당직 장교의 등에 깊숙이 꽂혔다.

메트코프는 당당하게 큰 걸음으로 병원 로비를 지나 엘리 베이터로 갔고, 부하 4명은 계단으로 올라갔다. 당황한 접수창구 직원이 달려왔으나 메트코프의 짤막한 설명에 감히 더 이상 묻지 못했다.

"중앙위원회 명령이오."

서기장이 입원한 층에는 더 많은 경비원이 있었다. 모두 KGB 제9국 소속이어서 KGB 대령 제복을 입은 그를 제지하지 않았다. 메트코프가 서기장의 병실로 뛰어 들어가자 병실에는 하얀 가운을 입은 남자 몇 사람이 있었고, 여자 한 사람은 흐느껴 울고 있었다.

"도대체 뭐야?"

깜짝 놀란 의사가 입을 열었다.

"국가안보에 관한 중대한 문제가 있어서 서기장 각하께 드려야 할 메시지를 가져왔습니다."

"대령, 너무 늦었소." 크렘린 의사가 허탈하게 대답했다. "서기장께서는 더 이상 이 세상에 계시지 않소."

메트코프가 의사를 젖히고 내려다보았다. 서기장의 부석부석하고 낯익은 모습이 계란껍질처럼 하얗게 보였다. 시트가 턱까지 올라가 있었다.

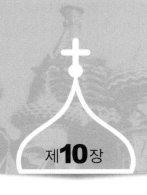

제**10**장

날리바이!

곡물을 수확해야 했으나 방앗간이 없었다. 물레방아를 만들어도
가까운 곳에는 물이 충분치 않았고, 물은 먼 곳에 있었다.
수로를 만들어야 하는데, 내 생전에 수로를 완성시킬 수 있을지
확실하지 않았다. 그리하여 물레방아를 먼저 만들고,
수로 공사를 시작하라고 명을 내렸다. 그렇게 하면 나의 후손들이
완성된 물레방아로 물을 끌어오는 데에 큰 힘이 될 것이다.

－표트르대제

1.

언제인가 조토프 원수가 사샤에게 작가 고골의 소설 《죽은 혼》에서 말한 인간에 대한 정의를 들려 준 적이 있었다.

'어떤 사람이 인식하지 못하고 직감에 따라 행동하더라도 그 사람의 머리에 이미 어떤 사상이 들어가 있다면 강철못이 박혀 있는 것과 같다. 다시는 그 못을 빼지 못한다는 것이다.'

원수로서는 과거와의 관계를 깨끗이 끊는다는 것은 불가능한 일이었다. 그는 과거에 발생했던 사례를 통해서만 현재를 이해할 수 있는 사람이므로 혁명에 역행하는 인물이라고 할 수 있었다. 사위로부터 조언을 받고서야 아스키에로프를 쳐부수어야 할 적으로 판단할 수 있었는데, 그것은 그를 제2의 베리야로 보았기 때문이었다.

검정 스키 마스크를 쓴 스페츠나츠 사령관의 활약으로 최고의 권력이 갑자기 그에게 넘어왔다. 러시아를 흔들기 시작한 이 거대한 소용돌이 속에서 권력을 확고하게 해줄 힘이 무엇인지 의심스러운 상황에서도 조토프는 그것을 가지고 무엇을 해야 할 것인지를 이전에 있었던 선례에 따라서만 생각할 수 있을 뿐이었다.

그렇지만 원수는 단단하게 시작했다. 고골 대로의 집무실로 돌아와 장군들과 제독들을 불러모아, 사샤가 초안한 일련의 명령을 발포했다. 원수가 서명하고 선언한 제1호 포고령은 국가 안보에 관한 중대한 위협으로 인해 국가의 전권이 임시로 소련군 참모총장에게 위임된다는 것이었다. 모스크바에서 나오는 어떠한 명령도 참모총장의 직인이 찍혔을 경우에만 효력이 있었다. 정치국위원들은 모두 보호 감금되었고, 당과 국가에 역행한 음모에 대해 철저한 조사가 이루어질 예정이었다.

또 다른 조치는 세르브스키 연구소에 감금되어 있는 레이부틴 장군을 석방하라는 명령이었다. 사샤가 특수경호팀을 보내 그를 영접해 곧바로 참모부로 데려오도록 조치했다. 레이부틴은 염려했던 것보다는 건강상태가 좋아보였다. 얼굴이 아주 창백하고 군복이 헐렁해 보였지만 시선은 안정적이고 빈틈이 없었다.

"놈들이 어디까지 갔습니까?"

사샤가 바로 핵심으로 갔다.

"그리 많이 가지는 않았소. 보통 사용하는 것으로 혀를 느슨하게 하는 정도였고, 며칠 전부터는 아주 강한 약물처방을 할 것으로 짐작했는데, 무슨 영문인지 연기를 했소."

"아주 중요한 일을 처리해야 하는데 도와주시겠습니까?"

"물론이오."

"아프가니스탄과 토글리아티에서 장군님을 지켜보았습니다. 바른 의지를 굽히지 않으셨고 불의에 저항하는 것을 두려워하지 않으셨습니다. 우리는 장군님과 같은 분이 필요합니다."

"도대체 무슨 일이 일어나고 있는지 설명 좀 해 주겠소? 내가 머리가 도는 우리에 갇혀 있었다는 것을 잊지 말고."

"우리는 혁명을 하고 있는 중입니다." 사샤가 조용히 말했다. "오래 전의 그 혁명 이후 70여 년 동안을 우리는 완전히 속박 속에서 살았습니다."

"당과는 결별하겠다는 것이오?"

레이부틴은 흥분하면서 믿을 수 없다는 어조로 물었다.

"그런 쪽으로 가게 됩니다. 그러나 처리해야할 일이 너무 많습니다. 현재로서는 우리가 발포한 명령이 모스크바에서 준수되고 있는지 확인해야하고, 도려내야할 부분도 많습니다. 우리와 함께해 주시겠습니까, 파블릭?"

"여부가 있겠소?"

"좋습니다. 저는 모스크바 군구 사령관 구코프를 신뢰하지 않습니다. 그 자는 중앙위원회에 지나치게 많은 친구들을 가지고 있고, 너무 사치스러운 생활을 좋아합니다. 지금

당장 모스크바 군구 사령관을 맡아주십시오. 모든 준비가
되어 있습니다. 그리고 앞으로 모든 사항을 저에게 직접 보
고해 주십시오. 이것들이 필요할 것입니다."

사샤가 레이부틴에게 원수의 직인이 찍힌 문서들을 넘겨
주었다. 승진발령서와 전군 지휘관들에게 발송된 모든 포고
령의 사본이었다. 포고령을 자세히 훑어보더니 레이부틴의
번듯한 얼굴에 웃음이 번졌다.

전군 지휘관들에게 내려진 명령은 소비에트 공화국 전역
의 모든 KGB 장교들은 군의 통제를 받게 되고, 제3국 소속
체키스트 요원은 전원 체포하라는 것이었다.

"이 자들에 대해서는 두 번 물을 필요가 없지만 당 간부들
은 어떻게 처리할 거요?"

레이부틴이 물었다.

"그들에 대해 무엇을 할 수 있겠습니까? 그들에게는 현직
을 지키고, 일상적인 업무를 수행하라는 지시가 내려졌으며
특별지시가 곧 따를 것입니다."

사샤가 어깨를 으쓱했다.

"그게 언제란 말이오?"

"우리 내부에서 의견 일치를 보아야할 문제가 있습니다.
그것이 모스크바에서 장군님과 제가 함께 해야 하는 이유

중의 하나입니다. 현재도 협의가 필요한 사항이 몇 가지 있습니다."

사샤가 책상 위에 대축척의 모스크바 지도를 펼쳐 놓고, 칸테미로프와 타만 사단의 재배치에 관한 그의 구상을 설명했다. 공항과 철도역을 장악한 공수특전단을 이들로 교체하고, 수도권 외곽 경비를 더욱 강화하는 것이었다.

모스크바 군구 사령관 구코프 장군은 그의 갑작스러운 해임을 순순히 받아들이지 않았다. 그는 만만찮은 인사들을 대동하고 고골 대로를 찾았는데, 그 인사들 중에는 전략로켓군 사령관이며 오래 전부터 조토프의 라이벌이었던 보론트소프 원수도 포함되어 있었다.

그들은 즉시 참모총장 면담을 요청했다. 그러나 그들은 사샤의 보좌관 사무실을 한 발짝도 걸어 나가지 못했다. 사샤가 그들을 모두 해임시키고 구속해 버렸던 것이다. 그리고는 충성심이 의심스러운 다른 고위 장성들의 명단을 들고 원수에게로 올라갔다. 조토프는 명단을 훑어보더니 진저리난다는 표정으로 고개를 끄덕였다.

"교체하라. 그러나 이것이 마지막이기를 바란다. 우리가 단합이 되어 있지 않다는 것을 이 나라가 본다면……."

"군은 확고합니다." 사샤가 그의 말 중간에 나섰다. "군은 우리와 함께 합니다. 단지 우려되는 것은 장군 제복을 입은 몇 사람의 정치군인들입니다. 그 외의 모든 장병은 의문 없이 단합하고 있고, 그것이 이제까지 생활해왔던 그들의 방식입니다."

"좋다, 국민들에게는 우리가 스스로 정당해야 하고, 모두가 납득할 수 있는 방향으로 일을 추진해 나가야 한다."

"이미 여러 번 성명을 발표했습니다. 기본 정책을 준비하는 그룹이 있는데, 몇 시간 후에는 그 정책이 원수 각하의 승인을 받기 위해 제출될 것입니다. 국민들에게는 전혀 언급되지 않은 정책들이지만 국민들이 우리와 함께 할 것이라고 확신합니다."

"사샤, 내가 결심했다."

조토프 원수는 일어서더니 어깨는 앞으로 내밀고 손은 등 뒤로 뒷짐을 쥐고 사무실을 뚜벅뚜벅 걷는 것이 황소가 원을 그리며 걷는 것과 같았고, 점점 속도가 붙었다.

"중앙위원회 위원 전부를 모스크바로 소집할 생각이다. 자네도 기억하지? 57명 말이다."

사샤는 고개를 끄덕이면서 전례가 적용되지는 않을 것이라고 생각했다. 1957년 정치국위원 중 일파가 흐루쇼프를 몰아낼 준비를 하고 있었는데, 주코프 원수가 군의 수송망을 이용해 중앙위원회 전체 위원들을 급히 모스크바로 실어 날랐고, 위원들은 흐루쇼프가 그 자리를 지킬 수 있도록 일관되게 투표함으로써 그를 구하게 되었던 것이다.

이제 같은 건물에서 조토프가 중앙위원회를 소집하려고 했다. 그 건물에는 자이체프의 대원들과 KGB 경비대 사이의 총격전이 있었던 곳이고, 벽에 남아있는 총알 자국을 헤아려 본다면 전체 위원들을 한 줄로 세우는 것은 의심의 여지가 없는 것이었다.

"그래서 무엇을 하시겠다는 말씀입니까?" 사샤가 물었다. "그들이 나라를 구하신 분이라고 각하를 찬양하기를 바라십니까?"

"그들은 나를 서기장으로 선출하려 할 거야."

"그렇겠지요." 사샤도 인정했다. "그들이 현재의 지위를 지킬 수 있다고 생각한다면 말입니다. 그것이 각하가 원하시는 것입니까?"

"그 순간 우리가 당면한 모든 것은 다 장악된다. 우리는 좀 더 튼튼한 기초가 필요하다, 모두를 다 함께 이끌고 갈 수 있는 그런 토대가 있어야 한다는 말이다." 원수는 손가락을 모아 주먹을 움켜쥐었다. "한 세기의 3분의 2 이상이 당에 의해 통치되어 왔다. 황제가 교회의 축도를 필요로 했듯이, 우리도 당의 지지가 필요하다. 모든 것을 하룻밤에 다 바꿀 수는 없다."

사샤가 이 말에 대답했다.

"우리가 방금 하지 않았습니까?"

원수가 그를 유심히 쳐다보았다.

"사샤, 너무 성급하게 굴지 마라. 자네는 제1급 전문운영위에 보임될 것이고, 최고의 신임이 부여될 것이다. 그러나 누가 담당 주역인가를 명심하라. 나에게 모든 것이 보고되도록 하라. 이 참모부에서 발령된 모든 포고령의 사본이 보고 싶다. 나에게 모든 것이 다 보고되고 있는가?"

"완벽하게 모두 보고 드리고 있습니다."

사샤는 자신의 사무실로 돌아오면서 원수가 한 말을 곰곰이 생각하는데, 도중에서 그의 보좌관을 만났다.

"사모님께서 기다리고 계십니다."

"민간인은 이 건물 출입이 금지된 것으로 아는데."

"예, 그렇습니다. 하지만 상황이 상황인 만큼."

"가서 전하라, 오늘 밤 집에서 보자고."

"사모님은 다른 분과 같이 오셨습니다. 올가 니콜스카야라는 분과 함께요."

'펠릭스의 부인.'

그는 이미 오를로프로부터 보고를 받았다. 자세한 내용이 혼란스럽기는 했지만 사샤는 그들을 충분히 이해했다. 사샤는 지시를 내려, 엘레인은 상황이 안정될 때까지 보호감금 시키라고 했다. 적어도 한 사람은 살아남은 것이다. 도대체 무슨 말로 올가를 위로해 준단 말인가.

진행되고 있는 긴박한 사태의 중압감이 펠릭스의 죽음에 대한 공허감을 누르고 있었다. 펠릭스의 죽음으로 인해 그들의 세상이 열리게 되었기 때문이다. 그는 보좌관에게 말했다.

"그분들을 사무실로 데려오라."

리디아는 차분해져 있었다. 그녀는 자랑스럽다는 듯이 그를 쳐다보았다. 그렇지만 사샤는 불확실함과 두려움을 느꼈다. 자신도 원수도 현재 발생한 사태에 대해 그녀에게 아무 것도 설명해 주지 않았다.

올가의 눈은 눈물로 벌겋게 되어 있었다. 사샤가 그녀에게 팔을 벌리자 올가가 그의 가슴으로 무너졌다.

"우리는 모두 고인을 사랑했습니다." 사샤가 조용한 목소리로 말했다. "고인이 아니었으면 오늘은 결코 올 수 없었다는 것을 우리 모두 기억합니다."

"유서를 남겼어요."

올가가 말하면서 봉투를 꺼냈다.

"바로 전날 나에게 주더군요. 자기에게 무슨 일이 생기면 열어보라고 했어요. 사샤, 당신에게도 그가 하고 싶었던 말이라고 생각했어요."

사샤는 펠릭스가 섬세한 손으로 휘갈겨 쓴 유서를 읽었다. 펠릭스는 러시아의 꿈을 그리고 있었다.

'스탈린의 공포 치하에서 생존한 사람들처럼 혁명은 신과 국민을 원래의 자리로 되돌려 줄 것이다.'

그는 자신이 우려하는 사항도 적었는데, 그것은 '그들이 오래 전부터 누려온 원칙'의 보호 하에서 자신들의 특권에 매달리는 수구파들에 관한 것이고, 또 다른 우려는 군사독재는 '제국주의가 공산주의의 최고의 형태'라는 것을 증명하고 있다는 것이었다. 이 말은 레닌을 그의 무덤 속에서 뒹굴게 한다는 명언이었다. 사샤에게는 유서를 끝맺는 말이 오랫동안 머리에 남았는데, 그것은 비소츠키가 남긴 시의 한 구절이었다.

나는 우리의 이 더러운 작업을 믿고 싶다.
내일은 아무런 장애 없이 태양을 보게 해 줄 것이기 때문에

그는 유서를 접어 올가에게 돌려주었다.

"고인의 장례를 치르는데, 당신이 주선을 해야 하지 않겠어요?" 리디아가 물었다. "크렘린 성벽 안에 안장해야 해요."

사샤가 리디아를 바라보면서 그녀와 그녀의 아버지가 펠릭스의 유서 내용을 이해할 수 있을까 생각해 보았다. 올가가 머리를 저었다.

"펠릭스는 그와 같은 것은 결코 원하지 않을 거예요."

사샤는 머릿속에서 한 장소를 떠올렸다. 그것은 펠릭스가 묘사했던 곳, 즉 비소츠키가 묻힌 묘지, 그곳에 묻어주어야 겠다고 생각했다.

"아버지가 서기장이 되시는 건가요?"

리디아의 질문이 그를 공상에서 흔들어 깨웠다.

"그렇지 않소."

그는 단호하게 대답하면서 그들을 밖으로 배웅했다.

2.

소련의 전체 국경은 봉쇄되었고 국제전화 서비스도 중단되었으며 외신에도 보도금지 조치가 내려졌다. 외무성 관리들조차 외국 대사나 공관원들이 정보를 물을 때는 그들 만큼밖에 아는 것이 없었고, 어떤 경우는 오히려 그들보다도 부족한 정보에 당황하고 있었다.

가이 해리슨은 도둑고양이처럼 거리를 돌아다니며 탱크

숫자를 헤아렸다. 총탄자국이 벌집처럼 뚫린 중앙위원회 건물 사진을 몰래 촬영했지만 순찰초병에게 붙잡혀 카메라도 부서지고 얼굴까지 얻어맞았다.

러시아가 전 세계에 등을 돌리고 있는 동안 무성했던 소문은 사실로 드러났고, 실제로 사실 자체보다도 더 세상을 깜짝 놀라게 하는 사건으로 전해지고 있었다.

〈런던타임스〉는 '소련 공산주의의 종말'이라는 제목의 사설을 실었지만, 냉철한 집필자는 마지막에 의문부호를 붙였다. 동유럽과 서방의 공산당 기관지들은 '제국주의자들의 음모'와 '산업 사보타주'에 대해 단호한 조치를 취할 필요성과 함께 사건에 관한 대담한 기사를 싣기 시작하더니 이내 당황한 듯 침묵으로 빠져들었다.

베이징 발 〈신화통신〉은 러시아 '극우 쿠데타'는 소련 수정사회주의의 진수를 보여주는 것이라고 논평했다. 파리에서 소련 대사는 엘리제궁을 의전 방문해, 프랑스 사회당 대통령에게 조국이 '친 슬라브 극우파'의 지배로 들어갔다고 설명하고, 정치적 망명을 요청했다.

워싱턴에서도 경고음이 울렸다. 모스크바 라디오와 TV에서 첫 발표가 전해진 후, 위기 관리팀이 백악관 지하 전시상황실에 소집되었다.

"소련 전역에 대규모 군대 이동이 진행되고 있습니다."

국방성 고위관리가 보고했다.

"소련 극동지역에 이전에는 알려지지 않았던 대륙간탄도미사일(ICBM) 지하 격납고가 위성정찰에 탐지되었고, 그들은 모두 우리의 군사 목표물을 겨냥하고 있습니다. 또한 소비에트 핵 잠수함 전력의 3분의 2가 해역에 배치되어 있는데, 이는 평소보다 훨씬 높은 비율입니다."

"무슨 말을 하는 것입니까?" 국가안보담당보좌관이 물었다. "이 모든 상황이 보이지 않는 장막 속에서 진행되고 있다는 말입니까? 선제공격을 위한 위장이란 말이오?"

"우리가 파악하고 있는 조토프는 참모총장으로서 그의 전임자들처럼 전략적인 기만술에 아주 능한 자입니다. 모든 통신수단을 차단하고 우리에게 자신들이 피비린내 나는 권력투쟁의 격동에 휘말려 있다고 생각하게 함으로써 우리의 경계태세가 허술해지기를 바라고 있다는 것도 예상할 수 있습니다. 현재로서는 이 점을 간과해서는 안 됩니다. 그들은 그야말로 우리를 암흑 속에 몰아넣고 있습니다."

"조토프 원수가 현 시국의 소련에서 실제로 권력 장악을 시도하는 게 아니란 말이오?"

"그렇게 판단하기에는 충분한 사실관계가 없습니다. 그렇지만 만일 그가 쿠데타로 권력을 장악하고 있다면, 우리는 많은 문제에 부닥칠 것이라는 것을 말씀드립니다."

"죠엘," 안보보좌관이 CIA 소련과장 카슨에게 눈썹을 종긋 세웠다. "그쪽 사람들은 조토프를 어떻게 평가하고 있소?"

"그는 러시아 사람들에게조차 별로 알려진 것이 없습니다." 카슨이 대답했다. "제가 드리고 싶은 말씀은 소련 방어선에 대한 그의 구상은 핀란드와 불가리아로부터 영국해협까지 이르는 광대한 지역이라는 것입니다. 그의 측근에 따르면 이란 침공계획을 가지고 있는데, 이렇게 되면 걸프 지역이 불안정하게 될 것이고 사우디는 공황에 빠질 것입니다. 그는 또 미국을 얕보고 있습니다. 우리가 도전할만한 배짱이 없다고 생각한다는 것입니다. 그는 유태인이나 아라비아인 등 셈 민족을 아주 싫어하고, 전쟁에서 친소 아랍 국가들에게 굴욕적인 패배를 안긴 이스라엘을 보복하려 합니다. 몇 년 전, 소련 군사저널에 그의 기고문이 실렸는데, 그 글에서 핵무기의 선제공격에 대한 정당성을 어렴풋이 밝힌 것으로 보고 있습니다."

"상대하기 쉬운 자는 아무도 없다는 말이군."

"전부는 아니겠지만, 우리가 판단한 것으로는 쿠데타를

촉진시킨 요인들 중의 하나입니다. 사실상 쿠데타가 발생한 요인 중의 하나는 조토프와 정치지도자들 사이에 군사력의 사용에 대한 불화 때문입니다. 조토프는 아프가니스탄에서 군사적 영향력을 더 증대시키려 하고 있고, 앙골라 등에도 전투부대의 파견을 주장하는 자입니다. 그가 위험을 느껴 몰아낸 그의 정적들보다 훨씬 용의주도한 인물이라는 것이 우리의 판단입니다. 우리는 최악의 시나리오에 대비한 준비를 해야 한다고 생각합니다. 이를테면 실제로 핵전쟁을 준비하고 있을 크렘린 내 일단의 미친놈들을 다룰 대책 같은 것을 말하는 것입니다."

"이에 찬성하지 않는 분 있소?"

안보보좌관이 실내를 둘러보았다. 그는 파이프에 담배를 다시 채우면서 헛기침을 했다.

"좋아요, 이 건을 가지고 곧바로 대통령에게 갑니다. 대통령께서도 모든 준비를 원하실 것입니다. 3시에 다시 회의를 속개하겠습니다."

위기 관리팀이 다시 소집되기 전에 대통령은 전 미군은 전시상황으로 돌입할 것을 명령했고, 나토동맹국들에도 동일한 조치를 취하라고 요청했다.

*

혁명의 시절은 불면증 환자들에게는 제 철이었다. 고골 대로의 원수 집무실이 있는 층은 밤새도록 불이 켜져 있었고, 원수와 사샤 두 사람은 그 빌딩에서 24시간 상주하고 있었다.

정상적인 지휘계통이 중단된 이후 모든 요구사항이 그들에게로 집중되었다. 〈프라우다〉 신문은 간행을 계속해도 되는가? 그렇게 한다면 검열관은 누구로 할 것인가? 토글리아티의 당사 건물이 약탈당했다는데 어떤 대응 조치를 취해야 할 것인가? 몰다비아 당 제1서기가 위조여권을 가지고 루마니아 국경을 넘으려다 체포되었는데, 그를 어떻게 처리해야 하는가? 소장파 장교들이 정치국위원들을 체포했던 장교들과 연계해 여러 지역에서 군사혁명위원회를 결성했다. 이것을 공식적인 위원회로 인정해줄 것인가?

이 나라의 새로운 지도부가 어느 방향으로 국가를 이끌어 나갈 것인가에 대해 확고한 철학을 가진 사람은 거의 없었다. 지난 정부를 무너뜨리는 데에 주도적인 역할을 한 것으로 충분하다는 생각이었다.

공공집회를 금지했음에도 학생과 노동자들은 그들의 지지를 보여주는 시위 집회를 가졌고, 쿠데타 다음 날 수만 명의 인파가 붉은 광장에 모였지만 아무도 그들을 제지하지 않았다. 그 다음 날에는 20여만 명이 모였다. 시위군중의 일부는 지하노동기구인 러시아노동자연합의 깃발을 흔들고 있었다. 그 외에도 극단적인 국수주의자들은 가죽 재킷에 '국제적인 요소'를 몰아내자는 띠를 두르고 행진을 하기도 했다.

십자가를 들고 나온 사람과 성화를 가지고 나온 사람들도 있었으며, 어떤 미친 사람은 레닌의 영묘 꼭대기에 기어 올라가 자기가 황제의 손자라고 주장하다 경비원에게 끌려 내려오기도 했다.

그때까지도 조직적인 저항은 없었다. 방대한 당의 몸체는 머리를 잃고 마비되었으며, 거의 숨이 끊긴 듯 했다. 몇차례의 미미한 사건이 있긴 했다. 참모총장의 포고령에 복종하기를 거부하는 KGB 및 내무성 관리들과 군부대 사이에 난투전이 있었다.

동유럽에서는 대규모 눈사태의 전조를 예감케 하는 불길한 울림이 나타나고 있었다. 폴란드에서는 수백만 명의 노동자들이 거리로 쏟아져 나와, 마침내 자유의 시대가 지척에 다가왔다는 것을 확신하는 듯 했다. 루마니아의 독재자는 바르샤바조약국으로부터 탈퇴하겠다고 선언했다. 동 베를린에서도 폭동이 일어났고, 동독 정부는 본으로 특사단을 보냈다.

그러나 모스크바와 러시아 전역에서 쿠데타에 저항하는 세력은 없었다. 아스키에로프와 다른 정치국위원들은 수족관에 감금되어 군의 경비를 받고 있으며, 그들의 운명은 원수의 결정에 달려 있었다. 원수는 그 결정을 중앙위원회에 회부해 처리키로 했고, 위원들은 오후 4시로 정해진 특별회의에 참석하기 위해 군의 지원을 받아 항공편과 리무진 차량으로 도착하고 있었다.

사샤는 자이체프와 함께 원수의 집무실에 들어갔다. 시계를 보니 점심시간이었다. 원수의 눈은 충혈 되었고 관자놀이 옆으로 솟아 오른 정맥이 벌떡벌떡 요동치고 있었다. 바깥에서 들어오는 겨울 햇빛을 가리기 위해 커튼의 주름을 잡아당겼다.

"회의 전에 한 시간쯤 주무셔야 하지 않겠습니까?"

사샤가 제언했다.

"시간이 없다." 조토프가 조급하게 말했다. "아직도 연설문을 다듬고 있다. 여기 한번 읽어봐라."

사샤는 그로부터 연설문을 받았다. 그곳에는 중앙위원회 10여명의 위원 명단이 적혀 있는데 그들 중 절반은 군 고위 장성들이었다.

"이것이 무엇입니까?"

"다음 서기장으로 나를 추대할 위원들이다."

조토프가 설명했다.

사샤는 그 연설문을 원수의 책상에 내려놓으며 소파에 앉았고, 자이체프는 그대로 서 있었다. 사샤가 말했다.

"알렉세이 이바노비치, 총장 각하께서는 다시 생각하셔야 합니다. 페디야, 전문을 보여 드려요."

자이체프가 책상으로 걸어가 전국의 각 군사령부에서 올라온 전문 한 뭉치를 내려놓았다.

"모든 지역에서 우리가 내린 명령을 준수하고 있습니다." 사샤가 요약해서 말했다. "전국의 모든 지역 국민들이 기뻐하고 있습니다. 국민들은 정부의 타도가 아닌 이 체제의 전복을 축하하고 있는 것입니다. 총장 각하께서는 이 중앙위원회의 뻔한 게임을 밀고 나가셔서는 안 됩니다. 만일 그렇게 하신다면 우리가 이미 얻은 지지의 상당부분을 잃을 것입니다. 말씀하셨듯이 당은 죽어가고 있는데, 지금이야말로 완전히 운명해야 할 순간입니다. 그렇게 되어야 각하께서는 완벽한 기회를 창조하시는 것입니다."

"자네는 무슨 말을 하고 있는 것인가?"

"정치국위원들을 잡은 것과 같은 방법으로 중앙위원회 위원들을 잡아 가두는 것입니다. 그들이 모두 한 자리에 모여 있습니다. 생각해 보십시오! 우리는 이와 같은 기회를 두 번 다시 갖지 못할 것입니다."

"그런 다음에는 무엇을 하자는 건가, 사샤? 대답해 봐라. 군정을 하자는 건가? 로마노프 시대로 돌아가자는 건가? 내란을 일으키자는 건가? 국민들은 오늘은 우리와 함께 있지만 내일도 그럴 것이라고 확신할 수는 없다. 우리는 영속성이 필요하다는 말이다."

"우리가 필요로 하는 것은 이것입니다."

사샤가 차분한 목소리로 말하면서 원수의 눈앞에 붉은 표지의 얇은 서류철을 내려놓았다.

"빌어먹을, 이게 뭐야?"

원수가 내뱉으면서 제목을 훑어보니 표제가 이렇게 되어 있었다.

'군사혁명위원회 기본정책.'

원수는 첫 페이지를 다 읽기도 전에 폭발했다.

"자네가 시인이야, 아니면 코미디언이야?"

그러면서도 계속 읽었다. 첫 장은 이렇게 시작되었다.

'국민에게 불행과 고통만을 안겨준 마르크스−레닌주의는 이 순간부터 우리 사회에서 철폐한다. 이 사상의 대표적 실체인 소비에트공화

국 공산당은 해체한다. 평당원은 당에 대한 의무에서 벗어나며 더 이상 당비를 납부하지 않는다. 정치국위원들과 전 정부 각료들은 구속되어 대기하게 될 것이며, 차후 그들의 범죄행위에 대한 해명을 듣기 위해 국민재판에 소환될 것이다. 그 이외의 당 관료들은 가까운 군 사령부에 신고해야 한다. 신고한 자들은 정치적 입신을 하기 이전에 종사하던 직업으로 돌아갈 기회가 주어질 것이다. 당 관료로 근무하기 전에 전문적 직업 경험이 없는 자들에게는 직업교육의 기회가 제공된다. 노동자들의 권익을 대변한 적이 전혀 없었던 전소노동자연합도 역시 해산한다.'

조토프는 콧방귀를 뀌었지만 계속 읽었다. 제3장은 이렇게 되어 있었다.

'국가보안위원회 활동은 국내외에서 중지한다. 국민에 대한 범죄에 연루되지 않은 개별 장교들에게는 새로운 부처로 전속이 고려될 것이다. 총참모부 정보총국장이 국가안보에 대한 책임을 맡게 된다. 내무성 병력은 국방장관의 지휘를 받게 된다.'

사샤는 늙은이의 얼굴을 자세히 관찰하고 있었다. 펠릭스가 제안한 부분을 읽을 때는 약간 느긋한 표정이었다. 이 나라 종교 신자들에 대한 오랜 탄압 속에 폐쇄된 교회의 문과 종교의 자유를 다시 개방한다는 것이었다. 원수는 실제로 동의한다는 표정으로 고개를 끄덕였다.

'받아들인다면 더 좋다.'

사샤가 자신에게 중얼거렸다.

자기들의 방패로 원수가 없었더라면 이렇게 정밀하고 성공적인 쿠데타 계획은 결코 세울 수 없었다. 막상 거사가 닥쳤을 때 중앙위원회가 열리고 있던 당시의 다른 정치국 위원들과 똑같이 원수도 무척 놀랐다. 그러나 몇 시간이 지나자 쿠데타는 자신의 것이라고 믿게 되었다. 남의 아이디어를 빌려와 자신의 소유로 만든 것이 이번이 처음은 아니었다.

아마도 다시 한 번 그렇게 될 수 있을 것이다. 사샤가 그렇게 되기를 바라는 것은 조토프가 없으면 군 내부에서 분열이 일어날 수도 있지만 진심으로 노장군을 좋아하고 존경하기 때문이었다. 더욱이 그는 베리야를 처형한 바로 그 사람이다. 원수가 받아들이기만 한다면 진정한 러시아의 영웅으로 남게 되리라. 조토프는 읽으면서 반대하는 소리는 없었다.

'우리 조국이 민주주의를 실행한 경험이 없었기 때문에, 혼란과 무정부 상태에 대비한 안전장치로서 사회질서가 보장될 때까지는 모든 정치적 활동은 엄격히 금지된다. 이 규정을 준수하겠다면 전 정권에서 이 나라를 떠나야 했던 정치적 망명자들은 자신들의 비용으로 귀국하는 것을 환영한다. 소비에트 법률은 폐기되었으므로 이들은 더 이상 국민의 적이 아니다.'

경제개혁에 관한 부문은 상당히 길었다. 사샤는 이것을

'자이체프 개혁안'이라고 했는데, 이는 그들 서로 간에 싸움을 벌이는 혹독한 스페츠나츠 훈련이 끝난 후, 페디야의 집에서 입안되었기 때문이다.

내용은 각 개인의 재산에 대한 처분권은 개인에게 돌려주어야 한다는 것과 협동농장은 폐지되어야 하고, 농지는 개별 농가에 재분배되어야 하며, 그렇게 함으로써 러시아는 '식량 자급'을 달성할 수 있다. 이윤에 대한 동기가 산업부문에서 승인되어야 하고, 경공업은 개인 분야까지 개방된다는 것이었다.

"천국이 되겠군."

원수가 중얼거렸다.

간결하게 요약한 외교정책 부문에서 그의 눈살은 다시 찌푸려졌다. 기본적인 취지는 러시아가 외침으로 파괴되지 않는 것으로 충분하다는 것으로, 외국에 대한 모험은 필요 없으며, 이는 오로지 국내 재건을 위해 필요한 자원만 낭비한다는 것이었다.

사샤의 외교 정책은 이렇게 서술되어 있었다.

'군사혁명위원회는 어떠한 외국에 대한 침략도 용납하지 않는다. 시민에 의한 폭동을 방지하기 위해 동유럽 주둔 아군은 그대로 유지한다. 그러나 바르샤바조약국의 국민들은 우리 러시아 국민들과 똑같이

정치적인 발전을 위한 자신들의 노선을 진전시켜 나가는 기회가 부여 된다.'

원수는 아프간 부분에서 숨을 죽였다. 아프간 정책은 아주 명료했다.

'점령군의 단계적인 철수계획이 곧 발표될 것이다. 원래 점령군의 파병은 소비에트 정권에 의한 커다란 실책이었다. 군사혁명위원회는 회의를 소집할 것이므로, 아프간 분쟁에 관련되어 있는 모든 주요 파벌은 이해관계를 밝히기 위해 회의에 참석할 것을 요청하는 바이다. 또한 군사혁명위원회는 아프간의 모든 세력을 대표하는 연합정부와 불가침조약을 체결할 준비가 되어 있다.'

원수는 붉은 색 표지를 쾅하고 닫더니 사샤에게 던지는 것이었다.

"이것으로 무엇을 할 수 있는지 알고 있겠지? 나는 절대로 이것을 받아들일 수 없다. 나는 너희 두 사람한테 새삼 놀랐다."

원수는 시선을 자이체프에게로 옮겼다.

"자네는 아프간 평원에서 이 깜둥이 자식들과 싸운 적이 있지 않은가?"

"그렇습니다." 사샤가 끼어들었다. "그 전쟁이 아군에게 미치는 영향을 목격했고, 그래서 그만한 대가를 치를 만한 가치가 없다고 믿게 된 것입니다."

"너희의 전체적인 접근이 잘못 되었다. 이것은 아프간 문제만은 아니다. 너희는 모든 국제적인 책임으로부터 물러나려 하고, 이미 획득한 영향력도 상실할 것으로 보인다. 그렇게 물러나면 미국과 다른 적들이 우리를 좋아할 것이라고 생각하는 모양인데, 너희는 큰 실수를 하고 있는 것이다. 이것을 보았는가?"

그는 위성정찰 보고서를 들어보였다.

"미국이 대규모 동원령을 내렸고, 내가 장담하건데, 그들은 지금 혼쭐이 나고 있을 것이다. 그들은 코카콜라를 벌컥벌컥 마시고 있는데, 우리는 고립주의의 구정물을 삼킬 때가 아니란 말이다. 우리는 지금 일어서서 우리가 강하다는 것을 세계에 보여 주어야 할 때라는 말이다. 그렇게 해야 이 나라를 하나로 단결시키는 데에 도움이 된다. 이것이 내가 중앙위원회에서 하려는 말이고, 그들은 나의 노선에 찬성할 것이다. 너희도 그렇게 알고 있어라."

방문자들을 해산시키려는 듯이 원수는 자리에서 일어섰다.

"저희는 다른 견해를 가지고 있습니다." 사샤가 나섰다. "가장 시급한 사항은 국내문제라고 생각합니다. 미국을 두려워할 필요는 전혀 없습니다. 제가 그들을 경험하지 않았습니까? 미국의 정치인과 언론은 자기들에게 적이 있다는 것을 부정하고 싶어 하고, 그래야 어떠한 대가를 치르지 않는다는 것이지요. 만일 우리가 그들에게 어떤 유화적인 제스처를 보인다면 그들은 아낌없이 우리에게 선물을 줄 것입니다."

사샤는 허리를 굽혀 바닥에 떨어진 붉은 색 서류철을 집어 들었다.

"너희는 하루 밤 사이에 이 정책을 만든 것이 아니다, 그렇지?" 원수가 다시 공세로 돌아섰다. "이것을 왜 나에게 좀 더 일찍 이야기하지 않았는가?"

"이 안을 수용하실 준비가 되어 있는지 알 수 없었습니다."

"준비라고 했나?" 조토프가 그를 조롱하듯이 따라서 말했다. "그래, 빌어먹을, 네가 옳다고 하자. 우리가 채택하고 시행할 수 있는 정책을 너희도 한두 개 정도는 가지고 있겠지. 그것은 내가 인정한다. 하지만 이 외교정책은 찢어버려야 한다. 다시 적당한 안을 연구해보자."

"당은 계속 존속시킨다는 말씀입니까?"

"사샤, 그것은 과정에 불과하다. 그것을 알아야 해. 물론 개혁이 뒤따른다. 그렇지만 한꺼번에 전부를 다 할 수는 없다. 지금은 국민을 불러 모아야 하고, 지지기반을 구축해야 한다.”

“우리가 불러온 모든 희망이 실망으로 바뀌더라도 말입니까? 지금 국민들이 우리와 함께 하는 것을 보고 계시지 않습니까? 체제가 이전과 똑 같은 것으로 돌아가는 것을 본다면, 국민들이 얼마나 오랫동안 우리 편에 있겠습니까?”

“나는 이미 결정했다. 너희 두 사람은 돌아가라.”

원수가 명령했다.

“그렇게 할 수는 없습니다.” 사샤가 붉은 색 서류철을 들어올렸다. “오늘 밤 군사혁명위원회 의장으로서 이 정책을 국민들에게 방송하시기 바랍니다.”

“아마도 내가 결심을 굳히지 않았다면,” 조토프는 폭발했다. “학구적인 허튼 소리를 지껄일 수도 있겠지. 하지만 우리는 현실 세계에서 살아야 한다.”

“죄송합니다, 알렉세이 이바노비치! 총장 각하께서 함께 하시든, 함께 하지 않으시든 이것이 우리가 가야 할 길입니다. 여기서 전 폴란드 대통령 야루젤스키의 소련판으로 끝낼 수는 없습니다. 총장 각하께서 저희를 이끌어 주시기 바랍니다.”

“자네, 아주 정중하구먼.”

원수가 말을 중단시키려 했으나 사샤는 계속했다.

"다만 러시아가 필요로 하는 개혁을 받아들일 의지만 있으시면 됩니다. 재고하시기를 간절히 바랍니다."

"자이체프!" 조토프가 고함을 질렀다. "그곳에 멍청하게 서있지만 말고 자네 동료에게 소련군에는 아직도 군기가 엄정하다는 것을 상기시켜 주어라."

자이체프는 절도 있게 돌아서서 원수 앞에 차렷 자세가 되었다.

"지금까지 저는 원수 각하께서 내리시는 어떠한 명령에도 복종했습니다. 심지어 저의 목숨이 위험한 경우에도 말입니다. 그렇지만 각하께서는 사샤가 옳다는 것을 인정하셔야 합니다. 그의 제안대로 하셔야 합니다."

조토프 원수의 눈에서 눈알이 튀어나오는 것 같았다.

"너희 두 놈이 돌았구나!" 원수는 노발대발했다. "네놈들이 감히 내 집무실에서 나를 협박하는 거야? 나는 그 빌어먹을 놈의 아스키에로프가 아니란 말이다. 너희 두 놈을 체포할 것이다. 사샤, 단연코 그리 할 것이다."

"그렇게 하십시오."

사샤가 대답했다.

조토프가 전화로 비서를 불렀다.

"당직 장교가 누구인가?"

"페트로프 소령입니다."

"지금 즉시 나에게 보내라."

그가 수화기를 쾅하고 내려놓으며 말했다.

"사샤, 나는 이 일을 없었던 것으로 할 수도 있다. 너의 사과 한마디면 충분하다. 자, 한마디만 해라. 아직 시간은 있다."

"알렉세이 이바노비치, 죄송하다는 말씀을 드릴 뿐입니다. 이것은 제 마음의 뿌리에서 나오는 것입니다. 저희와 각하 사이에 선이 그어졌다는 사실이 유감스럽고, 각하께서 그 선을 넘어 저희에게 오실 수 없다는 것이 원망스럽습니다. 각하께서 과거에 남으시겠다는 주장이 무엇보다 애석할 뿐입니다."

"그렇다면 너희 멋대로 해봐라." 원수가 그에게 으르렁거렸다. "내 딸과 결혼한 사이라고 너를 가볍게 처리할 것이라고 생각하지 마라. 너는 그쪽으로도 자신의 의무를 망각하고 있었어. 네가 가족을 내팽개치기를 습관적으로 하는 것을 보아왔다."

사샤가 팔짱을 끼고 천정을 응시하는데 페트로프 소령이 들어왔다. 그는 빈틈없이 무장하고 있었는데, 원수가 알지 못하는 자였다. 소령은 공수부대 제복을 입고 있었고, 뒤꿈치를 척하고 붙이더니 경례를 했다.

"소령," 조토프가 그에게 지시를 내렸다. "이 두 사람을 군기위반으로 체포하고, 그들의 무기를 압수하라."

페트로프는 지시에 순종하지 않고 돌아서더니 자기 직속 상관인 자이체프를 어리둥절한 표정으로 쳐다보았다.

"그렇다, 페트로프." 자이체프가 명령했다. "원수 각하께서는 너무 과로하셨다. 며칠 밤을 뜬 눈으로 새우셨기 때문이다. 원수 각하를 경호해 댁으로 모셔라. 회복하시기 위해 다음 주까지 댁에 머물러 계신다, 알았나?"

"예, 알았습니다."

페트로프가 쾌활하게 복창했다.

"이 새끼들이!"

조토프가 그들에게 고함을 질렀다.

"하극상 아닌가!"

"알렉세이 이바노비치, 다시 생각하실 시간 여유가 있습니다." 페트로프가 원수를 문으로 안내해갈 때, 사샤가 원수에게 말했다. "저희는 국민이 바라는 일을 하고 있습니다. 각하께서는 저희와 함께 하셔야지 반대하셔서는 안 됩니다."

조토프는 신성을 더럽히는 불경이라고 소리 지르면서 그

의 큰 얼굴을 사샤에게로 돌리더니 중얼거렸다.

"네놈이 어떻게 나한테 이럴 수 있나?"

사샤가 느린 말로 인용했다.

"늑대와 함께 살려면 그들처럼 울어야 합니다."

3.

중앙위원회에 참석한 위원 전원을 체포하고, 조토프 원수를 가택연금 시킴으로써 사샤는 모스크바의 절대 권력을 쥐게 되었다.

그날 하루 종일, 방송국은 군가와 챠이콥스키 음악을 방송했다. 모스크바 TV는 방송이 중단된 상태였다. 오후 7시 정각, '1812전주곡'이 중단되었다.

"여러분께 알려드립니다. 여러분께 예고 드립니다." 익숙하지 않은 목소리의 아나운서가 방송에 나왔다. "이제부터 중대한 담화문 발표가 있으니 주목해 주십시오."

잠시 침묵이 있더니, 테이프에 녹음된 군사혁명위원회 의장 프레오브라젠스키의 목소리가 전파로 흘러나왔다.

"친애하는 국민 여러분," 담화문은 이렇게 시작되었다. "소련 공산당 독재정권은 이제 종말을 고하였습니다. 군 총참모부의 결의에 의해 정부의 모든 권한은 군사혁명위원회로 이양되었고, 군사혁명위원회는 전 정권의 부패와 포악한 전제정치에 종지부를 찍고 진정한 민주주의의 도입을 결의하였습니다. 계엄령이 발효 중입니다. 모든 시민은 조용히 따라주시고, 어떠한 시위도 금하며, 통행금지 시간을 준수하여 주시기 바랍니다. 모든 시민은 저녁 10시부터 다음 날 새벽 6시까지는 댁에 머물러 주십시오."

담화문은 개혁의 중요한 요점을 간추려 설명하고 다음과 같이 끝을 맺었다.

"전 정권의 행위로 인해 전 세계 인류와 우리 국민의 눈에도 더럽혀진 국호를 '*러시아연합인민공화국*'으로 개칭합니다. 새로운 국호의 이 나라에서는 모든 국적의 외국인과 종교사회의 권리가 보장될 것입니다."

11번 차고에서 나온 택시기사 바실리 페도토프가 이 뉴스를 들었을 때는 로시야 호텔에서 손님을 막 내려주고 있었다. 그는 전조등을 상향으로 켜고 모스크바 중심가를 돌기 시작했다. 이내 자동차 행렬이 이루어졌고, 자동차의 경적이 교회 종소리와 합창을 이루었다.

레닌 힐에서 대학생들이 라디오 중계 장치가 설치된 빌딩으로 몰려 들어가 민방공훈련용으로 지정된 특별 통신망을 인수했다. 한 시간 후 사샤의 담화문이 재방송되자 확성기로 온 캠퍼스에 중계했다.

어떤 노부부는 수영장 옆을 지나다 멈추어 섰다. 그 수영장은 대성당의 돌무더기 위에 스탈린이 만든 것이었다. 눈을 깜박이면서 할머니가 할아버지에게 말했다.

"들어봐요, 페트루슈카, 저 종소리를."

그러자 할아버지가 말했다.

"옛날과 똑같구먼, 황태자가 탄생한 날 같구려."

*

고골 대로에서 사샤는 밤늦게까지 일했다. 그가 인수 받은 참모총장 집무실은 회전문과 같았다. 군인들이 메시지를 가지고 분주하게 출입했고, 모두 즉각적인 결정을 요하는 것들이었다.

레이부틴이 군화에 진흙이 묻은 채로 들어와 사샤의 책상 위에 돼지저금통처럼 보이는 물건을 내려놓았다.

"이게 무엇입니까?"

사샤가 물었다.

"아스키에로프 저택 후원에서 캐낸 것이오. 똑같은 것이 여섯 개나 되오. 의장, 믿을 수가 없소! 그의 별장은 무슨 선물가게처럼 채워져 있었소. 10여개나 되는 대형 미제 냉장고에는 빌어먹을 슈퍼마켓처럼 최상급 육류들이 가득했고,

향수와 비디오카메라가 상점처럼 진열되어 있었소. 롤스로이스가 한 대, 메르세데스가 3대였소. 아, 그래, 바니야, 보여드려."

레이부틴의 부관이 무거운 부대자루를 내려놓았는데, 그 안에는 바쿠에서 제멋대로 하던 옛날부터 그가 모아 놓은 것으로, 압축 가공한 다이아몬드가 가득했다. 레이부틴은 독직수뢰사건을 다룰 기동반 편성을 제안했다. 그의 가식 없는 군인다운 방식으로 명칭도 '부정부패척결대'로 하자고 했다.

"제 승인이 필요치 않습니다. 모스크바 전역을 담당하고 계시잖아요. 갈리나 브레즈네바 아래에 있던 조사관들을 데려다 쓰세요. 제가 기억하기로 그 검사의 사무실에는 아주 정직한 조사관들이 있는 것으로 압니다. 아마 한두 사람이 아니겠지요."

사샤의 권유에 레이부틴이 대답했다.

"어렵지 않소. 껍데기만 건질 수 있다면 창자까지도 내놓을 사람들이 많아요. 악당들이 그들의 약탈품을 숨길 시간이 없도록 신속해야 합니다."

사샤가 손 위에서 돼지 모양의 금궤를 뒤집으며 부드럽게 말했다.

"아스키에로프의 심복 아르메니안을 잊지 마십시오. 그

자는 일주일에 3-4일씩 야간 파티를 열면서 선물과 보석을 뿌렸다고 합니다."

"이 개자식들 중에 깨끗한 놈은 하나도 없어요! 놈들은 모 가지 속까지 뇌물로 가득 채워 놓았어요. 국민들에게 이 사 실을 알려야 하오."

"아주 훌륭하신 생각입니다."

사샤가 맞장구를 치면서 전화기에 매달려 여념이 없는 페 트로프를 돌아보았다.

"코즐로프를 찾을 수 있는지 알아보게."

"예프게니 코즐로프 말씀입니까?"

코즐로프는 비소츠키처럼 가문의 이름이었다. 그는 인기 있는 저널리스트이자 발라드 가수였는데 어느 금요일 밤 그 의 아파트에서 개최한 아마추어 풍자 비평에서 한 말을 어 느 놈이 밀고하자 스스로 작가연합에서 탈퇴해 버렸다. 그 의 풍자 비평 대상은 주로 당 관료들의 생활상이었다.

"그를 찾아 국영방송국장을 맡으라고 전해. TV 스튜디오 를 깨끗이 정리하고, 그가 원하는 사람들을 채용해 내일 저 녁부터 방송을 재개하도록 일러라. 첫 프로젝트는……," 그 는 레이부틴을 돌아보았다. "장군님과 함께 작업을 하시지 요. 부하들을 시켜 그를 모스크바로 안내하고, 비디오테이프, 외제 승용차, 연회장소 등 암시장에서 구입한 모든 물품들을 모으게 하여 TV로 매일 낮 매일 밤 보여줍니다. 당 수뇌부의 비밀생활도 방송에 내보냅니다. 그들의 기름진 면면들을 공개하고, 그들의 과거 연설문에서 레닌주의의 원칙과 사회주의의 윤리에 대해 언급한 내용을 발췌해 되돌아보게 합니다. 그런 번드르르한 말을 지껄이면서 실제로는 어떻게 살아왔는지 국민들에게 보여줍니다.”

콜랴 블라소프가 문 앞에서 기다리고 있었다. 사샤는 그에게 외교에 관한 업무를 맡겼다. 콜랴는 얼굴에 커다란 웃음을 지었다.

“무엇이 그리 우스운가?”

“방금 첫 축전을 받았네. 적어도 하나의 외국정부가 우리를 인정하기로 결정했다는 거지.”

“누구한테서 온 건데?”

“서 아프리카, 우리 두 사람이 다 알고 있는 그 사람으로부터.”

사샤가 전문을 받아 읽었다.

'내가 가장 아끼던 생도들에게 진심으로 축하를 보냄. 자유주의국가 대열로 오는 여러분을 환영함. 임시군사위원회 의장, 대장 조지 아피그보.'

"첫 동맹국이군." 사샤가 껄껄거리며 웃었다. "다음에는 아마 영국이라 생각하는데."

블라소프가 보고했다.

"영국 대사가 긴급하게 면담을 요청하고 있네. 내 생각으로는 그들도 우리를 승인하기로 결정한 것 같아."

"사자가 이빨은 잃었어도 교활함까지 잃지는 않았구면." 사샤가 비유적으로 말했다. "유럽의 다른 나라들은 어떤가?"

"다른 국가들은 숨을 죽이고 우리가 일어서는지 무너지는지 보고 있는 중이야. 프랑스는, 의장도 알다시피, 그들 내부 문제도 있고."

프랑스 공산당은 아직도 사회주의자들과 연합해, 소련군 장교들의 쿠데타는 CIA의 자금지원을 받아 소련 노동자들과 공모한 것으로 비난하고 있었다.

"독일은 어느 쪽으로 가야할지 모르고 있다는 거야. 보고에 의하면 동독 정부 특사가 본으로 달려가 즉각적인 통일을 제안했다고 하네. 그들은 국민이 자기들을 가로등 기둥에 붙들어 맬까봐 몹시 겁을 내고 있다는 거지."

"아마, 그럴 수도 있겠지. 그렇지만 독일이 통일로 가는 것에 대해서는 어떠한 움직임도 용납할 수 없네. 독일 서남부의 칼쇼르스트에 있는 우리 측 사람들에게 이르게. 동독 정부 지도자들에게 통보해 본 정부와 협상을 중단시키라고 하게, 그렇지 않으면 그 결과에 시달리게 될 것이라고. 나토도 우리를 반대하지 않을 거야. 독일의 통일은 우리뿐 아니라 그들의 관심사이기도 하니까. 미국은 어때?"

"그쪽에서도 우려하고 있어, 보고서에서 보았듯이."

그가 말하면서 사샤의 책상 위에 놓인 회색 보고서의 요약된 GRU 정보보고를 지적했다. 익명의 장교 그룹이 모스크바에서 권력을 장악했다는 선언이 있은 후, 워싱턴 정부는 전국적인 동원령을 내렸다. 월가에서는 다우존스지수가 하루 동안에 100포인트나 떨어졌고, 현물시장에서는 금값이 113달러나 올랐다.

"미국은 악마로 여기던 전 정권과 함께 했을 때가 더 편했다고 여기고 있는 듯해." 블라소프가 주석을 달았다. "미국은 군복을 입은 사람들은 호전적이라는 환각에 시달리고 있네. 미국 대사도 지금 면담을 요청했는데, 내 생각으로는 정보 탐지가 목적인 것 같아. 우리를 어떻게 대해야할지 모르고 있는데, 자기들을 폭격해 원시 석기시대로 돌려놓을까봐 우려하고 있다는 거야."

"대사를 만나." 사샤가 지시했다. "대사에게 워싱턴에 알리라고 해요. 곧 특사를 보낸다고. 특사가 서기장 전용기를 이용해 수일 안에 방문할 예정이라고 전해."

사샤는 다시 조지 아피그보의 전문을 바라보면서 그들이 만나던 그 시끄럽고 붐비는 도시를 회상했다. 이스트 67번가의 마약상 소굴과 엘레인과 한 동안 함께 찾던 성소 등이 떠올랐다. 모두가 예전 일이었고, 대홍수가 일어나기 전의 세상이었다.

*

엘레인은 모스크바 외곽의 어떤 병원 특실에 3일 동안 갇혀 있었다. 그곳은 창문 너머 저편으로 은빛 자작나무가 울창한 아주 쾌적한 방이었다.

그러나 창문에는 빗장이 걸리고 문은 잠겨 있었다. 그녀를 찾아오는 유일한 사람은 자신을 아말리아라고 소개한 여자였고, 나이는 엘레인과 동년배였다. 아말리아는 얼굴이 널찍하고 순박한 농부와 같은 모습으로 흰색 간호사 복장대신 회색 군복을 입고 있었다.

엘레인은 그녀가 없으면 화장실에도 갈 수 없었다. 하루에 두 번 아말리아는 그녀를 데리고 정원을 걸었다. 그녀는 이야기를 사근사근 잘하는 편이었는데, 그 주제는 늘 첫눈이 언제쯤 내릴 것인가, 뭐 이런 것이었다. 숲속에 있는 사냥꾼 숙소를 가리키며 설명해 주었다.

"저것은 스탈린이 사용하던 것이에요."

그러다 엘레인이 질문을 하면 바로 입을 닫아 버리는 것이었다.

"내가 이곳에서 무엇을 하는 거죠? 잡혀 있는 건가요? 도대체 무슨 일인지 설명을 해 줘요."

그렇게 지내고 있는데 오를로프 대령이 찾아왔다. 그는 챠이카 리무진과 모터사이클 호위대를 대동하고, 엘레인에게 빨리 소지품을 챙기라고 재촉했다. 그들이 호텔에서 그녀의 옷가지를 가져왔지만 챙길 것이 별로 없었다.

코트 속에 두터운 스웨터를 껴입었지만, 대기하고 있는 승용차를 향해 정원을 걸어 나가는데 아직도 찬바람이 뼛속까지 파고드는 듯 했다. 그들의 행렬이 모스크바 강을 횡단할 때, 강둑을 따라 이미 얼음이 얼기 시작하는 것이 넘어다보였다. 익숙한 모스크바의 스카이라인을 살펴보니 무엇인가 없어진 것이 있었다. 크렘린 궁의 양파 같이 둥근 지붕 위에 있던 커다란 붉은 별이 어디로 갔단 말인가?

"변한 것은 그뿐이 아니오."

오를로프가 수수께끼 같은 대답을 했다. 그러나 이 사람도 아말리아보다 더 많은 이야기를 해주지는 않았다.

가이 해리슨과 차를 타고 지나면서 본 적이 있기 때문에 그곳이 회색의 거대한 총참모부라는 것을 알았다. 엘레인이 지나가면서 고골의 동상을 얼핏 보니 불안정해 보이는 것이었다. 그 작가가 말년에는 미쳤다는 이야기를 읽은 기억이 났다.

교회 신부가 니콜라이 고골에게 그가 저술한 책은 신에게 저항하는 신성모독이라고 하자 고골은 극심한 우울증에 걸려 마지막 작품의 원고를 불에 넣어버리고 생을 마감했다. 이런 이야기는 그녀에게 충격을 주었다. 그녀의 생각으로 러시아는 속죄하는 데에도 도가 넘치는 나라 같았다.

강 쪽에서 울리는 총소리를 듣고 자기를 호위하는 사람을 쳐다보니 그는 졸지 않으려고 무진장 노력하는 것 같았다. 프룬즈 거리 끝에는 바리케이드와 기관총 진지가 있었고, 당직 장교가 야전용 전화로 누구와 통화를 하더니 그들을 통과시켰다.

챠이카 승용차가 멈추자 오를로프가 민첩하게 움직였다. 거대한 원형기둥 사이의 계단으로 그녀를 안내해 올라가 로비로 들어서니 그곳에는 군복을 입은 사람들이 가득했다. 그들 모두 무장을 하고 달리는 듯이 분주히 움직이고 있었는데, 번쩍이는 군화의 뒤꿈치가 바닥에 부딪치는 소리가 요란했다.

　오를로프가 그녀를 위해 길을 터주고, 엘리베이터로 안내해 갈 때까지 그녀는 종잡을 수가 없었다. 벽에는 어떤 깃발이나 휘장과 사진도 걸려 있지 않아 깨끗하게 청소라도 한 듯 했다. 5층에 이르자 전투복 차림의 하사가 딱딱한 표정으로 바라보는데, 그는 칼라시니코프 자동소총을 매고 있었다.

　대기실로 들어가자 그곳도 아래층 로비만큼이나 사람들로 법석이고 있었다. 연락병은 부지런히 움직였고, 제복을 입은 장군들이 어떤 사람과 즉시 접견해야 한다면서 냉랭한 표정의 소령과 다투고 있었다.

　오를로프가 그녀의 팔을 잡고 사람들을 제치고 나아갔다.

　"그 여자가 왔다고 의장님께 보고 드려."

　오를로프가 말하자 소령은 자리에서 일어나 가죽으로 틈새가 메워진 문을 열고 사라졌다.

　엘레인은 실내의 모든 시선이 자기에게로 쏠리는 것을 느꼈다. 웅성거림이 일어났고, 외설스러운 소리도 들렸다. 러시아 일상어에 대한 엘레인의 이해 능력이 말의 미묘한 차이를 다 알아 듣지는 못했지만, 대체적인 흐름은 알아채고 사람들에게서 등을 돌렸다. 오를로프가 무어라고 으르렁대자 수군거림이 잠잠해졌다.

소령이 돌아오고 그 뒤를 따라 얼굴이 통통하고 사샤와 비슷한 나이의 남자가 나왔다.

"기다리고 계십니다."

문 앞에서 망설이는 그녀를 그가 부드럽게 밀었다. 엘레인의 손이 핸들에 닿고 문이 뒤로 열리자 사샤가 그녀 앞에 서 있었다. 거대한 실내의 천정이 매우 높음에도 그는 키가 무척 커 보였다. 체중이 많이 빠진 듯 했고 그래서인지 광대뼈 아래에 그늘이 생긴 것 같았다. 안색이 창백했는데, 비소트니 돔 인근 주차장에서 발길을 돌려 헤어진 이후로 커튼이 내려진 실내에서만 살아온 듯이 보였다.

엘레인은 목이 메어 그의 이름 두 마디도 부를 수가 없었다. 그가 그녀 뒤로 가서 문을 닫았다. 바깥 사무실의 소음이 차단되자 잠시 동안 그녀가 들을 수 있는 것은 자신의 숨소리와 어떤 전기기구에서 나오는 것 같은 윙하는 소리뿐이었다.

그의 시선과 마주치자 그들의 첫 만남에서 그랬던 것과 똑같은 느낌이 그녀를 놀라게 했는데 블루밍데일에서의 만남과는 전혀 달랐다. 강렬함과 당황함과 반가움이 뒤범벅이 되었다.

그녀의 얼굴을 자세히 들여다보는 그의 눈은 그녀가 누구인가를 확인하려는 듯 했다. 그들은 점점 가까워졌다. 급하게 서둘지 않고 자력에 이끌리는 듯 했다. 그가 그녀의 팔위에 손을 얹었을 때, 그녀를 더 가까이 잡아당기는 것인지 일정한 거리로 떨어져 있게 잡는 것인지 분명치 않았다. 그러나 두터운 스웨터를 통해서인데도 그의 접촉에 감전된 것 같았고 온 몸이 부르르 떨렸다.

'우리는 서로 똑같구나.' 그녀의 느낌이었다. *'세상은 변했지만 우리는 변하지 않았다.'*

그가 몸을 구부리자 그녀의 입술이 열렸다. 뺨에 그의 호흡을 느꼈고, 몸이 닿자 그의 몸이 딱딱하게 느껴지면서 나무 타는 냄새와 오래 된 가죽냄새를 느꼈다. 그때 그가 갑작스럽게 뒤로 물러서는데 톱으로 자른 소나무가 바람에 쓰러지는 듯 했다.

"자리에 앉아요."

붉은 색의 묵직한 휘장이 드리워진 높은 창가의 안락의자로 그가 안내했다. 사샤는 그녀를 쳐다보고 있을 수가 없었다. 그녀가 입은 스웨터에서, 헐거운 바지에서, 한때 그녀가 좋아하던 단발머리가 자라나 어깨까지 내려온 것에서, 그녀는 물론 엘레인이었지만 또한 타냐였다. 그녀는 행복과 평화를 의미하는 전부였다. 그는 의자의 팔 받침대를 쥐어짜

듯이 움켜잡았다.

"무슨 일이 일어난 거예요, 사샤?" 침묵을 깨고 그녀가 물었다. "당신에게 무슨 일이 생긴 거예요? 의장이라고 부르던데."

"여덟 명이 있소." 그가 담담하게 말하는데 그 주제가 자기와는 아무런 관계도 없는 듯 했다. "우리 여덟 명을 군사혁명위원회라고 부릅니다. 오를로프가 그리 많은 설명을 하지 않았군요."

"그 분도 거의 침묵을 지켰어요."

"프랑스혁명에 대한 이야기를 기억하죠? 루이 16세가 시종의 부축을 받고 일어서서 저 소란스러움이 무엇이냐고 물었죠, 반란이냐? 시종이 대답하기를, 폐하, 반란이 아니고 혁명입니다."

"당신이 혁명을 일으켰다는 말이에요?"

"시작한 것이오." 그는 열정을 되찾은 듯이 말했다. "발사된 총알이 총구로 되돌아갈 수 없듯이 과거로 돌아가는 일은 없을 것이오. 이미 저 세상으로 가버린 생명들에게 의미를 주기 위해서라도 우리는 성공해야만 합니다."

엘레인은 친절한 눈빛을 보내던 그 남자를 다시 떠올렸는데 그 사람은 자기를 도우려다 고문을 당했다.

"펠릭스는 당신 친구였지요, 그렇죠?"

엘레인은 니콜스키가 자기 팔에 머리를 맡기고 어떻게 죽어갔는지 이야기했다. 돌아서는 사샤의 눈에 그토록 많은 눈물이 고인 것을 전에는 본 적이 없었다.

그녀는 일어서서 그가 앉은 의자 팔걸이에 걸터앉아 손으로 머리를 가볍게 쓰다듬어 주었다. 전보다 흰 머리카락이 더 많이 보였다. 사샤를 끌어안고 위로해 주고 싶었다. 그러나 그는 아직도 그녀를 쳐다보지 않았다. 그녀가 머뭇거리다 말했다.

"사샤, 당신을 사랑해요. 그것이 내가 매달려온 유일한 거예요."

그가 팔로 허리를 둘러 껴안고 끌어당기자 머리가 그의 가슴에 안겼다. 그녀는 그의 심장이 매우 빠르게 박동하는 소리를 들을 수 있었다.

"당신이 내게 원하는 것을 말해 줘요." 그녀가 말했다. "나를 잡아주기만 한다면 무엇이든지 할게요. 사샤, 당신이 없는 곳은 너무 추웠어요."

그의 목에 코를 비벼대면서 손가락으로 가슴 밑으로 줄을 긋자 그의 몸이 반응하는 것을 느낄 수 있었다. 아주 야성적이고 묘한 순간이었다.

'우리는 이제 더 이상 숨어 지낼 필요가 없다. 심지어 이곳에서도.'

그때 그가 긴장하면서 자기에게서 풀려나가는 것을 느꼈다.

"사샤, 왜 그래요?"

그녀가 걱정스럽게 물었다.

'펠릭스 때문이구나. 그가 나를 구하려다 죽었기 때문이다. 내가 당신으로부터 멀리 떨어져 있었더라면 그런 사고는 일어나지 않았을 텐데.'

그녀의 생각이었다.

"그 사건 때문에 너무 자책하지 말아요." 사샤가 마치 자신의 생각을 읽고 대답하듯이 말했다. "우리는 앞으로만 나아갈 뿐 뒤로 물러서지는 않아요. 그리고 당신은 뉴욕으로 돌아가야 합니다."

엘레인은 아찔한 현기증을 느꼈다. 그녀의 되살아나던 꿈이 고대 메소포타미아의 외로운 바벨탑처럼 까마득히 높은 곳에서 아래로 굴러 떨어지는 것 같았다.

"이해할 수 없네요."

사샤가 그녀의 손을 잡았다.

"나도 당신과 함께 있을 때만 행복합니다. 그러나 나의 운명은 행복하게 되는 것이 아닙니다."

"행복해도 되는 권리를 얻은 것이 아니란 말이에요?"

"나에게 주어진 숙명은 나만의 행복이 아니오. 그것은 이 곳에서 우리 국민들에게 봉사하는 것이고, 그 사명에 모든 에너지를 태우는 것이오. 국민들이 자유롭게 살 수 있도록 만들기 위해서는 내 자신을 위한 자유는 거부할 수밖에 없소. 이곳에는 우리 두 사람을 위한 장소도 없고, 시간도 없어요. 만일 우리가 그렇지 않다는 듯이 살려고 한다면 아마도 나는 당신을 파멸로 끌고 갈 수밖에 없을 것이오."

"공평하지 않네요." 그녀가 항변했다. "나에게는 어떠한 선택의 여지도 주지 않으니."

"우리 두 사람 누구도 선택의 권한이 없소." 그가 짧게 말했다. "오를로프가 공항까지 데려다 줄 거요."

"사샤."

그녀는 그의 뿌옇게 흐려진 눈을 들여다보며 그와 다툴 수 없다는 것을 알았다.

"키스해 줘요."

그녀가 하려고 했던 쓰라린 말 대신에 나오는 말이었다.

그의 입술이 그녀의 것을 찾았고 그녀는 다시 무너지고 있었다. 그의 목에 매달려 숨 쉬기가 어려워질 때까지 단단히 끌어안았다. 따뜻한 체온이 그녀의 몸 구석구석까지 퍼졌다.

"내 마음도 함께 가져가오."

사샤가 말하면서 그녀가 옷을 가다듬는 것을 보고, 문으로 빠르게 걸어가 손잡이를 돌리기 전에 잠시 멈추었다. 그녀가 고개를 돌려 어깨 너머로 그를 바라보자 심장이 터지는 듯했고, 사샤는 그녀를 밖으로 불러낼 수가 없었다.

문이 활짝 열리자 참모총장의 집무실에는 문이 닫히기 전에 있었던 바깥의 소란스러움이 다시 침범해 들어왔다.

사샤는 늑대에 관한 비소츠키 시의 마지막 행을 러시아어로 읊었다.

오늘 나는 어제와는 같지 않다네
쫓다가, 쫓다가
사냥꾼은 마침내 빈손으로 떠났네

사샤는 그의 얼굴을 자신의 손에 묻었다.

4.

가이 해리슨은 모스크바의 거리를 돌아다니면서 시시각각으로 변하는 모습을 바라보고 있었다. 공항으로 향하던 도중에 일어났던 그 사건보다 훨씬 더 갈피를 잡을 수가 없었다.

극장 건너편, 마야코프스키 광장에 있는 거대한 전광판의 네온 불빛은 더 이상 당의 선동 문구를 내보내지 않았다. 레닌의 플래카드도 내려졌다. 그의 이름을 붙인 광장에서 제르진스키의 동상 주춧돌의 모퉁이가 깨져 있었다.

스탈린시대 이전부터 문을 닫았던 교회가 다시 열렸고, 예배에 참석하려고 기다리는 사람들의 모습이 한 때 레닌의 영묘 앞에서 줄지어 섰던 모습과 흡사했다. KGB 제5국과 손잡고 활동한 것으로 널리 알려진 그리스정교회의 러시아 대주교는 신학교로 물러나고, 지하에서 활동하던 성직자들이 그들의 은신처에서 나왔다.

군 당국이 즉결처분하겠다고 위협하는데도 불구하고 상당한 약탈이 자행되고 있었다. 가장 선호하는 약탈 목표는 전임 공산당 관료들이 사용하다 떠난 아파트였다. 쿠투조프스키 지역의 유명한 아파트 건물에 무단 점유자들이 들어갔다. 노점상들은 전 정권의 기념품을 팔고 있는데, 붉은 깃발이 그려진 진품 훈장이 미화 5달러였고, 아스키에로프의 친필 서명이 있는 담배 케이스는 50달러였다. 해리슨은 값을 깎으려고 한참 입씨름을 한 후 담배 케이스에 투자를 했다. 그 서명이 진짜가 아닐 수도 있지만 금박으로 포장되어 있는 것이 진품으로 보이게 하는 데에는 충분했다.

〈프라우다〉와 〈이즈베스티야〉 등 모든 소비에트 간행물의 발행이 중단되었다. 그들 대신 신정부는 간단한 한 장짜리 신문을 발행했는데, 그 간행물의 명칭은 〈로디나(조국)〉라는 제목을 달았다. 〈로디나〉에 실리는 대부분의 기사는 신정부가 공포하는 법령이나 전 정권의 관리들이 저지른 사기행각과 부패 혐의를 열거하는 것이었다.

사샤가 엘레인을 고골 대로로 데려오던 그 날, 〈로디나〉는 군사혁명위원회 전체 위원들의 사진을 실었다. 사샤는 자이체프, 블라소프, 레이부틴과 함께 앞줄에 앉아 있었다. 해리슨은 그들의 모습이 반 전체의 사진을 찍기 위해 포즈를 취한 학생들처럼 조금은 어색하게 생각되었다.

기능이 정지된 작가연합의 저명인사들이 밤낮으로 해리슨에게 전화해, 서방국가에서 직업을 구할 수 있도록 주선해 달라고 요청했다. 모든 사람을 깔보던 전임 편집국장은 보따리를 싸가지고 해리슨의 아파트 문 앞에 와서, 자신의 문학적 재능이 인류로부터 사라지지 않게 하기 위해 이 나라에서 탈출할 수 있도록 주선해 달라고 매달렸다.

문단의 거성 에린슈테인이 솔제니친과 레프 코펠레프 같은 사람들에게 망명이 좋겠다는 사실을 어떻게 설득했는가를 상기시키면서 해리슨은 그에게 불가리아 대사관에 신청해 보라고 제안했다. 그 대사관은 이미 여러 명의 골수 당 관료들이 망명을 신청한 것으로 알려져 있었다.

해리슨은 점심식사를 하려고 그가 좋아하는 우즈베키스탄 식당으로 갔는데, 엘레인과 함께 갔던 적이 있었다. 식당은 사람들로 혼잡했지만 음료수 한 잔은 마실 수 있었다. 그는 음료수를 홀짝거리면서 엘레인은 지금 어떻게 되었는지 생각했다. 그녀는 상황이 어떻게 진행되고 있는지 그들 누구보다 더 많이 알고 있을 것 같았다.

그때 덩치가 크고 떠들썩한 러시아인이 다가오더니 옛 친구로서 그에게 인사를 하는 것이었다.

"코즐로프, 예브게니 코즐로프입니다."

그는 자신을 소개하면서 해리슨의 손을 잡고 아래위로 흔들었다.

'출국비자를 원하는 사람인가?'

해리슨이 생각하다가 그의 이름이 떠올랐다.

"당신은 국영 TV방송 신임국장 아니오?"

"그렇소, 그래요, 나도 당신을 생각하고 있었소."

"오, 사랑하는 친구여, 반갑습니다."

"아직도 런던의 신문에 기사를 보내고 있습니까?"

"뉴욕의 일간지에도 보냅니다. 당신네들의 군사정부가 기사를 내보낼 수 있도록 허락해 준다면 말입니다."

이때는 모스크바 주재 서방국가 특파원들의 첫 기사가 전해지기 시작했으나 모든 기사가 신정부 당국자의 검열을 거쳐야 했다.

"곧 완화될 거요." 코즐로프가 그를 안심시켰다. "오늘 밤 TV뉴스를 보시오. 볼 만할 겁니다."

5.

서기장 전용 일류신 제트기가 뉴펀들랜드 연안을 비행하는 중에 한 쌍의 F-15 전투기가 호위하기 위해 따라붙었고, 약간 흔들렸지만 앤드류 공군기지에 사뿐히 내려앉았을 때는 땅거미가 내리는 황혼녘이었다.

워싱턴에는 인디언 서머인 늦가을이 저물어가고 있었고, 사람들은 청백의 얼룩무늬가 있는 바지를 입고, 상의는 어깨에 걸친 채 돌아다니고 있었다. 그러나 국무장관은 세로줄 무늬의 정장을 하고 도열해 서서, 모스크바 특사 일행이 내리기를 기다리고 있었다. 참모총장 루츠 제독도 정장 제복을 입고 그의 옆에 서있었다. 해병대 의장대도 도열해 있었다. 러시아의 새 지도부에 좋은 인상을 주기 위해 미국 행정부는 군사적 의전에 인색하지 않기로 결정했다.

트랩이 내려지자 러시아 공수부대 장교 제복을 입은 사람이 활기차게 내려오고, 두 명이 뒤를 따르는데 경호원으로 보였다. 그 다음에 어떤 숙녀가 계단 위에 나타났는데, 가냘프고 아름다운 몸매에 검은 머리가 바람에 날리고 있었다. 그녀는 내려오기 전에 머리칼을 뒤로 젖혀 가지런히 하려고 했는데, 손에는 작은 서류가방을 들고 있었다.

"미국인으로 보입니다."

루츠 제독이 말했다.

"통역이겠지."

국무장관이 응답했다.

그녀는 계단을 내려오자 미국 대표단을 둘러보았고, 미국 대표단도 그녀를 바라보았다. 사복차림이 약간 불편해 보이는 콜랴 블라소프가 그녀를 따라 계단을 내려오는데, 그의 뒤로 군복차림의 보좌관 두 명이 따랐다.

"나는 탑승객일 뿐입니다."

그녀를 영접하는 국무성 직원에게 엘레인이 말했다. 그녀가 종종걸음으로 리셉션 라인을 떠나자 어떤 남자가 달려왔다.

"엘레인, 잠시만! 내가 할 말이 있소."

그녀는 루크 글래든이 따라올 때까지 걸음을 늦추지 않

았다.

"블라소프 장군은 영어를 아주 잘합니다. 그가 당신의 모든 질문에 대답할 거예요."

그녀가 간단히 말했다.

"엘레인, 괜찮았소? 당신에게 무슨 일이 생겼는지 도무지 알 수가 없었소."

"괜찮아요."

그녀가 걸음을 빨리하면서 중얼거리는 말이 바람 속으로 묻혔다.

"무엇이라 했소?"

글래든이 뒤에서 고함을 질렀다.

"당신네들이 그곳을 지옥이라고 부를 만하다고 했어요."

귀빈용 대합실로 들어가면서 그의 면전에 문을 쾅하고 닫아 버렸다.

*

콜랴 블라소프가 백악관의 대통령 집무실을 떠난 후 한 시간 이내에 군통수권자인 대통령은 전군에 동원령 해제 명령을 내렸다. 루츠 제독을 특사단장으로 임명해, 러시아 정부가 제안한 사항들을 협의하려고 가능한 한 빠른 시일 내에 모스크바로 떠나기로 했다.

베를린에 대규모 폭동이 일어났고, 쿠바 서부에서도 반란이 발생했다는 보고가 확인되었다. CIA가 감청한 바에 의하면 루마니아 대통령은 그의 가족과 함께 특별기를 타고 스위스로 도망갈 준비를 하고 있다는 것이었다. UN 주재 중국대사는 러시아가 '야비한 제국주의자들의 도발'에 직면해 있으며, 만일 워싱턴이 모스크바와 새로운 전략적 협약을 하려 한다면, 베이징은 밝힐 수는 없지만 획기적인 조치를 취할 것이라 협박했다.

루츠 제독은 앤드류 공군기지에서 비행기에 오르기 전에 신선한 아침공기를 들이마시며 말했다.

"사냥하기에 좋은 날씨군."

*

레이부틴의 '부정부패척결대'는 비소트니 돔에서 그리 멀지 않은 곳에 있는 사치스럽게 꾸며진 펜트하우스를 급습했다. 그 아파트는 반세기 이상이나 소비에트 고위층과 사업을 해온 저명한 미국 자본가의 모스크바 거처였다. 그는 소비에트 정부의 비호로 황제와 같은 생활을 하고 있었다.

그는 모스크바로부터 수출허가를 받은 예술진품들 중의 일부를 연회와 리셉션 입장권을 매입한 국가의 왕이나 수반들에게 기증했다. 그에게 의혹을 가지고 재산을 추적했던 서방국가의 어떤 저널리스트는 '그는 레닌의 말처럼 자기 목을 매달 로프를 파는 사람의 전형'이라고 썼다. 펜트하우스에서 발견한 보물들에 놀라면서 혐오감을 느끼는 레이부틴에게 그의 조사관들은 그가 소비에트 정부 관리들에게 지불한 엄청난 액수의 뇌물 증거를 보고했다. 또 다른 형태의 빛과 그림자였다.

그에게 기업 윤리 같은 것이 있었는지 따위는 레이부틴의 관심 대상이 아니었다. 러시아로서 문제가 된 것은 그가 악랄한 사회적 혼란분자로 활동했다는 것이었다. 코즐로프는 그 장면을 촬영할 때 가이 해리슨을 초청해 참석시켰다.

레이부틴 장군이 간략한 성명을 발표하기 위해 직접 그 자리에 오기로 되어 있었다. 레이부틴은 늦게 도착했는데, 화가 잔뜩 나 있었다. 루이 15세의 의자에 그의 서류가방을 얼마나 세게 집어던졌던지, 금으로 도금한 의자 팔걸이가 험악하게 금이 갔다. 코즐로프가 그에게 달려갔다.

"무슨 일이오?"

처음에 해리슨이 알아들을 수 있었던 것은 긴 욕설뿐이었다.

"그 민달팽이 같은 놈을 짓뭉개 버렸어야 하는데 말이야."

레이부틴이 벼르고 있는 자는 통상성 부장관이자 아스키

에로프의 심복인 아르메니안이라는 것이 분명해졌다. 쿠데타 발생 후 첫 며칠 동안은 체포를 피해 도망 다녔지만 부정부패척결대가 추적해 은신처에서 그를 찾아냈는데, 그곳은 언덕 위에 있는 여자 친구의 별장이었고, 그 여자는 불가사의한 상황에서 사망한 내무성 관리의 부인이었다.

그 아르메니안과 여자 친구가 수익이 좋은 밀매조직의 핵심이라는 것이 밝혀졌는데, 막대한 양의 루블을 카불로 밀반출하고, 그 돈이 시장에서 경화로 환전되었다. 달러와 파운드, 도이치마르크로 교환된 돈은 암시장에서 스카치위스키에서 비디오카메라까지 밀수품을 매입하는 데에 사용되었고, 그것들은 모스크바에 와서 높은 가격으로 팔려나갔다. 그 조직의 대부인 아스키에로프가 가장 큰 몫을 받았다.

아프간에서 직접 부상도 당하고, 동료들이 그곳에서 죽어가는 것을 목격한 레이부틴은 밀수조직의 전모를 보고 받고 현장에서 그를 죽이려고 했다. 그 아르메니안이 궁지에서 빠져나오려고 뇌물로 미화 100만 달러를 제시하자 장군은 미칠 듯이 난폭해졌다. 그 자의 사지를 찢으려고 달려들었는데 부하들이 말리지 않았으면 실제로 그렇게 했을 것이다.

레이부틴이 냉정을 되찾기까지는 시간이 필요했다. 코즐로프는 레이부틴을 혼자 있게 두고, 가이 해리슨에게 걸어갔다. 해리슨은 미국인 백만장자의 수집품인 금으로 정교하게 만들어진 '파베르제의 부활절 달걀'을 꼼꼼히 살펴보고 있었다.

"그 놈들이 어떻게 될 것 같습니까?"

해리슨이 쳐다보지도 않고 물었다.

"그 아르메니안 말이오? 아마 총살될 거요." 코즐로프가 대단찮게 말했다. "그 자는 전범에도 해당되기 때문에 군법 회의에 회부될 텐데, 무엇보다 먼저 아스키에로프와 그 일당들을 처리하기 위한 재판에 증인으로 세울 거요."

"그 이외에도 어떤 메뉴가 있습니까?"

해리슨은 코즐로프가 첫 기획 작품으로 아스키에로프의 여러 군데 거처를 소개하는 것을 보았다.

"그래요, 내일은," 코즐로프가 싱글싱글 웃었다. "볼쇼이 무용수들과 미성년 소녀들을 유명한 중앙위원회 위원들에게 상납한 부도덕한 조직을 폭로할 생각이오. 일반 대중이 질색할 것들이오."

해리슨은 동일한 내용을 그의 편집국장에게도 보내야겠다고 생각했다. 변한 것이 있다면 지금은 그의 기사가 군 검열을 통과하는 데에 아무 어려움이 없다는 것이었다.

*

사샤는 개인적으로 처리할 용무가 있어 그가 자란 페스차나야 거리로 달려갔다. 혼자 가려고 했지만 경호업무를 담당하는 자이체프의 주장으로, 군사혁명위원회 위원 8인에게는 어떤 경우에도 적용되는 규칙이 제정되었다. 그것은 최소한 4명의 경호원을 대동하고 움직여야 하는 것인데 경호원은 모두 스페츠나츠에서 차출한 대원들이었다.

전 날 아침에 사고가 있었는데, 모스크바에서 그런 사고는 처음이었다. 어떤 자가 창문을 통해 레이부틴의 승용차에 총을 쏘았다. 저격범은 이전에 KGB 제3국 소속 요원이었다. 그는 정신착란 증세를 보였고, 단독범행이 확실했다. 그렇지만 자이체프가 지적한 바와 같이 그들 중 누구도 그런 위험을 당해서는 안 되는 것이었다.

경호원들이 양쪽에서 호위하는 가운데 사샤가 차에서 내리자 어린아이들이 달려와 구경했다. 사샤는 경호원들을 밖에 대기시키고 14호 아파트로 들어갔다. 그의 어머니가 지금까지 동일한 장소에 거주하고 있다는 사실이 조금은 이상했다. 그의 영향력으로 몇 년 전에 그녀는 그 아파트 한 채 전부를 소유하게 되었다. 주방에서 비좁은 공간 때문에 옥신각신하던 이웃들은 이제 없었다. 한때는 온 가족의 거실이었던 방에도 변한 것이라고는 없어 보였다.

할머니가 사용하시던 골동품 싱거 재봉틀도 먼지를 뒤집어쓴 채 그대로 있었다. 아버지의 스냅사진도 그대로였고, 자신의 새로운 사진이 걸려 있었다. 그가 준장으로 진급한 첫날 정복을 입고 찍은 것이었다.

"그 동안 잘 계셨어요? 필요한 게 있으면 말씀하세요."

그가 어머니에게 문안인사를 드렸다. 둘 사이의 대화가 딱딱한 것은 여전했다. 어머니가 부탁한 것은 아주 평범한 것이었다. 이 나라에서 가장 막강한 권력을 가진 사람에게 하는 부탁의 말로는 우습기까지 한 것이었다. 새 냉장고를 하나 구하려고 하는데 도와줄 수 있겠느냐는 것이었다.

모든 것이 그렇게 낯이 익은 것이었고, 또 그렇게 예상하고 있었다. 그런데 어울리지 않는 무엇이 있는 것이 느껴졌다. 어머니가 한 때는 주정뱅이 후프코프가 살던 방으로 들어가는 문 앞을 막고 서서, 그를 다른 곳으로 돌리려고 하는 것이었다.

"여기 다른 사람이라도 있나요?"

그가 불쑥 묻자 어머니가 펄쩍 뛰었다.

"아니다!"

어머니가 너무 큰 소리로, 너무 빠르게 말해 사샤는 더욱 이상한 생각이 들어 문의 손잡이를 돌렸다.

"사샤야, 제발."

어머니가 그의 소맷자락을 잡았다.

"누굽니까?"

어머니가 대답을 않자 그가 문을 열어젖혔다. 방 저편 구석에 궁지에 몰린 동물처럼 웅크리고 있는 자는 크리소프였다. 그리 많이 변하거나 늘어 보이지는 않았다. 머리칼이 듬성듬성했고, 전체적으로 쪼그라들기는 했지만 족제비처럼 작고 붉은 눈은 여전했다. 한 때는 거만한 당의 간부였고, 그의 어머니 니나의 운명을 비틀리게 했던 자가 그곳에 있었다. 그리고 어머니는 아직도 그 자와 가까이 지내고 있었던 것이다.

"사샤, 그는 네가 죽일까봐 겁내고 있다." 어머니가 간곡히 부탁했다. "제발 그 사람을 해치지 마라."

사샤는 웃으면서 잠시 침묵했다. 할머니의 장례식에서 크리소프가 하던 행위들을 기억에서 찾고 있는데 어머니가 물었다.

"저 사람은 어떻게 되는 거냐?"

"저희 정책을 알고 계시죠?"

사샤는 크리소프에게 고개를 돌렸다.

"당신이 잘하는 직업이 있소?"

"평생 동안 당 업무에만 종사했습니다."

"당신 아버지 직업은 무엇이었소?"

"배관공 일을 하셨습니다."

"좋습니다. 배관공 양성을 위한 학교가 있으니 그 사무실에 찾아가 보시오."

그는 주소와 짧은 메모를 휘갈겨 써서 보좌관에게 넘겨주었다.

"곧 그 학교를 알려주겠소, 시민 크리소프! 당신이 언젠가 나에게 말한 바 있듯이 이제 우리 사회에 기생충이 서식할 자리는 없소."

*

그 다음 사샤가 방문한 곳은 레빈 교수의 거처였다. 대학에서 퇴임한 지 오래 되었고, 아르바트 거리 근처의 방 두 개짜리 아파트에서 살고 있었다. 이번에는 규칙을 어기고 경호원과 보좌관 없이 찾아갔다. 타냐의 추억을 되살리는 것은 너무 고통스러운 일이었기 때문이다.

레빈 교수는 아무도 아는 사람이 없는 가운데 돌아가신 아버지의 사망과 이 나라가 직면한 문제의 진실을 알게 해 준 분이었다.

쿠데타가 일어나자 레빈은 처음에는 긴장하다가 다음에

는 냉담했으나 사샤의 역사 인식이 마음을 되돌리게 하여, 이내 중앙위원회 위원들의 체포와 레닌의 체키스트들이 사회주의 혁명의 라이벌 지도부를 체포한 방식 사이에 어떤 유사점이 있는지 헤아려보고 있었다. 레닌이 라이벌 지도부를 체포할 당시에는 볼셰비키를 성토하기 위해 모스크바 오페라 홀에 그들 전부가 모여 있었다.

레빈은 잠시 침묵을 지키며 집에서 만들어 피우는 그 독한 담배를 말았다. 사샤가 말했다.

"교수님과 타냐가 아니었으면 이와 같은 혁명은 일어나지 않았을 것입니다."

그는 이 말을 하면서 몸을 떨었다. 타냐가 체포되어 강제노동수용소로 끌려가고, 그곳에서 자살하는 공포의 장면이 되살아났던 것이다. 혁명에는 그녀의 고통 극복과 자신의 목적이자 존재 이유였던 것들이 함께 섞여 있었다. 교수는 머리를 흔들면서 숨을 헐떡였는데, 마치 폐가 만들어내는 소리 같았다. 마침내 그가 입을 열었다.

"타냐가 이곳에 살아 있다면 그 애는 아마 다시 사미즈다트를 만들어 돌릴 걸세, 자네에게 반대하는 것 말이야."

"저는 그렇게 생각하지 않습니다. 이것이 타냐가 원하는 것이었거든요. 만일 그렇지 않다면 저는 모든 사람을 실망시킨 것이 되겠지요. 이것이 교수님이 걱정하시는 것 아닙니까, 아르카디 보리소비치?"

"나 같은 늙은이에게 묻지 말게. 자네가 옳겠지. 이것은 나를 위해 하는 말이 아니야. 아마 타냐도 살아 있었다면 자네와 함께 했을 걸세. 그러나 나는 나의 뿌리를 뽑아낼 수가 없네. 사샤, 나는 마르크스주의자다. 내가 목격했던 것들로 인해 그의 사상을 탓하는 것이 아닐세. 그 사상을 해석하는 자들을 탓하는 것이지."

그가 기침을 시작했고, 볼에 퍼지는 자색 홍조를 보고 놀랐다.

"무엇을 좀 드릴까요, 물이라도?"

"아냐, 아냐, 사샤, 자네가 양해해 주게. 나는 이전의 내가 아냐. 이런 날이면 뼛속까지 한기가 느껴지네. 자네는 정말로 수용소 없이도 해 나갈 수 있다고 믿는가? 테러 없이도 이끌어 나갈 수 있겠느냐고 묻는 걸세."

"노력하겠습니다."

"처음에는 철학자였는데 그 다음에는 테러리스트가 되더군." 그는 잠시 생각하더니 계속했다. "그렇지만 자네는 철학자가 아니었지, 그렇지, 사샤?"

"저를 잘 알고 계시지 않습니까. 저에게 역사를 가르쳐 주셨으니까."

"아마도 그것이 자네를 구해줄 걸세. 남자의 투쟁을 연구해 보면, 추락하고 다시 기어오르고 하는 것일세. 그래, 자네가 옳겠지. 타냐도 자네와 함께했을 거야. 그 애도 추상적인 것보다는 사람들에게 더 큰 관심이 있었으니까."

"부탁을 하나 드리려고 찾아왔습니다, 아르카디 보리소비치 교수님."

"내가 무슨 일을 할 수 있다고 생각하는가? 부탁이란 게 뭐야?"

"러시아는 한 세기의 4분의 3을 거짓 속에서 살아왔습니다. 그 허위가 진실보다 더 실감 있게 보일 정도의 사회였습니다. 심지어 오늘까지도 제가 이해할 수 없는 거짓이 존재하고 있고, 그런 허위가 너무 깊게 박혀 있습니다. 그런 현상은 교수님께도 마찬가지입니다. 정상적인 러시아 사람이 얼마나 되겠습니까? 기초를 놓기 전에 상당히 많은 양을 파내야 합니다. 1917년 이래로 이 나라의 올바른 역사를 편찬할 위원회를 구성할 생각입니다. 모든 공적기록이 공개될 것입니다. 생각해 보십시오, 교수님. 정치국의 상세한 내막과 KGB의 문건들을요! 교수님께서 위원장이 되셔서 그 역사편찬위원회를 이끌어 주시기를 부탁드립니다."

레빈은 자기의 많은 나이를 들먹이고, 군사혁명에 대해 사상적으로 반대한다는 것을 중얼거렸다. 그러나 결국은 수락했는데, 그럴 것이라고 사샤가 예상하고 있었던 일이다. 역사학에 전 생애를 바쳐온 사람으로서 영원히 봉인된 채 묻힐 뻔했던 기록들을 처음으로 들여다볼 기회를 거절할 사람은 없었다.

*

원수는 비소트니 돔의 화려한 아파트에서 지내며 의사가 권하는 양보다 훨씬 많은 양의 악타마르 브랜디를 마시고 있었다.

루진 장군은 원수의 친구이면서 그를 존경하는 몇 안 되는 측근으로, 사샤의 위원회에 관련되는 업무를 맡고 있으면서도 이따금 저녁에 찾아와 체스를 두기도 했다.

"이제는 그들 차례입니다." 루진이 조토프에게 설명해 납득시키려고 했다. "우리 세대에도 기회가 있었지요. 그러나 지금은 기회가 그들에게 갔습니다. 잊은 것은 아니시겠지요? 볼셰비키의 대부분이 40세 이하였다는 것을 말입니다."

처음에 원수는 매우 화가 나서 그를 현관으로 쫓아냈는데, 현관에서 두 명의 건장한 경호원 겸 간수가 밤낮으로 지키고 있다가 그를 구해주었다.

시간이 흐르면서 군사정부에서 발표하는 포고령이 증가하고, TV가 매일 밤 전직 당 관료들의 부패와 실정을 보도하자, 원수는 자기 사위가 하고 있는 일이 무엇인가를 이해하게 되었다. 인정하고 싶지 않지만 사샤의 선택이 옳은 것이었다.

원수는 일주일에 두 번씩 그를 극진하게 예우하는 경호원들의 수행을 받으며 리디아와 손자가 살고 있는 영빈관으로 나들이를 했다. 한번은 페티야가 벌이는 성의 주인 놀이를 목격했는데, 아이가 정원 언덕 위에서 그보다 나이 많은 소년을 밀어내고 외치는 것이었다.

"내가 이 언덕의 황제다!"

할아버지를 보자 손자가 달려 내려왔다. 원수가 몸을 구부려 그를 껴안았다.

"다른 사람들이 하는 말이 사실이야?"

"사람들이 무엇이라고 하는데?"

"아빠가 새로운 황제가 되었다고 하던데."

"다시는 그런 말 하지 말라고 했잖아!"

리디아가 소리치면서 달려오는 것이 아이의 볼기라도 때리려는 것 같았다. 원수는 손자가 자기를 곁눈질로 쳐다보면서 의아스럽다는 표정을 짓는 것을 보았다.

"애야, 그냥 두어라."

원수는 딸에게 말하고 아이의 머리를 쓰다듬었다.

"애야, 이 나라에 더 이상 황제는 없단다. 그러나 너는 애비를 자랑스럽게 여겨야 한다. 네 애비 때문에 러시아는 지난날과 같은 과오를 되풀이하지 않게 되었으니까."

*

사샤와 그의 혁명동지들이 얼마나 오랫동안 러시아의 주역으로 존립하게 될 것인지 확신을 가지고 말하기는 아직 일렀다. 구시대의 질서가 폐기되자 신정부가 자제를 호소하는데도 불구하고 자연발생적인 폭동과 시위가 거의 전국적으로 일어나고 있었다.

거리를 점거한 사람들은 군사정부를 지지한다는 시위를 하기도 했고, 즉각적인 임금 인상과 독립된 노동조합을 인정하라는 노동자들도 있었다. 유럽계 러시아인이 중앙아시아인과 맞서 싸우는 인종적인 충돌도 있었다. 과격한 친 슬라브 종족들이 유태인을 구타하는 사건도 있었고, 닥치는 대로 행해지는 약탈과 노상강도도 많았다. 키예프와 스베르들롭스크의 군 당국에서는 현행범으로 체포한 약탈자들을 총살시키는 경우도 있었다.

아제르바이잔과 중앙아시아에서 살아남은 몇몇 당 관리

들은 연방 탈퇴를 기도하고 있었다. 구소련 영토 내에 그들의 존재가 의심스럽지도 않았던 모슬렘민족 대변인이 하룻밤 사이에 나타나 골치 아픈 제안을 했는데, 남부 공화국의 모슬렘민족은 분리해 이슬람권으로 복귀되어야 한다는 것이었다.

군부 내에서도 문제는 있었다. 쿠데타의 주체가 참모총장이 아니라 일단의 장교 그룹이라는 것이 밝혀지면서 어떤 지역 사령관들은 고골 대로와 통신을 끊어버렸다. 극동지구 사령관은 그의 직무를 해임한다는 모스크바의 명령을 찢어버리고, 불만이 많은 다른 장군들과 사설 통신망을 구축했다. 그리고 휘하 부대에 '합법적인 사회주의 정권을 회복하기 위해' 모스크바를 공격할 준비를 하라는 명령을 내리다가 부관에게 사살되고 말았다.

군사혁명위원회는 모스크바 최고의 권력기관이었고 유럽계 러시아인으로부터 압도적인 지지를 받았다. 그러나 볼셰비키 혁명 후, 이 나라를 파멸시킨 내란과 지옥 같은 기아와 동족 살육이 오랜 기간 동안 지속되었던 것처럼 현 단계가 지역 군벌의 출현을 초래하지 않을까 하는 우려도 있었다.

그러나 유일하게 확실한 것이 하나 있었다. 그를 둘러싼 모든 사람들에게 평생 수수께끼 같은 삶을 살아온 어떤 사람이 이전 사람들은 꿈조차 꿀 수 없었던 일을 해냈으니, 그것은 전쟁을 치르지 않고 소비에트 정권을 무너뜨린 것이었다.

6.

쿠데타가 일어난 지도 2주일이 지났다. 눈이 석탄가루처럼 하늘에서 내리고 있었고, 남부 공화국에서 전해오는 소식에 반가운 것이라고는 없었다.

소규모의 경호를 받으며 검정색 승용차 질이 도로를 달려갔다. 운전기사는 바가간코프스코예에 있는 고색창연한 묘지의 철문 앞에서 브레이크를 밟았다. 그곳은 수 년 전, 비소츠키가 영면해 누워 있는 곳이었다. 그 이후로 단 한 사람만이 그곳에 묻혔다.

경호 차량들이 상당한 거리를 두고 순찰, 배회하고 있는 가운데 두툼한 군용 코트를 입은 두 사람이 리무진에서 내렸다. 하나는 키가 크고 운동선수처럼 단단해 보였고, 다른 한 사람은 중키 정도였으나 몸은 참나무 둥치와 흡사했다.

두 사람은 모두 밤을 지새운 표정들이었다. 그들은 차에서 내려 정문 근처에 있는 새로운 무덤으로 걸어갔다. 그 무덤은 비소츠키의 묘지 바로 옆에 있었다. 묘지 주위에는 구식으로 둘러쳐진 금속 쇠창살 울타리가 있고, 그 안에는 간단한 벤치가 하나 놓여 있었다. 그들은 그 벤치에 나란히 앉았다.

눈 위에는 꽃잎들이 있었다. 그것은 장미였고, 아마도 보다 따뜻한 지방에서 바람에 날려 온 듯 했다. 키가 작은 사람이 포켓에서 아르메니안 브랜디 한 병과 술잔 두 개를 꺼냈다. 그는 이빨로 코르크 마개를 뽑고 잔을 채웠다.

두 사람은 단숨에 마셨다. 키가 큰 사람이 병을 들고 잔을 다시 채웠다.

"펠릭스 자네에게 작별인사를 하러 왔네."

브랜디를 무덤에 뿌리면서 억양을 붙여 읊조렸다.

"우리 모두 자네를 기억할 거야."

잠시 동안 그들은 침묵 속에 앉아 있었다.

자작나무 가지로 떨어지는 깃털 같은 눈이 내리는 소리만 들렸다. 한참이 지난 후, 키 큰 사람이 일어서더니 동료에게 말했다. 그 말은 그곳에 묻혀 있는 사람이 생전에 즐겨하던 말이었다.

"페디야, 외입 한번 하지 않겠나? 날리바이!"

〈끝〉